agosto 2021

W0203937

Amami –

Luca Bianchini

Scrittori italiani e stranieri

Luca Bianchini

Baci da Polignano

ROMANZO

MONDADORI

Dello stesso autore in edizione Mondadori

So che un giorno tornerai
Nessuno come noi
Dimmi che credi al destino
La cena di Natale
Io che amo solo te
Siamo solo amici
Se domani farà bel tempo
Eros – Lo giuro
Ti seguo ogni notte
Instant Love

La vicenda e i personaggi descritti in questo romanzo sono piuttosto inventati. I luoghi e alcuni nomi sono reali, anche se molti dettagli sono frutto della fantasia dell'autore. Ogni riferimento a fatti e persone realmente esistiti o esistenti è puramente casuale.

Facebook: Luca Bianchini
Instagram: lucabianchiniofficial

librimondadori.it

Baci da Polignano
di Luca Bianchini
Collezione Scrittori italiani e stranieri

ISBN 978-88-04-72236-6

© 2020 Mondadori Libri S.p.A., Milano
Pubblicato in accordo con S&P Literary - Agenzia letteraria Sosia & Pistoia
I edizione giugno 2020

Baci da Polignano

Per la mia amica Lorenza L'Abbate,
per le parole che mi ha lasciato
e il bene che mi ha voluto.

1

L'alba giunse su Polignano come una carezza.

Dopo una notte senza vento, il cielo sembrò accendersi di colpo, passando dal nero all'azzurro al giallo. Un regalo che la natura riserva a pescatori, panettieri, agricoltori, medici, dee-jay, baristi e innamorati.

Se poi sei insonne, il sole che nasce placa per un attimo la tua inquietudine, soprattutto quando l'estate è all'orizzonte e il mondo pare un luogo felice.

Quella fu la prima alba che don Mimì vide dalla sua nuova casa, "sopra i *mour*", in una delle poche zone abitate del centro storico: lì non esistevano bed and breakfast, alberghi o cantine condonate. Era una sorta di bolla urbana all'interno di un villaggio da fiaba. Aveva ristrutturato quell'appartamento per Orlando, il suo figlio minore, che invece si era trasferito a Bari.

Mimì non avrebbe mai pensato di spostarsi lì, ma aveva deciso di lasciare sua moglie Matilde e il palazzotto di famiglia dove avevano vissuto da quando si erano sposati. Dopo *'u fatt* aveva prima alloggiato qualche mese in un residence, un po' in incognito, giusto il tempo di capire se la situazione si potesse risolvere. Sua moglie però non aveva mostrato particolari ravvedimenti, lui non aveva fatto alcuno sforzo, e infine aveva traslocato una volta per tutte. Tornava nel quartiere in cui era nato suo nonno, quando faceva il contadino, prima di diventare un piccolo imprenditore.

Finalmente solo, finalmente libero, finalmente in un posto dove comandava lui.

Matilde, che per anni lui aveva dato per scontata, si era presa una sbandata per Pasqualino, il tuttofare di famiglia, l'uomo di fiducia incaricato di sbrigare le faccende degli Scagliusi: impianti elettrici, manutenzione dei sanitari, potatura delle piante, mobili da spostare, verdure fresche da consegnare. E alla fine di una lunga e onorata carriera, come premio, si era portato via la moglie del capo.

In effetti, erano un po' troppe le volte in cui la signora aveva voglia ora di cime di rapa, ora di carote viola, e naturalmente i rubinetti a fotocellula non funzionavano mai e «chiamo Pasqualino?» era la domanda più frequente.

Don Mimì, pur di non sentirla, aveva delegato sempre più il tuttofare alla complessa gestione della loro casa, soprannominata "il Petruzzelli" – come il leggendario teatro di Bari – perché aveva le mura esterne rosso carminio in mezzo a un paese bianchissimo.

Pasqualino non aveva mai conosciuto suo padre e aveva imparato il mestiere di vivere da una madre più depressa che affettuosa. Era un cinquantenne belloccio, mani ruvide e capaci, scapolo impenitente che aveva aspettato troppo a sistemarsi, e alla fine a fargli compagnia erano rimasti solo il lavoro e il campionato di calcio: «Uno che si chiama Pasqualino dev'essere per forza juventino» diceva.

Matilde, oltre alla verdura, aveva iniziato a desiderare le braccia toniche di quell'uomo. Un giorno si era permessa di mandargli un messaggio un po' allusivo, poi un altro, e Pasqualino aveva abboccato. A lui le donne piacevano tutte, anche troppo, e questo non l'aveva aiutato. In paese aveva la nomea di essere fidato sul lavoro e inaffidabile in amore. Inoltre non aveva consapevolezza del proprio sex appeal, e Matilde gli appariva così sicura che era stato conquistato più da quell'intraprendenza che dal suo aspetto, senza porsi particolari problemi sul fatto che lei fosse la donna del suo capo, uno degli uomini più ricchi di Polignano a Mare.

In realtà, in paese si diceva che le patate non fossero più quel bene prezioso che aveva portato gli Scagliusi a essere in copertina di "Trullo Magazine".

Quella rivista giaceva ora su un tavolino della nuova casa di Mimì: un appartamento "finemente ristrutturato", elegante, non troppo sfarzoso, dove le stanze erano piccole, le scale tante e i telefoni prendevano solo vicino alle finestre: "dal teatro Petruzzelli al teatrino dell'oratorio" commentavano i compaesani, ma a Mimì quella casa sembrava fin troppo grande.

Prese la rivista e analizzò la copertina, dove era in compagnia dei suoi figli: Damiano imbronciato da un lato e Orlando sorridente dall'altro, con una mano in tasca come se fosse appena uscito da un college inglese. Peccato che nell'altra tenesse una patata, perché il fotografo era stato irremovibile: «con il cibo le foto hanno più like e questo è il *core business* degli Scagliusi» aveva detto, senza conoscere il significato di quelle parole.

Il titolo recitava: *Il Re della Patata,* ed era scritto in corsivo perché "la nostra Puglia è anche eleganza", come aveva sottolineato il giornalista.

Davanti a quell'immagine don Mimì si sentì per un attimo rincuorato. In fondo la vita gli aveva regalato due figli belli e intelligenti, anche se Damiano era una testa troppo calda.

Il sole era alto, l'aria profumava già di scogli e granite, e per essere maggio era ancora fresco.

Si affacciò alla finestra e incrociò lo sguardo di una vicina che lo salutò facendogli molte domande e pochi sorrisi, fissandolo fino a che lui chiuse le persiane e tornò nelle sue stanze.

Meglio uscire.

Tutti lo conoscevano, l'avevano visto entrare in quella casa con le valigie e avevano ormai la certezza che fosse andato a vivere da solo. In fondo, Mimì aveva sempre sognato la libertà, ma alcuni sogni sono belli solo se non si realizzano.

Indossò una coppola e scese a fare due passi in piazza dell'Orologio. Incrociò un paio di signore olandesi che gli lanciarono un sorriso e lui si sentì un po' Marlon Brando, anche se non aveva capito che stavano ridendo del suo cappello.

A sessant'anni era ancora un bell'uomo, seppur con un accenno di pancia. Ma come si fa a non averla se si è sempre vissuti in Puglia? «Un bel paio di baffi fa dimenticare tutto» gli ripeteva suo padre, e Mimì ricordava quelle parole ogni volta che se ne prendeva cura. Poi ora non doveva più rendere conto alla sua ex moglie, che era sempre stata troppo presente e gelosa, una donna ossessionata dai soprammobili – una collezione Thun degna di un museo – e dagli elettrodomestici di nuova generazione. Quando suo marito aveva deciso di andare via, la prima cosa che lei gli disse fu: «Il Bimby resta con me», e lui si rese conto che di Matilde non aveva mai capito niente. Pensava di conoscerla, di saperla prendere, invece si ritrovava spiazzato, ferito e sconfitto. Lei era riuscita dove lui aveva fallito.

Lasciare la sua casa era stata un'onta – per Mimì che amava le tradizioni e lo status quo – ma aveva scoperto che per incontrare meno compaesani in giro bastava nascondersi nel centro storico, abitato soprattutto da turisti. Di solito ci andava solo per la festa di San Vito, per le nozze di un parente o se aveva qualche cliente a cui mostrare le terrazze panoramiche. Tra le chianche e i vicoli s'incrociavano quasi solo stranieri con gli occhi a forma di cuore, pronti a contemplare le parole dipinte dal poeta del paese, Guido il Flâneur: lui che di notte, di nascosto, prendeva il pennello e dipingeva versi sulle porte delle cantine, sulle scale, sui muri bianchi. "Nella vita niente deve essere temuto, ma capito."

Don Mimì aveva ancora in testa quella frase di Marie Curie quando entrò nel bar in piazza e ordinò un espressino chiarissimo. Il primo della giornata per lui era sacro.

Stare seduto a osservare quel viavai di gente curiosa lo fece sentire in vacanza, e pensò che non sarebbe stato male riprendere a vivere Polignano come uno che la vede per la prima volta. Già si pregustava il suo caffè quando vide avvicinarsi una donna che avrebbe preferito evitare.

Si calò un po' la coppola sugli occhi, inutilmente.

«Don Mimì, allora è vero, quanto mi spiace... Lei non se lo meritava.»

«Signora Labbate, le spiace per cosa? Mica sono malato.»

«Eh, lo so. Ma essere lasciati per Pasqualino! Che poi io non so cosa ci trova Matilde in uno come quello, che è sempre stato poco serio.»

«Ma cosa dice? Io e mia moglie ci siamo solo presi una pausa.»

La signora Labbate ebbe un tentennamento.

«Guardi che Matilde ha raccontato tutto a Lucia Coiffeur quindi so come stanno i fatti. Lei è già da un po' che sta nel residence, anche se entra dal retro, e alla fine si è deciso, ieri pomeriggio, a trasferirsi nella casa che doveva essere di Orlando, giusto?»

Don Mimì si ricordò che non a caso quella donna era soprannominata "radio Polignano".

«Vabbè, signora Labbate, lo sa come vanno queste cose... dopo tanti anni può capitare di stare separati un po'.»

«E ma Pasqualino dice in giro che è andato a vivere al Petruzzelli!»

«Cos'è il Petruzzelli?»

«Come cos'è? Casa vostra. Tutti la chiamano così perché l'avete fatta rossa come il teatro.»

Don Mimì non sapeva un sacco di cose. Rimase interdetto, mentre due signori si stavano avvicinando gridando «Mrs Labbate!» e lei rispose in un inglese maccheronico che lo impressionò non poco. Forse avrebbe fatto meglio a dare retta all'altro suo figlio, Damiano, e a investire un po' di più nel turismo piuttosto che continuare a coltivare patate.

La signora Labbate da qualche tempo subaffittava piccoli appartamenti nel centro storico, e in breve aveva creato un piccolo impero: "The Labbate apartments". Ora faceva la brillante con questi americani che la osservavano divertiti mentre lei gesticolava come un'attrice ripetendo di continuo: «*Good price for you*».

Don Mimì la guardava allibito, con il suo caffè ancora lì, che avrebbe tanto voluto bere in pace, mentre lei sventolava un mazzo di chiavi grande quanto casa sua e iniziava ad avere fretta. Si congedò velocemente: «Vado, che questi sono clienti buoni. Gli americani ti lasciano anche cinquanta euro di mancia se rispondi alle loro domande. Fanno sempre domande».

«Ma lei capisce tutto?»

«Ormai lo so l'inglese. Mi faccio capire... Lei non lo parla?»

«Io so solo l'italiano e il polignanese, *e capeit*?»

«È per quello che è in crisi.»

«Quindi adesso devo imparare l'inglese?»

«Eh certo, almeno le basi. Hanno anche aperto la Cambridge School di Polignano. Oppure vada in edicola, lì ci sono un sacco di fascicoli. Il migliore è "English Baby", quello per i bambini, così non deve più vergognarsi se non lo sa.»

Don Mimì si stava innervosendo.

«Io non ho nulla di cui vergognarmi. Intanto, se può farmi un favore personale, metta a tacere tutte queste voci... che non vorrei passare per cornuto.»

«Ma si figuri, don Mimì. Io sono sempre molto discreta. Ma Ninella lo sa?»

Mimì trangugiò l'espressino, che da chiarissimo era diventato freddissimo, senza tradire alcuna emozione.

Ninella era la donna della sua vita, quella che non aveva voluto sposare e che non aveva smesso di amare. Quel nome detto così all'improvviso lo catapultò nei ricordi, nella paura e nel desiderio.

«No, Ninella non lo sa.»

«Volete che glielo dica io?»

Mimì sapeva che lei non si sarebbe trattenuta, ma non ebbe la forza di opporsi. Aveva appena compiuto sessant'anni ma davanti a Ninella sarebbe rimasto per sempre il ragazzo che si tuffava all'alba dagli scogli urlando il suo nome.

2

Ninella si era svegliata entusiasta: aveva perso un chilo. Poche cose rendono felice una donna più di un «ti vedo dimagrita». Anche se lei, anziché pesarsi, indossava una vecchia gonna e a seconda di quanto le stringeva capiva se era in forma o meno, senza rimuginare su quei due o tre etti in più che mandavano in crisi le altre. Quindi il suo chilo perso era puramente indicativo. Andò in cucina e apparecchiò il tavolo con tante gallette e un cornetto crema e amarena per sua figlia: che poi lei non se la spiegava questa faccenda di aggiungere l'amarena alla crema, la trovava nauseante. Aprì la finestra e si affacciò a guardare il mare, che invece non la stancava mai, perché ogni giorno era diverso e le raccontava una storia nuova. Quella mattina era quasi piatto, minimale, come certi abiti giapponesi che aveva visto su un giornale.

Ninella sentì Nancy parlare nella sua camera e pensò che fosse al telefono. Così si avvicinò alla porta.

«Lo sapete quanto ho pagato questo top? Dodici euro! Se fate *swipe up* vi metto tutte le coordinate di Annamaria Fashion, il negozio di Monopoli dove l'ho preso.»

Ninella scosse la testa. La sua figlia minore, a ventitré anni appena compiuti, aveva una fissazione: diventare un'influencer. Perciò passava buona parte della giornata a contare cuori, commenti e visualizzazioni. Aveva 8.500 followers, che per una ragazza di Polignano erano già un bel numero, ma lei voleva di più. Voleva essere come Kylie Jenner, una delle Kardashian, che si era inventata il kit dei rossetti ed era diventata milionaria.

In realtà Ninella la lasciava fare perché negli ultimi mesi Nancy aveva iniziato ad aiutare sua sorella Chiara nel nuovo lavoro in cui si era lanciata – la wedding planner – occupandosi dei social, dei video e della parte musicale degli eventi. Nei ritagli di tempo studiava pedagogia a Bari, «perché nelle conversazioni una laurea serve sempre» diceva, «anzi, serve di più prenderla e occuparsi di tutt'altro, così attiri maggiormente l'attenzione». Nancy, più che milionaria, voleva arrivare a diecimila seguaci. Ci metteva tanto a dare gli esami perché «a ventitré anni non è che uno può studiare sempre» ammetteva, e sua madre doveva trattenersi perché almeno una figlia laureata la voleva.

Ma la verità è che Ninella le rompeva meno le scatole perché da poco si era presa una cotta, e quando riscopri il piacere dei sentimenti sei più indulgente con tutti. Aveva trovato finalmente un uomo che l'aveva distratta da don Mimì e allontanata dalle maldicenze.

Essere innamorati del consuocero, soprattutto in un piccolo paese, non è il massimo per una buona reputazione, ma Ninella non aveva mai badato troppo alla reputazione. E anche se Mimì era stato il suo eterno Romeo, adesso nella sua vita era giunto inaspettatamente Carlo, un architetto milanese arrivato a Polignano per ristrutturare un palazzo nel centro storico. I suoi amici lo chiamavano "il sexy boy" perché a diciott'anni, in Sardegna, aveva vinto una gara di bellezza in discoteca e da lì non era più cambiato: tonico, capelli un po' lunghi, dietro cui nascondeva lo sguardo, naso greco e mascella alla Brad Pitt.

Si erano conosciuti perché tutti e due andavano a camminare sul lungomare la mattina presto. O meglio, Ninella camminava mentre lui correva con le cuffie e quella cosa stretta al braccio che lei pensava servisse a misurare la pressione.

Lui aveva sempre avuto un debole per le donne più mature e aveva iniziato a sorriderle, finché una mattina si era tolto le cuffie e le aveva chiesto informazioni su una casa in vendita. Polignano era sempre una buona scusa. Poi aveva aggiunto poche parole, a lei non troppo familiari: «Ti andrebbe un drink più tardi?».

A Ninella era sembrata una frase così esotica che aveva accettato. Carlo aveva trentotto anni, perciò non le era parso un pericolo, invece lo diventò molto presto.

In paese molti lo chiamavano già *"u milanais"* perché dava poca confidenza, metteva gli articoli davanti ai nomi e organizzava appuntamenti a orari strani, come le 10.45.

Questa nuova frequentazione aveva alimentato i pettegolezzi su Ninella, ma lei era dispiaciuta solo nel vedere svuotarsi il paese che amava per fare posto ai turisti. «D'inverno sembra il deserto dei Tartari, d'estate affittano anche i garage» diceva scoraggiata, «e gli mettono il nome *Nido d'amore.*»

Ninella era il cuore di Polignano, quello che non si arrende: tignoso, permaloso e folle.

Mise su la caffettiera e sistemò meglio le gallette – quelle che aveva sempre criticato – accanto alla marmellata senza zuccheri aggiunti e al terribile cornetto crema e amarena per Nancy. La sentì avvicinarsi come un gatto, sempre con il telefono in mano, mentre parlava ai suoi followers: «Ecco cosa mi ha preparato mia madre... che dite, è una colazione top?».

Ninella fu sul punto di lanciarle un piatto, ma la sua vecchia gonna si abbottonava di nuovo e non ne valeva la pena.

«Adesso metti giù quel telefono e beviamo il caffè, ok? Altrimenti non entri più in questa casa.»

«Va bene, mamma. Per essere una *milf* sei un po' troppo severa.»

«Cos'è una *milf*?»

«Dài che lo sai. Le *milf* sono quelle donne di mezza età che piacciono ai ragazzi più giovani. Come il tuo architetto.»

Ninella si sentì a disagio, ma si sforzò di rispondere.

«Il fatto che lui sia più giovane riguarda me, non te.»

«Mamma, ascoltami. Da quando sono nata non ti ho mai visto fare una dieta, quindi non me la racconti.»

«Ascoltami *baby*, come dici tu. Io ti auguro un giorno di diventare come me e di frequentare finalmente qualcuno. Invece tu sai cosa fai? Aspetti i like. Ma che te ne fai dei like se la prima a non piacerti sei tu?»

Nancy incassò il colpo senza ribattere: «mai contraddire una *milf* se è tua madre» avrebbe detto poi alla sua amica Carmelina. Così fece colazione, aiutò Ninella a sparecchiare e sistemò la cucina senza che le venisse ordinato.

«Ninellaaaaaa stai a casa? Ninella? *Addò sté*?»

La voce della signora Labbate giunse dal vicolo come una sirena e mise Ninella di malumore. Da quando aveva aperto i bed and breakfast era diventata insopportabile e aveva iniziato a darle del tu, il che l'aveva resa ancora più invadente: continuava a dirle che se avesse smesso di fare la sarta e avesse affittato casa sua, con una vista del genere avrebbe potuto smettere di lavorare. Ma lei per nulla al mondo avrebbe rinunciato a quella che considerava la vera ricchezza: svegliarsi ogni giorno davanti al mare.

La signora Labbate si attaccò anche al campanello e così Ninella fu costretta ad affacciarsi.

«Che c'è?»

«Ninella, non so se sai, ma è successa una cosa incredibile.»

Quando la sua vicina iniziava così, in genere millantava di qualche invito in Florida o Sudamerica dei suoi pregiatissimi ospiti, invece proseguì in un'altra direzione: «Don Mimì... l'amico tuo...».

«È successo qualcosa?»

«Adesso che la moglie si è messa con Pasqualino... lui è uscito definitivamente di casa!»

«Sì, sapevo che era in un residence, ma non sono fatti miei.»

«Allora sei rimasta indietro. Da ieri è entrato in un nuovo appartamento, addirittura. L'ho visto così abbacchiato che neanche è riuscito a godersi il suo espressino.»

«E perché sei venuta a dirmelo? Lo sai che è mio consuocero... e ormai ci vediamo solo a Natale e per il compleanno della nostra nipotina. Mi spiace, però.»

«E dài, Ninella. Tu puoi dire quello che vuoi, ma non che ti dispiace.»

Lei non riuscì a contraddirla, ma cercò di non tradire il suo stato d'animo.

«Dove sarebbe questa casa?»

«Qui nel centro storico. Vicino a noi, sopra le mura, nell'appartamento che doveva essere di Orlando.»

«Ma Orlando non si era messo con tuo figlio Mario?»

«Secoli fa! Poi non so bene cosa sia successo, ma credo che Orlando non volesse una storia seria, e Mario si è buttato sul lavoro... lo so solo perché una volta ho sentito una telefonata... Ma devi vedere Mondo Mocassino cosa è diventato da quando il negozio l'ha preso lui. Tra un po' apre un'altra sede... Mio figlio non mi racconta nulla perché dice che poi vado a dire tutto in giro, ma ti pare? Le cose di famiglia restano in famiglia. Ci pensi però se si sposavano, ora che si può? Io mi compravo mezza Polignano. Sai che ormai questi gay hanno in mano il mondo.»

Parlava dei gay come se non ci avesse a che fare.

«E chi lo dice?»

«Lady Gaga.»

«Lady Gaga ha sempre ragione.»

Nancy, dall'altra stanza, si sentì in dovere di intervenire, ma la Labbate non si lasciò interrompere.

«Comunque, Ninella... se vuoi vedere don Mimì sta ancora al bar in piazza dell'Orologio. Vai a salutarlo, vedi che gli fa piacere.»

«Grazie signora Labbate, ma devo consegnare un lavoro... nelle ultime settimane è entrato meno del previsto: aprile è sempre un mese strano.»

Ninella le dava del tu ma continuava a chiamarla «signora Labbate».

«Se me lo dicevi ti davo io qualche lavoretto!»

"Se me lo dicevi" era il tormentone della Labbate: a lei bastava "dirglielo" e ti risolveva tutti i problemi.

«Non posso raccontarti tutto, adesso rientro, ci vediamo presto, ciao.»

«Va bene, ma vedi di mangiare qualcosa che stai sciupata.»

Ninella finalmente tirò fuori un sorriso. Per quanto cercasse di dissimularlo, in quel momento non c'era complimento migliore.

Rientrò in casa con il cuore accelerato, si specchiò, fece un giro su se stessa per far muovere un po' la vecchia gonna che le stava di nuovo bene. Le gonne non mentono mai. Aveva un'euforia che faticava a controllare, un po' come quando pareggi allo scadere di una partita che credevi persa e si riaccende la speranza. E sai che una sconfitta a quel punto potrebbe essere letale.

Mimì era andato a vivere da solo a due passi da lei, che ora si sentiva di nuovo Giulietta. Si affacciò e vide che il mare aveva iniziato ad agitarsi: stava arrivando il maestrale.

3

Le foto delle nozze hanno sempre un sapore agrodolce.

Chiara conosceva ragazze che dopo il matrimonio quell'album lo avevano nascosto, altre che lo avevano gettato in un cassonetto e una delle sue clienti, che si era separata subito, dopo averlo aspettato diciotto mesi lo aveva bruciato davanti all'ex suocera.

Lei lo teneva in camera, tra le lenzuola impilate dentro l'ultimo cassetto del comò, e quella mattina le era capitato tra le mani.

Lo sfogliò con occhi diversi, ora che organizzava matrimoni. Dopo tante insistenze, aveva seguito in quest'avventura la sua amica Mariangela, che aveva aperto una propria attività dopo le nozze di Justin Timberlake e Jessica Biel a Borgo Egnazia. Per darsi un tono, aveva messo una "y" nel nome e rispolverato il suo cognome: Mary Modugno Agency. Suo nonno e Domenico Modugno erano cugini di secondo grado, e lei questa cosa la diceva come se vantasse un quarto di nobiltà.

I matrimoni erano diventati il cruccio, l'ambizione e l'ossessione di Chiara, che era giunta anche in finale a Bari agli Italian Wedding Awards.

Le sue nozze, a ripensarci ora, erano state quasi epiche, rocambolesche, piene di bellezza e colpi di scena, schiaffeggiate da un maestrale che avrebbe sconvolto la sua vita e quella di sua madre, proprio come il vento che stava arrivando ora a Polignano. Quel giorno aveva fatto pace con suo marito Damiano proprio allo scadere della festa e aveva capito che in una relazione si deve sempre chiudere un occhio perché – come diceva Ninella – «l'amore è innanzitutto non rompere i coglioni».

Così non gli faceva più domande su improvvisi tornei di calcetto, fiere delle patate in Paesi dell'est o messaggi whatsapp che arrivavano a orari bizzarri. Un amore senza segreti non è amore, perciò Chiara era stata soprattutto pratica. Se aveva un sospetto, faceva qualche allusione e poi chiudeva il discorso con «ho capito».

E Damiano, quando si sentiva dire «ho capito», capiva. L'unica sua trasgressione in realtà erano le goliardate per il matrimonio di qualche amico o le feste di compleanno.

Per il resto, Chiara e Damiano erano una coppia che funzionava e a letto si ritrovavano con piacere, anche se un po' meno frequentemente perché da cinque anni nella loro vita era arrivata una figlia: Gaia. Anzi, "la bambina", come la chiamavano tutti.

Non le avevano messo il nome della nonna e forse per questo – pur di evitare polemiche – per tutti era da sempre "la bambina".

A soli cinque anni, Gaia dettava legge come un dittatore.

La bambina vuole la pizza.

Ora è stanca.

Ora vuole i pennarelli.

Ora non vuole i pennarelli ma i pastelli.

Ora sogna la camera viola.

Ora sogna la camera viola anche per i genitori.

Ora vuole cantare a Sanremo.

Ora vuole fare i balli di gruppo.

Ora vorrebbe prendere la comunione.

Eh sì, a cinque anni la bambina sognava già di fare la comunione e supplicava sua madre di comprarle l'abito bianco. Il suo problema non erano tanto i genitori, che cercavano di barcamenarsi con qualche regola, ma la nonna paterna: Matilde.

Per lei Gaia non era solo la prima nipotina, era soprattutto un trofeo, una rivincita, l'erede della dinastia degli Scagliusi, e pazienza se si stava separando dal "nonno". Perciò aveva iniziato a fare a gara con Ninella, l'altra nonna, con regali di ogni tipo. Prima la cornice della Thun a forma di cicogna, portata in ospedale appena nata, poi la carrozzina Inglesina, che era un vero e proprio *must have*: «I bambini si dividono tra chi può permettersi l'Inglesina e chi no» diceva. Ma il tocco di classe era il braccialetto con i brillantini e la scritta "A Gaia da Nonna Special". Per sentirsi più alla moda Matilde usava l'inglese, e se fosse stato per lei le avrebbe già fatto fare la comunione.

Ninella era diversa.

Chiara la rivedeva nelle foto del giorno del suo matrimonio mentre ballava con suo suocero, vestita di rosso, con la collana di coralli e gli occhi pieni di luce.

Era una foto su cui mai nessuno si soffermava troppo, come se fosse un tabù. Per lei, invece, quel ballo era stato indimenticabile perché aveva visto sua madre felice, per una volta si era lasciata andare e si era presa tutta la scena, come una regina.

Chiara era ancora lì che osservava quell'immagine, sfiorandola con le dita, quando il citofono suonò.

Era lei, la conosceva bene: quando passava direttamente da casa sua c'era sempre qualcosa di importante. La vide salire gli scalini a due a due, altro segnale preoccupante.

«Mamma, tutto a posto?»

«Sai che se non succede qualcosa non potremmo essere in Puglia.»

«Ovvio. Ma è per questo che ci piace.»

Ninella entrò e si sedette sul divano accavallando le gambe: si sentiva già Sharon Stone.

«Prima dimmi come sta mia nipote...»

«Bene, è di là con Adoración.»

«Ma scusa, hai la tata anche quando lavori da casa?»

«La paga mia suocera, sai com'è, ci tiene a farsi vedere. Le sta insegnando a ballare *Walk Like an Egyptian*...»

Ninella andò in camera di Gaia e la trovò truccata da Cleopatra, che ordinava alla tata di fare la sfinge, con tanto di lenzuolo viola che le faceva da strascico.

«Ciao nonna, che regalo mi hai portato?»

«E perché scusa, mica è il tuo compleanno?»

«L'altra nonna mi porta sempre i regali perché dice che io non ho l'onomastico, oppure dà i soldi a mamma così io poi scelgo.»

Ninella fulminò sua figlia, che si sentì in dovere di intervenire.

«Non si dice così alla nonna. La nonna è venuta a trovarti perché ti vuole bene... su, salutala.»

Ninella non abbassò lo sguardo e la bambina rimase perplessa – lei voleva i regali – ma poi si avvicinò per darle un bacio.

«La prossima volta però mi devi portare un regalo, nonna Ninny.»

Ninella detestava essere chiamata in quel modo perché le ricordava lo stracchino del Nonno Nanni, ma davanti alla piccola Cleopatra fu costretta ad abbozzare.

«Io devo solo volerti bene, ricordalo.»

La bambina la guardò per una volta intimorita e tornò a esibirsi davanti ad Adoración – aveva già imparato a scrivere il suo nome come si pronunciava: *Adorasion* – come se fosse una delle Bangles.

Chiara, intanto, offrì a sua madre un ventaglio di cialde ai gusti più incredibili.

«Un caffè normale non c'è?»

Chiara cercò in quel mare di capsule che sua suocera le aveva mandato a Natale.

«Il più normale è "Indonesia... ricco e con note di legni aromatici, intensità 8", così c'è scritto. Va bene?»

«Come intensità direi che ci siamo.»

Chiara lasciò cadere la battuta perché non voleva alimentare una nuova discussione sul caffè con sua madre, fedelissima alla moka. Doveva ancora risolvere un problema con una cake designer per un matrimonio a Turi, ma capì che Ninella desiderava parlarle e non voleva metterle fretta. Sicuramente aveva saputo che Mimì e Matilde erano in rotta e chissà cosa poteva ancora succedere.

«Allora, che c'è, mamma?»

Ninella fece un sospiro.

«È mancata la zia Menina.»

«E chi è?»

«Appunto. Era una zia di tuo padre... una di quelle donne sole che vivono per la chiesa, le *strascinat* e il vino novello. Io, da quando sono rimasta vedova, ho perso i contatti con lei... anche perché stava a Monopoli.»

«Mamma, da Polignano a Monopoli sono dieci minuti.»

«Dieci minuti possono essere un'eternità.»

«Sei pigra, mamma. Questa è la verità.»

«Io non sono pigra, sono nata vecchia. Comunque... la zia Menina è morta e ha fatto testamento a padre Gianni: lascia tutto a me e a mio cognato Modesto. Capisci?»

«E la zia Dora lo sa?»

«Certo, è la moglie! Dopo che ha sentito il prete mi ha chiamato quattrocento volte e sta venendo giù da Castelfranco, si è già fatta fare la delega per gestire la successione. Dice che lei non può mancare ai funerali, che era la sua zia preferita.»

«Ma dài, era rimasta in contatto con la zia?»

«Figurati, ma quando muore qualcuno tutti di colpo ritrovano la memoria. Ora la devo pure ospitare a casa e Nancy ha già le crisi isteriche.»

«Comunque è una bella notizia... è sempre un'eredità.»

«Un'eredità in Puglia, hai presente? Come minimo staremo offesi per anni.»

«Dài, mamma, non ti angosciare. A zia Dora ci penso io.»

«E c'è pure da organizzare il funerale.»

Chiara avrebbe voluto chiederle qualcosa di suo suocero che si era trasferito, ma aveva un certo pudore nel parlarle. Anche di Carlo, l'architetto, non aveva saputo molto: solo qualche racconto di Nancy e le voci che le arrivavano dal paese. Così allargò le braccia guardando Ninella, che ricambiò con affetto: i loro abbracci erano le parole che non riuscivano a pronunciare. Quella era sua madre: il suo ulivo secolare che resisteva alle tempeste, al tempo e alla Xylella.

«Sei sempre più bella, sai?»

Ninella s'illuminò.

«Si vede tanto che sono dimagrita?»

«Sei bella perché sei mia madre. Non sono solo i figli a essere belli per le madri, vale anche il contrario.»

Ninella fece fatica a non commuoversi e il caffè con le cialde le sembrò quasi accettabile.

«Buono l'Indonesia» disse per prendere tempo. Poi aggiunse: «Sarò bella ma non sarò mai una madre come le altre. Se posso fare una cazzata, la faccio sempre».

«Allora ho preso tutto da te.»

«Ma no. Hai un bel lavoro e hai aiutato pure quella sognatrice di tua sorella... a proposito, mi diceva che hai un problema da risolvere.»

«Sì, la cake designer che avevamo scelto si rifiuta di decorare il volto dei due sposi sulla torta e se n'è andata. Solo che se non ne troviamo un'altra ci linciano.»

«Ai miei tempi bastava andare in pasticceria.»

Sua madre le rendeva sempre il mondo più semplice, anche se era brava a complicarsi il proprio. Ora avrebbe dovuto occuparsi anche di un funerale e di una cognata che da quando si era trasferita a Castelfranco Veneto diceva "voi meridionali" alla prima occasione. Poi davanti a un po' di soldi saliva in aereo e tornava nella sua bella e amata Puglia.

4

Damiano andò a prendere suo fratello Orlando a Bari, altrimenti sarebbero passate settimane prima che si facesse rivedere a Polignano.

Erano due bei ragazzi, ma agli antipodi: Damiano si sentiva il padroncino del Sudest barese, con la grande frustrazione di non poter seguire "la Bari" in trasferta con gli amici, ma con una bambina in casa era giusto che si desse una regolata.

Orlando, invece, da quando aveva fatto coming out alle nozze del fratello, viveva in una bolla. Evitava di andare a Polignano perché non voleva dare adito a pettegolezzi e poi... lui preferiva vedere il suo paese dal mare. Ogni tanto scendeva a cala Paura e chiedeva a Dorino, il vecchio boss delle barche, se lo portava a vedere le grotte. Gli piaceva ascoltare sempre le stesse storie, arricchite da qualche massima: «Polignano è come una donna: è sempre più bella vista da sotto».

Quando c'erano problemi in famiglia era sempre Damiano a farsi vivo e ad andare a prelevarlo dal suo studio legale. Quella mattina suo fratello era chiuso in riunione con Daniela, sua amica e complice dai tempi dell'università, e finta fidanzata all'occorrenza.

Daniela era la sua bionda preferita, il suo alter ego, la sua socia, quella che gestiva la loro piccola ma efficace squadra di avvocati. E ora, dopo qualche anno di relazione, aveva deciso anche lei di sposarsi e gli aveva chiesto di officiare il rito.

«Io la celebro anche la cerimonia, Daniela, figurati... ma per il resto non so se me la sento.»

«Devi solo dirlo ai miei genitori... che ci vuole, sei un avvocato. Uno che difende uno spacciatore di Bari vecchia può parlare anche con mio padre.»

«Sì, ma non è che ti sposi... è che ti sposi con una donna.»

«Lo so.»

«I tuoi però no! Non sanno neanche che sei lesbica.»

«Ma mio padre soffre di gastrite e mia madre ha il mito della famiglia reale inglese!»

«E cosa c'entra?»

«Niente, era per impietosirti. Loro ti adorano, se glielo dici tu la prenderanno sicuramente bene. Ricorda che ti hanno anche fatto il regalo a Natale...»

«Una sciarpa!»

«L'importante è il pensiero.»

Orlando era un grande oratore ma conosceva i genitori di Daniela: gente all'antica, seria, perbene, che sogna il genero e i nipoti. Per fortuna entrò la segretaria a interromperli.

«So che non posso disturbare, ma c'è suo fratello qui. Dice che è da mezz'ora che lei non risponde al telefono...»

Lui ne approfittò per prendere tempo e uscire, lasciando la sua amica con un «ci penso».

L'arrivo di Damiano fu una manna dal cielo, e il fatto che volesse portarlo a Polignano era un'occasione in più per cambiare aria e chiarirsi le idee.

Bari era bloccata dal traffico, e i pedoni attraversavano le strisce con una lentezza esasperante. Damiano li osservò: «Ti rendi conto che ormai nessuno guarda più la strada perché stanno tutti a smanettare sul telefono e a fumare?».

Mentre lo diceva si accorse che suo fratello aveva gli occhi sul cellulare. Provò a scuoterlo con una notizia che lo riguardava da vicino.

«Lo sai, vero, che nostro padre si è trasferito a casa tua?»

Orlando alzò la testa.

«Sì, mi ha chiamato la vicina dopo dieci minuti. Lui mi aveva accennato la cosa e ieri mi ha cercato, però ho perso la telefonata. Ma ora perché vuoi andare da mamma?»

«Perché è partito tutto da lei. Cerchiamo di capire la situazione con Pasqualino.»

Il maestrale iniziava a essere più forte e dalla strada si scorgevano le onde infrangersi sulla costa. Il lungomare di Bari era il posto del cuore di Orlando: quei lampioni liberty che scandivano i passi e lo sguardo sotto la benedizione di san Nicola lo emozionavano sempre. A volte in pausa pranzo andava fino a Pane e pomodoro, si prendeva *fcazz* e birra e se ne stava lì in spiaggia a godersi il sole.

Damiano spingeva sull'acceleratore, quasi per contrastare il vento, fino a che Orlando vide spuntare l'abbazia di San Vito, che lo rendeva sempre un po' malinconico: lì anni prima incontrava l'Innominato, l'uomo che gli aveva fatto perdere la testa, tipico suo.

Più si avvicinavano a Polignano, più Damiano mostrava un certo nervosismo. Anche se aveva trentadue anni, non poteva accettare che i suoi genitori si separassero: proprio loro, che avevano superato mille difficoltà anteponendo sempre la famiglia a tutto. Gli Scagliusi erano una potenza anche per quello, sebbene Orlando la pensasse diversamente.

«Hai paura di perdere l'eredità?»

«Faresti meglio a non scherzare. E se si r...»

«...»

«ri...»

«...»

«Risposano?»

Damiano ogni tanto balbettava.

«Be', siamo pur sempre i figli. Qualcosa ci lasciano.»

«Smettila, e aiutami. Tu hai un grande ascendente sulla mamma. Convincila che una sbandata può capitare a tutti... che deve fare lei il primo passo.»

«Iniziamo a capire come stanno le cose, poi vediamo.»

Arrivati di fronte al Petruzzelli, i due trovarono proprio Pasqualino tuttofare che scaricava le valigie davanti a casa.

«Che stai facendo, Pasqualì?»

Lui sollevò la testa e li osservò con un po' di imbarazzo.

«Mi sto trasferendo. Siete arrivati al momento giusto, *uagnou*. Aiutatemi a mettere le mie cose in ascensore.»

«C... c... c... cosa?»

Damiano iniziò ad agitarsi, ma Orlando lo trattenne per il braccio: «Vieni a vivere da noi... veramente?».

«Sì, qui con Maty.»

Matilde la chiamava già Maty.

«Ma di già?»

«Be', è da un po' che ogni tanto mi fermo a dormire. Ma ieri vostro padre si è proprio trasferito e ora che è sicuro al cento per cento, io trasloco. Le donne non vanno mai lasciate sole, sapete. Adesso però aiutatemi, *scià*.»

Damiano e Orlando si guardarono senza la forza di reagire e furono costretti a obbedire. In una scena che aveva un tocco surreale, i due Scagliusi aiutarono il loro tuttofare a entrare nella casa dove avevano vissuto da quando erano nati. Matilde li aspettava sulla porta insieme ad Adoración, che oltre a fare da tata alla bambina aiutava anche l'*abuela*, la nonna, e ora assisteva incredula mentre un "ex collega" entrava in casa Scagliusi da padrone.

«Pasqualino, bravo che ti sei fatto aiutare dai ragazzi... così rompete il ghiaccio.»

I due non sapevano cosa dire, guardavano la madre e non la riconoscevano più: un nuovo taglio di capelli, meno gioielli, più profumo. Era cambiata.

Aveva passato anni a sopportare gli occhi assenti del marito e a friggere polpette, covando sempre più rancore. Prima gli aveva vietato di incontrare Ninella, ad eccezione del Natale in famiglia e del compleanno della bambina. Poi aveva iniziato a guardarsi intorno e "Pasqualino Settebellezze", come lo aveva soprannominato lei, era stata la preda più facile.

Matilde aveva tirato fuori tutto il suo desiderio di rivalsa, la sua tenacia e la sua scollatura fino a farsi scoprire. Mimì si era persino strappato qualche pelo dei suoi amati baffi.

I polignanesi tutto potevano pensare, tranne che la donna più rompicoglioni del paese potesse mettersi in casa l'uomo di fiducia di famiglia. Una che era stata umiliata alle nozze del figlio perché il marito aveva ballato con la consuocera sotto il naso di mezza Polignano, compreso il vicesindaco.

Ma era giunto il momento di dire basta, e Matilde lo aveva fatto scegliendo di stare accanto a Pasqualino, che si sforzava di sentirsi a proprio agio tra quelle stanze principesche. Apriva i cassetti e spostava le cose senza troppa dimestichezza, come se di colpo avesse perso la confidenza con quel luogo e la sua solita manualità.

«Senti, Orlà... è un problema se sistemo un po' di cose in camera tua? Tanto tu te ne stai a Bari.»

Non lo aveva mai chiamato Orlà.

«Ma scusa, non dormi in camera con mia madre?»

Orlando fece molta fatica a porre quella domanda.

«Sì ma vorrei una stanza per me, perché a volte russo.»

Damiano stava per esplodere ma temette di balbettare e si fermò, mentre Orlando gli prese nuovamente il braccio per placarlo.

Matilde viveva in un grande equivoco di felicità. In quel momento non le importava di niente e di nessuno: sapeva cosa pensavano di lei i suoi figli, ma fingeva di non accorgersene. Andò in cucina e chiese ad Adoración di portare la torta *tres leches* che l'aveva costretta a fare con il Bimby, il suo vero faro nei momenti bui, poi radunò tutti intorno al tavolo invitandoli a gustarla. L'amore l'aveva resa più tollerante anche con i sottoposti.

I due fratelli mangiarono quel dolce troppo *dulce* comportandosi come se la loro madre fosse pazza, e decisero di uscire velocemente. Dovevano parlarle, ma non era il momento giusto.

Erano già in ascensore quando Pasqualino li chiamò dalle scale facendoli tornare indietro. Voleva una mano per spostare una poltrona dal salotto alla camera da letto.

5

La zia Dora piombò a casa di Ninella da sola, di prima mattina, perché suo marito Modesto aveva paura dell'aereo e lei troppa fretta di arrivare. L'importante era avere la delega, che teneva in mano come se fosse il suo nuovo documento d'identità alla frontiera.

Atterrò a Bari che si sentiva già Joan Collins ai tempi di "Dynasty", con un trolley molto grande ma leggero: sapeva che quando muore un parente bisogna sempre lasciare spazio in valigia.

Ninella non aveva avuto nemmeno il tempo di pensare al suo giovane architetto o al suo vecchio amore, che sua cognata era già in cucina. In realtà, era terrorizzata che lei andasse a casa della zia defunta da sola, perché in quelle situazioni tutti sentono la necessità di far visita all'abitazione prima degli altri.

«Cos'è, Dora, non ti fidi di me?»

«Ma figurati. Tu sai quanto volessi bene alla zia Menina... era una seconda madre per me.»

«Ma se in tutti questi anni non sei mai andata a trovarla una volta. Secondo me ci ha lasciato il trullo di Ripagnola solo per farci sentire in colpa. Io me l'ero proprio scordata. Ma non doveva venire Modesto?»

«Sì, ma ha preferito darmi la delega, sai che io in queste cose sono particolarmente ferrata. E poi ero molto più affezionata io di lui, alla zia. Ho sempre una sua foto in camera mia, sul comò.»

«Sì, vabbè.»

«Sei libera di non credermi. In questo sei la classica pugliese che vede complotti ovunque.»

«Guarda che anche tu sei pugliese, quando pare a te.»

«Ma perché ci ha lasciato solo il trullo? E la casa di Monopoli?»

«Quella l'ha lasciata al parroco di Polignano. Così mi ha detto padre Gianni.»

«Mamma che casino. Ma non è che il prete fa il doppio gioco? No, perché ho visto un servizio alle "Iene" che...»

Ninella cercò di non perdere la pazienza. Quelli che citavano la televisione come fonte autorevole li trovava sempre insopportabili.

«Ma no, altrimenti si teneva anche il trullo.»

«Io quando c'è di mezzo un'eredità non mi fido neanche dei preti, Ninella. Ti sei fatta dare le chiavi di casa?»

«È andato Franco a ritirarle, così ci accompagna lui in macchina.»

«Ma è uscito dal carcere?»

«Sono anni che è un uomo libero.»

Lo zio Franco, il fratello di Ninella, sempre nei guai o nei loro pressi, urtava Dora nel profondo, anche se ormai aveva un lavoro apparentemente onesto: aveva aperto un'agenzia di badanti, riadattando una specie di cantina condonata dove riceveva quasi solo parenti italiani e donne straniere. Sapeva trovare la persona giusta per ogni situazione, ovviamente in cambio di percentuali, quasi tutte in nero, anche se il suo sogno restava il reddito di cittadinanza. La zia Dora sospettava di questi traffici, ma non potendone parlare a Ninella aveva preferito uscire un attimo di casa con la scusa che il telefono non prendeva bene. Si era abituata a mandare solo messaggi vocali, che appena inviava riascoltava con fierezza. Perciò pensò subito di condividere con suo marito la novità.

«Ciao Modesto, buongiorno... sono arrivata ma non ti dico su Ryanair la gente cosa si porta... meno male che avevo la priority... Comunque qui in meridione come sempre le cose funzionano come vogliono loro... ora Ninella se n'è spuntata che a vedere la casa della zia Menina viene pure il fratello galeotto... ma ti rendi conto? Lui mica è nell'asse ereditario come noi! Robe da matti... comunque devo dire che si mangia sempre bene... saranno pesanti ma la focaccia la sanno fare... hanno proprio questa dote... e anche Ninella mangia... si è pure inchiattita secondo me... comunque Modesto mi raccomando le piante... e fatti dare i punti dell'Esselunga dalla vicina... hai capito? Per l'eredità non ti preoccupare che ci sono io...»

La zia Dora aveva cambiato tono perché era apparsa Ninella, pronta per andare a Monopoli.

«Perché sei uscita per telefonare?»

«Io non volevo uscire, ma la linea da voi fa pena... tu Ninella sei veramente una santa a continuare a vivere qui. Dovrebbero farti una statua come quella di Modugno.»

Ninella non ribatté perché non aveva voglia di litigare. Attese che Dora rientrasse in casa a prendere il trolley vuoto e si avviarono a piedi fuori dal centro storico da cui le auto erano bandite: le ruote della valigia sulle chianche facevano un rumore fastidioso, ma la voce di Dora riusciva a coprirlo. Franco le aspettava con una macchina con la targa rumena presa in prestito da una badante.

L'idea di varcare i confini di Polignano con un'auto dell'Est e una cognata del Nord a Ninella faceva un po' ridere, ma quando vide scomparire le ultime case del suo paese le venne una specie di malinconia. Non andava a Monopoli da anni, se non per qualche visita all'ospedale, ma nella parte antica non ci si era più avventurata.

Era tutto molto curato, con quei balconi fioriti e le case bianche, il castello che si stagliava giallo sul cielo rosa, davanti a un mare sempre più agitato. Ninella era troppo orgogliosa per riconoscere quella bellezza – era una donna difficile – ma bisognava volerle bene così.

Dora, che la conosceva a fondo, si lanciò subito a dire quanto era bella Monopoli, e «mia zia ci aveva visto giusto», e «tu Ninella dovresti trasferirti qui che la linea ha quattro tacche dappertutto».

Le due arrivarono a casa della povera zia Menina più tese che emozionate, Franco invece aveva l'adrenalina in corpo come se avesse trovato una nuova dipendente. Se fosse stato per lui, sarebbe entrato in casa solo con Ninella, ma lei non glielo permise.

L'appartamento si trovava in una corte vicino alla Porta Vecchia e sembrava rimasto fermo agli anni Sessanta, con tante stanzette e un piccolo terrazzo da cui spuntava il campanile della cattedrale a un passo.

In quel momento squillò il telefono di Ninella. Era padre Gianni.

«Siete già in casa?»

«Sì, siamo qui con mia cognata a cercare qualche ricordo.»

«Sono contento... Menina sarebbe stata felice di questo. Ricordate che domani ci saranno i funerali a Polignano, la zia voleva essere tumulata qui. Dopo vi faccio leggere la lettera che mi ha lasciato per te e Modesto.»

«Allora poi passiamo, intanto cerchiamo qualche foto.»

Ninella mise giù e si rese conto che gli altri due erano spariti: era cominciata la caccia al tesoro. Sia Franco sia Dora avevano iniziato ad aprire i cassetti, cercare nelle tasche, alzare i materassi, veloci come a una prova dei Giochi senza frontiere.

«A me più che le foto mi pare che stiate cercando soldi, o mi sbaglio?»

I due neanche le risposero, intenti come erano a effettuare la loro personalissima perquisizione, e a Ninella non restò che imitarli. Dora aveva occupato la camera da letto e ogni tanto, per darsi un tono, faceva anche dei video per Modesto: «Vedi, qui la zia si riposava... guarda che bella questa poltroncina, povera zia, l'hanno lasciata sola...».

Franco si era buttato in salotto e a Ninella era rimasta la cucina. Le sembrava una situazione così assurda che le servì per distrarsi dai suoi pensieri: stava toccando gli oggetti di una persona di cui ricordava poco.

Lì tutto era scompagnato: il frigo separato dal resto, un sacco di gingilli in giro, mobili con ante cigolanti, calendari sparsi di Padre Pio e cassetti traboccanti di carte.

Ninella li aprì incuriosita, ma anche un po' intimidita. Le sembrava di essere invadente, ma quando Franco le fece cenno di muoversi obbedì.

In un cassetto c'erano solo posate, in un altro tovaglie di secoli prima e cartelle della tombola. Le tirò fuori per guardarle e sul fondo trovò uno strofinaccio piegato in un modo strano: dentro, due collane d'oro abbastanza spesse. Hai capito la zia? Nascondeva l'oro in cucina. In un altro cassetto, sotto una pila di vecchie cartoline, trovò anelli e bracciali. Non sapeva se dare l'annuncio agli altri o se tenere quei gioielli per sé, così decise di attendere. Era un po' come quando vai per funghi: appena trovi la zona buona, taci.

A un certo punto però zia Dora piantò un urlo così disperato che Ninella corse in camera. «Ma come si fa! Le lire! La zia teneva nella tasca di una vestaglia dieci milioni di vecchie lire!»

«E non si possono cambiare?»

«Ninella, ma dove vivi?»

Franco, quando sentì parlare di soldi, si palesò.

«Io neanche le lire ho trovato.»

Dora era atterrita.

«E tu Ninella, niente?»

Lei non se la sentì di mentire e mostrò tutti i gioielli che aveva scovato. Dora sgranò gli occhi come se avesse visto la zia resuscitata.

«Sapevo che la zia mi voleva bene. Erano in cucina, vero?»

«Sì, nei cassetti.»

«Me lo sentivo e ci tenevo che li trovassi tu...»

Ninella era senza parole mentre sua cognata continuava a parlare.

«Allora posali subito qui che poi li dividiamo. Intanto se vuoi ci diamo il cambio: io vado in cucina e tu stai in camera.»

«Ma non possiamo cercare insieme?»

«Lontano si cerca, insieme si divide. Se poi sei vicina, mi viene l'agitazione.»

Così scambiarono stanza.

Era evidentemente la giornata di Ninella perché, guardando quanto era particolare un vestito anni Settanta di cui avrebbe voluto replicare il modello, trovò in una tasca altre medagliette. La zia amava nascondere l'oro.

Dopo ore in cui quelle tre stanze vennero ispezionate come dai

Ris di Parma, Ninella, Franco e Dora misero il ricavato sul tavolo: Dora non voleva che Franco partecipasse alla spartizione solo perché le aveva accompagnate. Lui mica era erede!

Per evitare polemiche, Ninella disse che lei e il fratello avrebbero poi diviso tra loro.

Zia Dora fece di tutto per scegliere alcuni gioielli che le ricordavano tanto la zia, ovviamente i più grossi e preziosi. Ninella storse un po' il naso, ma Franco le fece cenno di non prendersela troppo.

Gli unici euro che trovarono erano contenuti in due salvadanai stracolmi di monete. Tornarono a Polignano un po' delusi, anche se la zia Dora era la più felice perché si era accaparrata il bottino maggiore. Lasciò entrare gli altri in casa perché lei doveva «mandare un vocale» a Modesto. Rimasti un attimo soli, Franco si avvicinò a Ninella e le disse: «Non essere arrabbiata con lei. La collana che ha voluto a tutti i costi è placcata. Le nostre cose, anche se più piccole, sono d'oro vero».

Ninella guardò quel delinquente di suo fratello e iniziò a ridere – «Sei proprio un disgraziato» – anche se presto s'interruppe.

Franco aveva tirato fuori dalla tasca una mazzetta di euro tutti arrotolati: «Ah, in cucina ti erano sfuggiti questi. Cinquemila euro, erano in frigo. Senti come sono belli freschi».

6

«La prima cosa che devi fare, Mimì, è reagire e partire. Tu ora sei un uomo libero. Quante volte mi dicevi "beato te che puoi andare a fare i viaggi?"»

«Assai, ma a me non interessa partire. Io voglio restare qua.»

Nando era l'amico ritrovato da don Mimì quando aveva scoperto che sua moglie aveva un altro. Anche lui commerciante, ma specializzato in uva da tavola, aveva avuto una vita più avventurosa perché aveva lasciato la moglie dopo aver perso la testa per una ragazza di Bratislava: intanto i suoi figli si erano laureati e avevano preso in mano l'azienda.

La sua ex moglie aveva così tante proprietà che non gli aveva neanche fatto la guerra. In paese la chiamavano "la Filler", viste le volte che andava a Roma per farsi iniettare qualsiasi cosa: vitamine, botox, acido ialuronico. Era lei il modello a cui s'ispirava la signora Labbate, che sognava di potersi permettere lo stesso chirurgo.

Nando, invece, le sue rughe nemmeno le vedeva. Era un omone di un metro e ottanta che trovava sempre qualche bionda che si concedeva sognando le seconde nozze, inutilmente. Un bell'esempio di come ci si potesse godere le cose senza troppi pensieri: Mimì lo vedeva sempre ridere, mangiare e parlare di cibo, e poi aveva il personal trainer, che lui chiamava P.T.

Nando era un buon diversivo per lui, che continuava a occuparsi della Scagliusi & Figli, soprattutto quando bisognava prendere decisioni importanti, anche se si era ritagliato più tempo libero per sé.

I due amici erano mondi così lontani che a Polignano li chiamavano "Sepp Larucc'", per dire che non c'azzeccavano niente l'uno con l'altro. Nessuno in paese sapeva l'origine di quel modo di dire, anche se forse c'entrava qualche Giuseppe Laruccia del passato.

E ora, davanti a uno spritz Aperol che l'amico aveva ordinato prima di mangiare, il re delle patate provava a recuperare un po' di tempo perduto. Intorno a loro, turiste in ciabatte pensavano di essere in un villaggio vacanze e non in uno dei paesi più belli del mondo. Nando era felice che Mimì avesse finalmente deciso di cambiare abitudini: in fondo, se non sei fidanzato o sposato, preferisci la compagnia di persone come te.

Dopo pranzo, Nando lo caricò in macchina e lo portò a Bari, da Michi d'Amato, la boutique «che ha fatto la mia immagine», così gli disse al volante: «nessun completo, mi raccomando, al limite uno spezzato. Che se poi togli un po' di pancia non si vede che hai sessant'anni».

«Eh, ma li ho.»

Nando sbuffò su una statuina di sant'Antonio che gli penzolava dallo specchietto.

«Ricorda che non serve dire sempre la verità. Possibile che non ti entra in testa che tua moglie ti ha fatto solo un favore a mettersi con Pasqualino?»

«Hai ragione, ma io non sono come te. Io non voglio rinunciare all'amore.»

«Ma tu ancora all'amore stai?»

«Che ti devo dire, sono così.»

«Tu pensi troppo a quello che dicono gli altri. Iniziamo a dare una rinfrescata al look e poi vedi. E guai se non ti metti a fare un po' di workout.»

«Che cazzo è il workout?»

«Non lo so, francamente. Ma per buttare giù la pancia il mio P.T. dice sempre "workout". E guarda come sto.»

Mimì pensò che non c'è niente di peggio di voler fare i giovani a tutti i costi, ma era il suo nuovo amico e perciò doveva un po' dargli retta.

Quando i due entrarono nella boutique le commesse salutarono Nando con un bacio e lui spiegò subito la *situescion*, disse proprio così.

«Vedi di sistemare il mio amico, che la moglie l'ha buttato fuori di casa.»

«Veramente me ne sono andato io!» Mimì si oppose un po' seccato.

«*Vabbù*, che fa... se lei non ti tradiva mica te ne andavi.»

La commessa cercò di portare la conversazione su ciò che le interessava di più, cioè vendere la nuova collezione: «Per lei ci vuole un look su misura: nascondiamo i difetti ed esaltiamo le qualità».

«Ah, perché io che difetti avrei?»

La ragazza non si aspettava quella domanda e cercò subito di rimediare.

«Difetti no. Ma diciamo che ha degli elementi da valorizzare con i nostri brand. Le sue spalle, per esempio, andrebbero esaltate con un semplice jersey, o una polo, anziché le solite camicie.»

Mimì ebbe un improvviso momento di vanità. Si sentì nelle mani del medico giusto quando ti trova la cura, e la cura era il jersey.

Dopo un'ora aveva già staccato un bell'assegno in giubbottini di pelle, blazer, una felpa, pantaloni, polo di svariati colori e camicie sì, ma di lino, da portare con le maniche arrotolate e un golfino sulle spalle. Mimì era talmente esaltato che, su suggerimento di Nando, si fece mettere il suo abito in un sacchetto e uscì vestito da milanese a Porto Rotondo.

I due rientrarono a Polignano ringalluzziti e Mimì volle offrire ancora qualcosa da bere al suo amico, che lo bombardava di proposte: crociere per single, weekend a Tirana, inverni a Cuba o a Santo Domingo, e lui iniziava a credere che quello che gli era capitato alla fine non fosse poi una maledizione. Aveva però bisogno di stare un po' solo e si fece lasciare alla statua di Modugno.

Attraversò il ponte, che si affacciava su quella spiaggia che non si stancava mai di ammirare: a seconda del cielo, della luce e della stagione era sempre diversa. Quel giorno, ad esempio, era caravaggesca, con le nuvole nere e rapide, trafitte dal sole. Il maestrale era ancora forte e i primi tedeschi in spiaggia sfidavano coraggiosamente le onde stando sul bagnasciuga. Erano anni che non faceva più un bagno lì: da quando erano arrivati i turisti, i polignanesi se n'erano andati tutti a quello che chiamavano "il molo corto" o su qualche scoglio nascosto, al riparo da sguardi indiscreti.

Don Mimì camminava con gli occhi fieri e pieni di bellezza, perché si stava riappropriando dei suoi posti. Iniziò a canticchiare *Il ragazzo della via Gluck* che gli ricordava la sua adolescenza, perché era così che si sentiva, ma presto si interruppe perché dall'arco di accesso al centro storico era appena apparsa la donna più bella al mondo.

Ninella camminava sola e pensierosa, lo sguardo impenetrabile e un abito nero pieno di rose rosse che la faceva sembrare una dea. Era sempre lei, la ragazza che da quarant'anni gli alterava i battiti del cuore: ora li accelerava, ora li fermava, a volte li teneva in sospeso fino a provocargli un piccolo sussulto.

Salutarsi fu – a quel punto – inevitabile.

«Ciao Ninè...»

«Ciao Mimì... ma... hai cambiato qualcosa? Sei diverso.»

Era da tanto che non si parlavano, si incontravano solo di rado e a messa incrociavano lo sguardo al momento della comunione. Mimì a volte andava in chiesa solo per poterla vedere, attento che Matilde fosse davanti a lui e non riuscisse a controllarlo. E ora, di fronte a Ninella, sentì di dover dire la verità.

«Forse non sai che io... che Matilde...»

«Siamo a Polignano, Mimì. Le cose me le vengono a dire subito... che poi neanche mi interessano i fatti vostri.»

Ninella era più nervosa di quanto pensasse, ma se ne rese conto man mano che gli parlava, perché non riusciva a tenere le mani ferme.

«... dicevo che sei diverso, sembri più giovane... hai fatto qualcosa al viso?»

Lui si sentì per sempre grato a Nando che lo aveva portato a Bari.
«Macché. Ho solo messo una maglia di jersey che mi esalta le spalle.»
Ninella faceva la sarta da una vita e gli scoppiò a ridere in faccia.
«Ma cosa fai, parli come le commesse? Chissà quanto ti avranno spillato...»
«Non tanto.»
Erano più di tremila euro e all'improvviso lui si sentì un cretino, ma felice di esserlo. Stava di nuovo parlando con quella donna meravigliosa senza il timore che sua moglie spuntasse da qualche parte – o che lo chiamasse – e il piacere di quella conversazione lui non l'aveva mai provato. Anche se Ninella, a dire il vero, non lasciava troppo spazio alle illusioni.
«Comunque non ti sta male.»
«Tu invece sei sempre una favola.»
«Piantala.»
«E perché, non è vero?»
«Non è importante se è vero o no, è che a me non interessa.»
Lui provò a spostare la conversazione pur di stare ancora un po' con lei.
«Hai visto nostra nipote quanto parla? Sembra già una signorina, quanto è simpatica...»
«A me sembra sempre più viziata.»
«Ma è una bambina, *scià*... sei sempre troppo severa.»
«Sono fatta così, lo sai. O dovresti saperlo.»
A Mimì il battito accelerò e le parole non trovarono più una via d'uscita. La guardò imbambolato senza sapere cosa dire, così fu Ninella a liquidarlo.
«Adesso vado. È anche mancata una vecchia zia... ho altro a cui pensare.»
Da quando la conosceva, Ninella aveva sempre qualche problema da risolvere, un po' di fretta e un po' di mistero, anche se i suoi occhi rendevano ogni mondo possibile, ogni ostacolo meno insormontabile. Ma in quel momento era meglio lasciarla sola.

«Mi spiace, non lo sapevo. Se ti serve una mano con un avvocato posso chiedere a mio figlio Orlando.»

«Per carità. Tuo figlio conosce il figlio della Labbate... preferirei evitare.»

«Come non detto, allora. Comunque hai ragione: quanto è pesante la signora Labbate?»

«Mai quanto mia cognata Dora, che è appena arrivata per i funerali.»

Con quella piccola confidenza, Mimì per un attimo s'illuse che le cose potessero cambiare. Restava sempre un uomo d'affari e l'ottimismo faceva parte del suo dna.

«E se ci vedessimo per cena una di queste sere?»

Ninella non esitò un istante.

«Devo pensare al funerale e al *conzu* per far mangiare i parenti della zia... sono spuntate anche due pronipoti da non so dove. E poi sai che ora sono una donna impegnata.»

A quelle parole il cuore di Mimì si fermò del tutto. Le voci che aveva sentito erano vere, ma sentirselo dire fu diverso.

«Ed... è... e tu... stai bene?»

Quando sei sotto shock, rischi di fare domande poco sensate.

«Benissimo.»

Una folata di vento sollevò la nuova maglia di jersey di don Mimì, di cui era stato così fiero fino a pochi minuti prima. Si aggrappò alla suola liscia delle scarpe da vela per fare leva sul suo coraggio. Doveva combattere, doveva provarci, doveva lanciarsi nella sua *mission impossible*: «Ti andrebbe allora un Aperol Spritz?».

Ninella nemmeno gli rispose. Gli fece cenno che era tardi, si voltò e proseguì il suo cammino a passo svelto. Nell'aria, a Mimì sembrò di sentire il profumo delle rose del suo vestito.

7

La povera zia Menina era così vecchia che a Polignano in pochi ricordavano chi fosse, ma era bastata una breve indagine della signora Labbate per individuare quelli che dovevano occuparsi della cena per i parenti più stretti – *u cunz* – che poi erano Ninella e Chiara.

Il funerale era stato meno triste del previsto perché la chiesa era piena. Per il timore di un flop, padre Gianni aveva fatto un giro delle case per reclutare un po' di fedeli e salutare un'ultima volta la sorella Menina.

Ninella e Dora erano in prima fila, agitate, Ninella in blu e Dora in nero, come una vedova, che teneva gli occhi chiusi ricordando quanto erano buone le cartellate della zia.

«Ma se le avremo mangiate una volta sola a casa sua» bisbigliò Ninella.

«Basta una volta» rispose l'altra mentre cantava l'Alleluia.

Erano arrivate anche le due pronipoti, che vennero esaminate con una certa diffidenza. «Mica vorranno il mio trullo?» diceva Dora, e sua cognata le ricordava che il trullo in realtà lo aveva ereditato suo marito.

«Ma io ho la delega» ribadì Dora prima che il parroco emettesse un doppio colpo di tosse per riprenderla.

Dopo la sepoltura, padre Gianni invitò le due donne in sacrestia per leggere la lettera testamentaria che la zia gli aveva lasciato. Dora, preoccupata che volessero fregarla e influenzata dal solito servizio che aveva visto in televisione, pensò comunque di accendere il registratore del telefono.

In realtà erano poche parole, molto semplici, che padre Gianni aveva arricchito con qualche ricordo. Aveva poi delegato una notaia della zona perché sbrigasse le carte per assegnare la casa di Monopoli a lui e il trullo alle due nipoti – di cui una con delega – già in modalità Eva contro Eva.

In paese si era sparsa la voce del trullo conteso e ovviamente si erano create due fazioni. A nessuno piaceva l'idea della condivisione: il trullo doveva essere di una o dell'altra.

Dato che si era offerta di farlo, Chiara organizzò *u cunz* per la zia a casa, quella sera stessa, e dovette invitare anche le fantomatiche nipoti. Avrebbe ordinato volentieri la pasta al forno di Lina Comes, per praticità, ma sua madre ci teneva che cucinasse lei.

Damiano era rientrato prima del solito e aveva addosso un'adrenalina particolare. Sembrava contento ma aveva bisogno di una conferma. Suo cugino Cosimo aveva pensato di organizzare un weekend solo con gli amici più stretti per festeggiare i suoi trentatré anni. A Mykonos.

«Mykonos?»

Sentendo il nome di quell'isola, a Chiara vennero in mente subito due sposi che l'avevano scelta come meta del viaggio di nozze e si erano lasciati al ritorno.

«Sì amore, M...»

«...»

«My...»

«...»

«Mykonos. Il viaggio costa poco... giusto per stare tranquilli al mare con Cosimo...»

"Stare tranquilli" e "Mykonos" non suonavano così compatibili. Chiara si trovò davanti a un bivio: piantare una grana, fare una scenata e mandare all'aria la cena in onore della zia defunta, o fingere che fosse un'ottima idea.

«Mi pare fantastico. Ti meriti Mykonos. Ve la meritate tutti.»

Damiano era confuso e felice, e riuscì solo a bofonchiare: «Sì, ci meritiamo Mykonos», che suonava comunque un po' strano. Rinfrancato da quella risposta, aiutò sua moglie ad apparecchiare.

La tavola per la cena era sobria e curata, i piatti erano stati preparati velocemente perché anche Chiara – obbligata da sua suocera – aveva iniziato a usare il Bimby, e Gaia ne era affascinata: si potevano fare persino i risotti! Quando andava a mangiare dalle amichette, chiedeva puntualmente: «Ma è fatto con il Bimby?».

Ninella come sempre non era d'accordo. Così, quando aveva saputo del menu, aveva deciso di metterci del suo: era andata a casa di sua figlia e si era messa a preparare uno dei suoi piatti veloci. A lei bastava aprire il frigo e tirava sempre fuori qualche magia con poco. Quella sera decise di fare la parmigiana *light*, ma senza dirlo: semplicemente ci mise meno olio, fece le melanzane al forno e usò pochissima mozzarella.

Intanto, le due nipoti sconosciute erano arrivate con mariti e figli e facevano condoglianze un po' a tutti, per non sbagliare.

Ninella era inquieta. Rivedere Mimì l'aveva turbata, e saperlo a due passi da lei era una sensazione che non sapeva decifrare. Così continuava a improvvisare nuovi manicaretti.

Era quasi tutto pronto, gli ospiti erano a tavola e Nancy era sparita. Ninella andò a cercarla sul terrazzo, e la trovò nel pieno di una diretta Instagram.

«Questa è la terrazza della suite da dove in serata trasmetterò il tutorial per truccarsi bene a un matrimonio senza un make up artist che ti costa un occhio della testa... vedo che siete tantissimi a collegarvi...»

«Ma che stai dicendo? Vedi di scendere che ci sta la parmigiana.»

«Ma mamma, sto facendo una diretta!»

«A me non interessa... scendi che è appena sfornata.»

Nancy si trovò di fronte a un baratro. Aveva mentito ai suoi followers che ora si accalcavano sullo schermo, perché la presenza di Ninella aveva incuriosito tutti: era un trionfo di faccine, commenti, "che bella mamma", "vogliamo la ricetta della parmigiana!".

Non aveva mai avuto così tante interazioni come in quel momento. Era più sorpresa che arrabbiata. Perciò disse: «Goodbye ragazzi, c'è mia madre... devo andare. Per il make up ci sentiamo più tardi o domani. Stay tuned».

Mise fine al collegamento quasi in trance. Ninella la guardò scendere esterrefatta, poi si voltò a dare un'occhiata al mare, che era ancora incazzato. Il profumo di salsedine che arrivava era l'odore della sua vita.

Stava per tornare in casa anche lei, quando il telefono la riportò alla realtà. Era l'architetto. Il sexy boy. Lo splendido trentottenne.

«Ciao Ninella, sai dove sono?»

Silenzio e panico.

«A Bari. Non sai che atterraggio con questo vento.»

«Ma come, e non avvisi?»

«Voi donne volete sempre le sorprese, poi uno le fa e si sente dire "non avvisi". Non sei contenta?»

«Sì, ma sai che noi pugliesi abbiamo sempre da ridire.»

Carlo sorrise, quanto gli piaceva quell'accento.

«Però dobbiamo sentirci dopo. Sto andando a cena perché è morta una mia zia» continuò Ninella.

«Ah, mi dispiace. E cenate perché è morta?»

«Eh sì, è un'usanza. Mia figlia ha preparato per un po' di parenti mai visti... quindi devo darle una mano.»

«Ci vediamo stasera a Polignano.»

«Ah. Non ti fermi a Bari?»

«No. Sono venuto per te, e ho noleggiato un camper.»

«Un camper? Tu sei pazzo.»

Carlo gongolava, ma sapeva che a Ninella in fondo sarebbe piaciuto.

«Ma no, è comodo. I miei sono sempre stati camperisti. Appena hai finito chiamami.»

Ninella sentì un brivido. "Appena hai finito chiamami" le aveva detto, come fanno i ragazzi. E lei aveva di nuovo vent'anni.

8

La cena con i parenti corse via veloce, tra i discorsi di Dora – che ricordava aneddoti sulla zia Menina del tutto inventati – e la parmigiana di Ninella che aveva avuto anche il benestare di Gaia. «Piace anche alla bambina» era un vero imprimatur.

Franco, diventato ufficialmente "piazzista di badanti", approfittò dell'occasione per capire se alle nipoti sconosciute servisse qualcuna delle sue protette e una, incredibilmente, ne aveva bisogno per la suocera: «Ne ho una moldava che sa fare anche le *strascinat* con le cime di rapa!».

Lui, in realtà, doveva concentrarsi soprattutto per distrarre le parenti dal trullo di Ripagnola e dal testamento, perché era un attimo che decidessero di impugnarlo: anche se lo dimostrava a modo suo, Franco ci teneva tantissimo a sua sorella, con cui aveva voluto dividere i cinquemila euro trovati nel frigo della defunta.

Non solo ci riuscì, ma fissò anche un appuntamento per la badante moldava il giorno dopo.

Quando Ninella e Dora si lasciarono andare a un attimo di stanchezza, le nipoti lo confusero con un sentimento di dolore e pensarono di togliere il disturbo. A quel punto, il trullo tornò a essere il protagonista scomodo della conversazione. Ma Ninella pensava già all'architetto che stava arrivando a Polignano per lei, e questa cosa le faceva salire l'entusiasmo. Aveva bisogno di una scusa per uscire, invece disse una frase di cui subito dopo si pentì: «Comunque se volete è arrivato un mio amico che ci può dare una mano per il trullo. Fa l'architetto a Milano... è molto bravo».

«Be', certo a Milano sono bravi, ma pure noi in Veneto mica scherziamo» chiosò la zia Dora.

Chiara iniziò a sparecchiare per evitare di entrare nella discussione, Franco e Damiano si misero a guardare una partita in tv, Nancy corse in bagno a fare la diretta sui trucchi, mentre la bambina giocava con Pamela, la figlia dei vicini originari di Bitonto, di cui era succube e che la visitava come nell'Allegro Chirurgo.

Dora era rimasta gran parte del tempo a infilare e togliere gli occhiali per leggere i messaggi del marito sul telefonino, finché decise di lasciargli l'ennesima nota vocale. Cercava di parlare a voce bassa, che era comunque molto più alta della media, ma in quel momento era sceso il silenzio, per cui tutti poterono sentirla: «Non puoi pagare un ammorbidente sei euro... che ci sono sempre le offerte sul Coccolino... e per l'olio ora aspetta un attimo che chiedo... c'erano delle parenti della zia... mi hanno lasciato il numero... brave persone veramente però... dovevi vedere come erano vestite... tutte scure... proprio da terrone come si usa qui... comunque prima dicevano che hanno un po' di ulivi... magari ce ne vendono qualche litro a buon prezzo... che poi lo buttano... ti faccio sapere...».

Quando si accorse che tutti la guardavano allibiti esclamò senza rendersene conto: «Cosa sono queste facce da funerale?».

Ninella non voleva pensare né all'eredità né all'olio della cognata. Voleva una sera tutta per sé. Appena fu fuori dalla porta rilesse l'ultimo messaggio di Carlo: "Quando arrivo a Poli ti avviso".

Diceva "Poli", alla milanese, o forse perché aveva trentotto anni. Ma a lei non importava: dove lo trovi uno che ti viene a prendere in camper?

Lui si presentò in paese poco prima di mezzanotte, su un Malibu Van grigio, e dopo aver fatto salire Ninella provò a partire sgommando, ma il camper non era in perfetta forma.

Carlo aveva spirito di avventura, un ciuffo davanti agli occhi, molto gusto nel lavoro e un cuore tamarro nella vita. Sull'avambraccio aveva tatuato "Amala" in nero e blu: era un tifoso sfegatato dell'Inter.

«Tu sei un barese mancato» gli ripeteva Ninella, e per lui era il più bello dei complimenti. Se ne fregava di quello che gli avevano detto le sue amiche di Milano: «Quella vuole solo i tuoi soldi».

Lei gli piaceva perché era diversa e indipendente come lui, e da quando l'aveva vista era stato un colpo di fulmine. Le donne più grandi lo eccitavano e non lo tormentavano con l'idea di fare figli, una delle principali ragioni di fuga per i maschi della sua età. E poi trovava le over cinquanta più indulgenti con se stesse, meno attente alla linea e più gioiose. Se avesse saputo che anche Ninella era a dieta, forse ci sarebbe rimasto male, ma lei non glielo avrebbe mai confessato, così come molte altre cose: alle parole preferiva le azioni, alle paure i silenzi. Così ogni tanto si assentava di colpo.

«Cosa c'è?»

«Sono solo un po'... disorientata. Non ero mai salita su un camper.»

«Per me è il migliore albergo del mondo, ti puoi fermare dove vuoi, quanto vuoi. Anzi, dimmi qual è il posto più magico che c'è qui nei dintorni.»

Ninella ci pensò e non ebbe dubbi.

«Uno dei miei preferiti è Chiar di Luna. È a due passi da Polignano, ma sembra lontanissimo... e ci vanno anche i camperisti.»

«Perfetto, andiamo là.»

«Io però non posso fermarmi.»

«Ma io non ti avevo chiesto di fermarti.»

«Stronzo.»

Carlo sorrise e allungò una mano sulla gamba di Ninella, che si sentì finalmente al sicuro, e sperò persino che qualcuno l'avesse vista salire. L'idea che si sapesse che lei frequentava un altro proprio mentre Mimì si stava separando dalla moglie avrebbe confuso a tutti le idee. E chi se l'aspettava che Ninella, anziché buttarsi tra le braccia del suo primo amore, scegliesse *u milanais* sul camper?

A questo pensava lei, mentre dava indicazioni a Carlo, confondendo sempre la destra con la sinistra, ma per fortuna c'era poco traffico e lui poté deviare all'ultimo minuto. Entrarono in una strada sterrata costeggiata da un muro a secco, illuminati dalla luna piena su un mare dipinto da De Chirico, e accostarono in una piazzola: gli scogli rilucevano di bianco, si sentiva solo la musica del mare.

Ninella ebbe un attimo di timore: era sola con un uomo che non conosceva bene, in mezzo al nulla, circondata dal silenzio interrotto solo dal rumore delle onde. Ma quando intravide in una borsa accanto al sedile due pezzi di focaccia e due Peroni le venne da ridere. Lui le sfilò le scarpe e la fece accomodare accanto a sé su una specie di divanetto. Era tutto piccolo e perfetto, nella realtà ovattata del Chiar di Luna.

Ninella non trattenne né la pancia né il respiro, sapeva che con Carlo poteva essere se stessa, e si lasciò accarezzare le curve, disegnare i seni e i contorni del volto.

Concedersi era per lei una forma di trasgressione, perché in fondo era convinta che ci fosse qualcosa di sbagliato nel suo comportamento. Ma le piaceva infinitamente come lui la baciava e la toccava, non pensò più a niente, chiuse gli occhi e rivisse la giovinezza che le era mancata, e che ora il destino le aveva spedito da Milano dentro un camper.

La vita risarcisce le persone quando meno se lo aspettano, anche se non è scontato, e Ninella sapeva di meritarlo.

«Ah, volevo dirti che ho lasciato la mia ragazza.»

Lei si staccò immediatamente da lui rimanendo a bocca aperta.

«Ma io non sapevo neanche che fossi fidanzato. Dicevi che eri incasinato, ma non pensavo fino a questo punto.»

«Era una relazione malsana, e negli ultimi mesi è stato un tira e molla... ora finalmente mi sono liberato. Ci sono, e ci sono per te.»

Ninella si sentì gratificata, ma non avrebbe voluto una simile responsabilità in quel momento. Carlo però non voleva parlarne perché desiderava soprattutto baciarla, e ci mise tutta la passione di cui era capace.

«Non vorresti passare la notte qui?»

Lei ci pensò un attimo. Le sarebbe piaciuto dormire lì, in quel posto che era così vicino e lontano anni luce da Polignano. Aveva cinquantacinque anni e poco tempo per le schermaglie amorose, quindi lo disse apertamente: «Mi piacerebbe, ma devo finire di modificare un abito...».

«Adesso?»

«No, domani.»

«E allora?»

«Allora avviso mia figlia che non rientro. Va bene?»

Carlo le rispose con un altro bacio e tre parole: «Quanto sei bella».

9

Matilde era una di quelle mogli che pretendono che il marito le consideri, ostentano ogni regalo come una medaglia olimpica, trattano male tutti, abusano del proprio potere e alla fine cedono al primo tuttofare che passa.

«Facciamo un macello» aveva detto un pomeriggio a Pasqualino Settebellezze guardandolo negli occhi, e lui aveva sentito il peso di quella responsabilità.

Mimì l'aveva presa peggio di quanto potesse immaginare. Quella moglie che trattava come un soprammobile, sempre lì in attesa che lui la degnasse di uno sguardo, gli aveva dato il benservito con un suo dipendente, un polignanese da generazioni: «la serpe in seno proprio» esclamò furioso.

L'ultima cena era stata gelida, riscaldata solo dalle polpette che Matilde gli aveva voluto fare ancora una volta, quasi a sfregio. Lui le aveva chiesto: «da quanto tempo va avanti questa storia?», e Matilde aveva risposto: «Da quando tu non mi ami più».

La discussione era quindi proseguita a fatica, piena di silenzi interrotti solo dal rumore delle posate e da una frase: «Ma le polpette le friggi con l'olio buono?».

Era più l'orgoglio a essere ferito, che il cuore, e lui sapeva di meritarselo.

Da quel giorno, Matilde aveva iniziato una trasformazione fisica e mentale, aveva assunto Adoración e cominciato a praticare power yoga con un insegnante che veniva a casa sua.

In paese dicevano che era impazzita, che aveva il vizio del gioco, che aveva già intestato un appartamento a Pasqualino. Insomma, le solite maldicenze cui lei – con la sua strafottenza epocale – aveva contribuito.

Quella mattina distese il tappetino per fare meditazione nel corridoio in cui era esposta la sua collezione Thun, proprio davanti a due nuovi angeli "limited edition".

Matilde stava facendo un po' di respirazione preparatoria quando il citofono rimbombò nella stanza. Era Orlando, il suo figlio preferito, che era venuto a trovarla con Daniela. La sua amica non aveva mollato la presa e lui aveva pensato che sua madre, essendo genitore di un figlio gay, potesse essere adatta per comunicare al padre di Daniela che lei era lesbica e si sposava con una donna. Non sapendo più che pesci pigliare, si era presentato con una scatola di cioccolatini.

«Le praline, le mie preferite... ragazzi voi avete sempre un cuore d'oro. Chissà quando le vede Pasqualì, va pazzo per quelle di Pedote.»

Lo chiamava "Pasqualì", e Orlando colse l'occasione per affrontare i loro problemi familiari.

«Senti mamma, ma sei sicura di quest'uomo? È un bravo cristo ma è capitato tutto così in fretta...»

«Se tua madre è felice noi dobbiamo esserlo per lei.»

Daniela diede subito la stoccata che mandò Matilde in brodo di giuggiole.

«È così che si ragiona! Come Daniela... ma perché non vi siete sposati? Eravate perfetti, mannaggia a voi.»

Daniela lanciò al suo amico un'occhiata come a dire "parla!" che Matilde intercettò e ovviamente fraintese.

«Oddio, mi dovete dire qualcosa? Eh, Orlando?»

«In effetti, sì... Daniela si vuole sposare.»

Matilde, che ormai credeva nell'amore universale, corse ad abbracciarla lasciandola chiaramente impalata.

«Ma allora è vero... è un miracolo...»
Orlando la riportò subito alla realtà.
«Non si sposa con me... ma con la sua ragazza, Olga.»
«Ma io non sapevo che avevi una ragazza! Mi avevi solo detto che ti piaceva la... la...»
«La figa.»
«Non volevo essere volgare... comunque avete capito. Ma pensavo che fosse una cosa passeggera, non credevo che avessi una... una...»
«Una ragazza. Ho una ragazza che si chiama Olga. E vorremmo sposarci.»
Matilde trasalì.
«Sposarvi come va di moda adesso? Come Tiziano Ferro?»
«Esatto, l'unione civile.»
«Ma tu sei genitore uno o genitore due?»
«Ma no, signora, quella è un'altra cosa, solo se avremo dei figli, ma è prematuro.»
«E i tuoi genitori cos'hanno detto?»
Orlando sarebbe voluto scomparire, ma ormai aveva accettato la sfida.
«No, mamma. I suoi genitori non lo sanno, e abbiamo pensato che potresti dirglielo tu... che comunque ci sei già passata.»
Matilde iniziò a fare delle strane facce, non sapeva se commuoversi o preoccuparsi.
«Io non vorrei dare ai tuoi genitori questo dispiacere.»
«Ma mamma, non è un dispiacere! Si sposano!» intervenne Orlando.
«E allora se non è un dispiacere perché non glielo dite voi?»
«Perché mio padre ha la gastrite e mia madre segue le vicende della famiglia reale» ribatté prontissima Daniela.
«E cosa c'entra?»
«Niente, però... dài Matilde, diglielo tu.»
«Ma lo sanno che ti piace la... insomma lo sanno che sei lesbica?»
«No, signora, non sanno niente. Sono un po' all'antica.»

Matilde si lasciò andare sulla poltrona e cercò di vedere se aveva qualche tranquillante nella borsa.

«Ma allora che bisogno hai di dirglielo? Per un genitore non è obbligatorio saperlo... Ti puoi sposare lo stesso senza fare tutto sto casino. E comunque non sarò io a farlo. Scordatevelo!»

Daniela e Orlando capirono che non era il caso di insistere. Come tutte le donne aggressive, Matilde andava assecondata perché potesse mostrare un po' di umanità. Orlando si defilò in bagno e Daniela ebbe la buona idea di chiedere alla madre del suo amico se era contenta della sua nuova vita, e lei non vedeva l'ora di raccontarsi.

«Devi sapere che Mimì non mi ha mai amato veramente... non nel modo che avrei meritato, almeno, tu lo vedi come sono: una donna di cuore, aperta, solare, disponibile. Ma lo capisco... lui voleva quell'altra e alla fine ha ripiegato su di me. Ma io che colpa avevo di essere la seconda scelta, me lo dici, Daniela? Pasqualino è arrivato come un temporale... e il mio cuore aveva bisogno di pioggia, lo capisci?»

Stando insieme al tuttofare giardiniere, ormai Matilde parlava per metafore agresti.

«La capisco, signora, ma mi spiace per don Mimì... da solo a sessant'anni.»

«Ma cosa ti spiace che è già andato a Bari a cambiare look! Invece confermami che Orlando non si rivede più con il figlio della Labbate, che la madre ancora ne parla.»

«No, no. Orlando solo uomini sposati... tu alla fine sei quella che sta meglio di tutti.»

A pensarci un attimo, non era poi così lontano dal vero: rigida come la lacca che le fissava la chioma, Matilde emise la sua sentenza.

«Quando hai una casa, un uomo e il Bimby non hai bisogno di altro.»

Il ragionamento non faceva una piega e Daniela le fece un piccolo applauso, interrotto bruscamente dal citofono. Fu Orlando, appena uscito dal bagno, a rispondere.

Era l'insegnante di yoga.

«Ora ragazzi dovete uscire, che se ci siete voi perdo la concentrazione.»

Mentre lo diceva, Matilde si mise una fascetta in testa come Olivia Newton-John in *Xanadu*, attenta a non rovinare la messa in piega.

«Se volete imparare a respirare potete fermarvi.»

A Orlando e Daniela l'idea della respirazione davanti a una serie di angioletti "limited edition" faceva un po' ridere, ma le separazioni possono dare slanci incredibili alle persone. Decisero di assistere all'inizio della lezione ed ebbero la sensazione che lo yoga ormai fosse cambiato quando l'insegnante fece partire una versione lenta di *Despacito* e Matilde, concentratissima, iniziò a inspirare profondamente facendo strani versi. Era molto convinta, sembrava in pace con il mondo, e prima che andassero via ribadì a Daniela: «Non dirlo ai tuoi, sono anche anziani...».

Avevano la sua stessa età. Orlando capì che parlare con sua madre non era stata una buona idea, anche se si sentiva a posto con la coscienza e con la sua amica. Uscendo in strada la strinse in un abbraccio di incoraggiamento, quando un uomo su una Mercedes gli suonò il clacson, accostò e gli disse: «Avvocato Scagliusi, buongiorno, sono il geometra Lobascio, si ricorda?».

Per parlargli così, evidentemente si conoscevano o c'era stato del feeling. Daniela si allontanò di qualche passo, mentre Orlando non riusciva a ricordare dove lo avesse visto ma di una cosa era certo: si era già innamorato.

10

Al risveglio, Ninella si sentì in vacanza. Era maggio e i colori non avevano alcuna esitazione. Un raggio di sole attraversava il finestrino come la luce di un proiettore, ma il cinema era là fuori.

Vedere il mare a quell'ora le fece venire i brividi. Lei non era mai stata in campeggio, e le faceva effetto che si potesse essere fuori dal mondo a pochi passi dal proprio paese. Uscì a camminare sugli scogli mentre Carlo dormiva tutto rannicchiato su un lato: era uno di quelli a cui puoi spostare le braccia e le gambe senza svegliarli, come i bambini. Il mare era tornato calmo e limpido, e lei si sentiva padrona della situazione. Mise i piedi nell'acqua gelida e restò qualche minuto con lo sguardo perso verso il sole nascente, quando un rumore la distrasse. Carlo si era svegliato e le faceva delle facce strane dietro il vetro del camper. Ninella lo salutò con la mano e lui piombò fuori con un asciugamano in vita come un attore di Hollywood. Lei lo invitò a mettere i piedi a mollo e Carlo per una volta si mostrò timido. Avvicinò lentamente l'alluce e poi il piede destro all'acqua, lo immerse fino alla caviglia e lo ritrasse subito.

«Ma è gelata!»

Ninella lo guardò con un pizzico di superbia, mentre lui le porgeva la mano per aiutarla a uscire. Si sedettero su uno scoglio a forma di bacinella. Carlo la strinse a sé un po' infreddolito, anche se negava di esserlo, e trovò finalmente il coraggio di parlare: «Ma tu... ma noi... cioè a me piacerebbe vederti più spesso, ora che sono libero».

Ninella ci pensò un attimo e si sforzò di parlare lentamente per prendere tempo.

«Questa cosa che eri fidanzato l'ho scoperta ieri. Io non potevo immaginarla... perciò sono abbastanza spiazzata.»

Non sapeva cosa aggiungere: non voleva impegnarsi né illudere nessuno, per una volta aveva voglia solo di distrarsi. Gli prese la mano e tornarono nel camper. Appena chiuse la portiera gli tolse l'asciugamano e se lo trovò per un attimo come mamma l'aveva fatto. Poi lasciò cadere il suo abito e restò in lingerie: si sentiva un po' Sophia Loren. Finse di sfilarsi la calza che non aveva e gliela lanciò mentre Carlo, non avendo visto il film, non ululò cercando di imitare Marcello Mastroianni. Poi lo portò davanti a un piccolo specchio e gli disse: «Mi dici che cosa c'entriamo io e te? Guarda i nostri corpi».

«È la tua testa che mi piace di te» le rispose pensando di compiacerla.

«Sì, ma tu hai vent'anni di meno.»

«Questo me lo ripeti ogni volta, ma posso dirti chi se ne frega?»

Ninella sorrise: quel ragazzo non mollava e a lei faceva piacere, anche se ogni tanto le cadeva l'occhio su "Amala" tatuato sull'avambraccio.

Il sexy boy le aveva fatto riscoprire cose che aveva dimenticato. Fare l'amore con lui la rianimava e la faceva dormire felice, lei che ormai aveva il sonno leggero, e quando si svegliava non chiudeva più occhio.

Ninella appoggiò la testa al finestrino che si affacciava su quella vista aspra e selvaggia. Erano nudi fianco a fianco, protetti da un vetro.

«Tu mi piaci perché sei strano e io amo le persone strane... le trovo sempre speciali. Poi parli con questo accento così diverso dal nostro che mi sembra di stare con uno straniero.»

Carlo la guardava con aria sorniona e non smetteva di accarezzarla.

«Quando sto con te mi sembra di essere in vacanza...»

Lei non aggiunse nulla, per cui restò lì, immobile, a godersi il silenzio ancora per poco. Cominciava a essere tardi e, presa dall'entusiasmo, aveva sottovalutato il lavoro che doveva finire.

«Se hai bisogno di tornare a Polignano ti riporto subito...»
«Sì, sarei più tranquilla, perché questa cliente è un po' stressante e magari viene a ritirare l'abito anche prima del previsto. Tanto ti fermi qui ancora qualche giorno, no?»
Carlo scosse la testa.
«Stasera rientro a Milano. Magari più tardi vado a Torre Guaceto.»
«Non ci crederai ma non ci sono mai stata.»
«Allora se ne vale la pena ci torniamo insieme... devo vedere una masseria da ristrutturare in zona, è una proposta interessante.»
Ninella ebbe un flash improvviso.
«Ah, dovevo parlarti del trullo! Mia cognata vorrebbe ristrutturarne uno, che in realtà sarebbe anche mio...»
«... ma lo vuole ristrutturare lei.»
«Diciamo così, poi vediamo. Tu potresti aiutarci?»
«Be', sì. Servirebbe qualche documento, però.»
«Tipo?»
«Innanzitutto la planimetria catastale, se l'avete già. E comunque dovrei fare un sopralluogo.»
Ninella all'idea che stessero parlando di "lavoro" si sentì quasi sollevata. Continuava però a osservare la scritta "Amala" sull'avambraccio.
«Mi piace sempre chi si fa i tatuaggi.»
«E perché?»
«Perché o è molto sicuro di sé o è molto tamarro.»
Carlo sorrise.
«Mi stai dando del tamarro?»
«Sì.»
Si pungolarono ancora mentre il sole rendeva un po' più mite l'aria. Prima di ripartire scesero a scattare qualche foto davanti al camper.
Si salutarono senza farsi troppe promesse né smancerie, anche se i pochi testimoni vedendo Ninella scendere dal camper già dicevano: «È diventata una zingara».
Lei si avviò verso casa un po' confusa, e lo divenne del tutto quando fu davanti alla porta.

Don Mimì era seduto sugli scalini e l'aspettava. Era assorto e un po' imbronciato, aveva il nuovo look da giovane paesano arricchito, ma era sempre affascinante: gli occhi non erano cambiati.

«Che ci fai qui?»

Ninella si sentì invasa nella sua intimità.

«Volevo vederti arrivare. Tua figlia mi ha detto che saresti rientrata.»

«Ecco, ora che mi hai visto te ne puoi anche andare.»

«Ma che parole sono... dopo tutti questi anni che ci siamo frequentati... ti comporti così?»

«Quando dici che ci siamo frequentati, cosa intendi? Al compleanno di Gaia con la gara dei regali?»

«Dài, hai capito.»

Ninella non credeva di poter trovare le forze per dire le cose che davvero pensava.

«Stiamo parlando di una vecchia storia. Dopo le nozze dei nostri figli ci siamo visti solo alle feste comandate.»

«Perché tu non volevi.»

«No, perché tu sei un uomo sposato.»

«L'ho lasciata, Ninella. Ora sono un uomo libero.»

L'aggettivo assunse un'eco stonata, ma Ninella dissimulò il suo stupore.

«È tardi, Mimì. Comunque adesso mi vedo con un altro.»

Lui si grattò i baffi e scivolò appena sui gradini. Pensava che il mondo fosse sempre immobile e tutto dipendesse solo dalla sua volontà.

«Ma tu non lo ami. Non sei convinta, si vede, ti conosco bene.»

«Tu sei un uomo solo, adesso, questa è la verità.»

«Comunque ricorda che mi manchi sempre» le rispose lui alzandosi senza nessuna allusione sentimentale.

Ninella si sentì di nuovo indifesa, salì in fretta le scale e si chiese perché avesse deciso di tornare a casa.

11

La zia Dora, che si era trasferita temporaneamente a casa della zia Menina «per assorbirne l'energia» – aveva detto proprio così – arrivò dalla notaia con un conoscente che lei presentava come «il mio avvocato» e – soprattutto – con la delega. Il prete era stato accompagnato lì da un sacrestano perché non aveva la patente, e Ninella si era portata Franco, perché aveva talmente insistito che non se l'era sentita di lasciarlo a casa: i parenti, come il coraggio, *uno non se li può dare.*

La notaia sbrigò la pratica con qualche trucchetto, chiudendo un occhio sulla procedura: desiderava l'abbazia di San Vito per le nozze della figlia e cercò di bendisporre padre Gianni. Quindi il foglio autografo venne ritenuto valido, la casa di Monopoli andò al parroco di Polignano, il trullo di Ripagnola a Ninella e a Modesto, rappresentato dalla zia Dora.

Dopo aver firmato alcune carte, anche se sarebbe poi servita la firma originale di suo marito – la delega non era sufficiente – Dora iniziò a ribadire che il trullo non era un ricordo ma un pegno, e per suffragare questa teoria aggiunse che la zia Menina le era apparsa in sogno chiedendole: «Perché dormi ancora qua? Il trullo ti aspetta».

La cosa bizzarra è che zia Dora l'aveva sognata veramente!

«Ninella, di' la verità: che te ne fai tu di mezzo trullo? Rinuncia alla tua eredità... tu una casa ce l'hai, così quando vengo non devo sempre chiedere a te, che me lo fai pesare.»

«Io non ti faccio pesare niente. Sei tu che ti presenti senza avvisare.»

«Vedi che non mi vuoi? Ho fatto bene a spostarmi a Monopoli, allora.»

Padre Gianni si sentì di intervenire.

«Veramente quella casa sarebbe mia.»

Ci mancava solo il prete: Ninella non sapeva più chi guardare. La notaia, pur di non entrare in quella diatriba – il pensiero andava alle nozze di sua figlia – finse di ricevere una telefonata, mentre zia Dora continuava con il suo appello accorato.

«Allora rinuncia alla tua eredità... tu sei sempre stata una donna di cuore.»

«Confermo.»

Fu padre Gianni a parlare e Ninella lo guardò un po' stranita. Franco prese da parte la notaia e le chiese se tra i suoi clienti qualcuno avesse bisogno di badanti, facendole credere che ci sarebbe stato un guadagno: lei gli lasciò subito il suo cellulare, mentre le due cognate continuavano a discutere.

«Dora, però spiegami perché dovrei rinunciare a una cosa che ho ereditato... Che poi neanche l'ho visto, questo trullo.»

«Non ti sei persa niente. I trulli sono tutti uguali.»

«E allora perché non rinunci tu?»

«Perché vorrei un ricordo della zia. Comunque se vuoi ti faccio vedere le foto, ma non è niente di che.»

A Ninella venne da ridere e Dora fu sul punto di cambiare strategia, anche se fu interrotta da un messaggio di Modesto che, più che al trullo, pensava alla lavatrice ed era terrorizzato di sbagliare candeggio.

Ninella aveva deciso di desistere perché aveva imparato che non bisogna mai ostinarsi, neanche quando si ha ragione. Dora come sempre fraintese quell'atteggiamento e rilanciò: «Senti, a questo punto possiamo trovare una soluzione economica. Ti vanno bene diecimila euro e mi cedi la tua parte?».

Ninella guardò Franco, che suggerì di parlarne davanti a un caffè. Salutarono la notaia che aveva approfittato di quella diatriba per leggere gli annunci delle masserie in vendita e si sedettero in un bar all'aperto per intavolare la trattativa.

Il cielo era per una volta bianco, immobile, con quell'aria strana che precede una tempesta.

«Io, Dora, non capisco tutta questa fretta.»

«Sai che io sono una del Nord, noi non stiamo mai fermi. Mentre discuto con te seguo anche Modesto che gestisce la nostra casa perché non possiamo lasciare nulla al caso. È questa la grande forza del Settentrione...»

Ninella e Franco la guardavano ammutoliti: era rimasta ferma agli anni Novanta.

«... quindi non posso stare qui a cincischiare e covare rancore... vorrei chiudere la questione velocemente con te. Quel trullo è l'infanzia di mio marito.»

Franco fece cenno a Ninella che ci avrebbe pensato lui.

«Come tu sai, Dora, il valore economico del trullo di Ripagnola è molto di più... ma vogliamo venirti incontro... quindi per ventimila euro possiamo chiuderla qui.»

«Dài, quindicimila.»

Passarono dal sogno della zia al mercato rionale.

Franco guardò sua sorella, che non voleva accanirsi su quell'eredità che le era piovuta dal cielo. Perciò, se sua cognata ci teneva così tanto ad avere quel trullo, che se lo tenesse.

«Va bene, Dora...»

Franco le strinse la mano come quando erano piccoli, e Ninella capì che era la cosa giusta da fare.

Dora da un lato era colpita dalla magnanimità di sua cognata, dall'altro non poteva credere che quella trattativa si potesse chiudere così in fretta e a un prezzo stracciato, poi. Quindicimila euro per un trullo era davvero un affare. Acconsentì e, presa dall'entusiasmo, invitò tutti – inclusi Chiara, Damiano, Nancy e Franco – a pranzo da Tuccino, che per lei restava il miglior ristorante di Polignano: «Dobbiamo festeggiare la nostra famiglia unita» disse, e Ninella fu costretta ad abbozzare.

Damiano però aveva un impegno con un cliente ungherese, Chiara era alle prese con due sposi e Nancy accettò solo per non offendere la zia. Appena aveva sentito il nome di quel ristorante, poi, aveva immediatamente pensato agli still-life di cibo che avrebbe potuto fare. Entrarono in pompa magna come se avessero vinto alla lotteria. Dora si chiuse subito in bagno per ripassarsi il trucco, e Franco si avvicinò a Ninella: «Hai fatto davvero un affare a cedere. I trulli da dividere portano sfortuna».

«Ah, questa è la ragione?»

«È un detto popolare: i vecchi hanno sempre ragione. Comunque ti voglio bene, lo sai? Ha ragione Dora: hai un cuore grande.»

Franco le accarezzò i capelli e Ninella se lo lasciò fare.

«A me dava solo fastidio che lei lo pretendesse... ma almeno quando torna qui non la devo ospitare sempre.»

«Ecco. Che quella è proprio una scassaminchia.»

«Di chi state parlando?»

Dora apparve restaurata come una santa prima della processione: luccicante.

Ninella guardò Franco, e lui rispose prontamente: «della Labbate. Da quando ha aperto i bed and breakfast se la tira un casino. E poi si è rifatta le labbra...».

«Però le donano» aggiunse subito Ninella, che non voleva fomentare sua cognata. Era un attimo e avrebbe acceso un incendio da mezza parola, e a Polignano alla fine ci doveva vivere lei.

Il crudo di mare aiutò tutti a rilassarsi. Dora ordinò pure le ostriche perché dovevano festeggiare. E poi già che c'era disse che forse era il caso di bere champagne, «anche se tu Ninella non sei tanto abituata alle bollicine» ci tenne a precisare.

Lei si sentì un po' ferita nell'orgoglio, e quando glielo versarono lo trangugiò di colpo manco fosse Sue Ellen di "Dallas". E ne chiese subito un altro.

Anche Franco sembrava non avere pace tra ricci, cozze pelose, scampi e polipetti. Per lui il crudo di mare era nostalgia, esuberanza e passione.

Nancy era al settimo cielo perché le ostriche con il mare sullo sfondo erano il set perfetto. Peccato solo per quel cielo bianco, la pena di tutte le influencer, perché ammazza le foto. Ma lei non si perse d'animo e dedicò praticamente tutto il tempo dell'antipasto a fingere di mangiare un'ostrica con un bicchiere di champagne. Subito dopo aver pubblicato la foto – con la didascalia "*Feelings by the sea*" – le venne però il dubbio che potesse urtare gli animalisti, e restò pensierosa finché si sentì bussare alle spalle.

«Che fai?»

Nancy alzò gli occhi e Tony il calciatore, il suo primo amore, era lì. La guardava con quegli occhi di velluto che per lei erano i più belli di Polignano, e che non erano cambiati. Aveva una camicia seria, e non sembrava avere fretta: «Sono qui con il mio capo... e abbiamo un cliente con cui dobbiamo fare bella figura... sai com'è».

Nancy non ci poteva credere: si sentiva come Vic del *Tempo delle mele* quando Mathieu le mette le cuffie. Si ricordò di avere lo champagne a tavola e avvicinò il bicchiere alle labbra.

«So com'è. Ne vuoi un po'?»

Lui guardò la bottiglia strabuzzando gli occhi e lei si sentì una rampolla annoiata a tavola con i familiari.

«No grazie, mi aspettano al tavolo... ma noi beviamo un semplice vino. Lo champagne ce lo facciamo io e te uno di questi giorni, se ti va...»

«...»

«... se sei libera.»

«...»

Nancy non riusciva a rispondere perché era semplicemente esaltata. Tony, anche se ormai era fidanzato da tempo, voleva tornare da lei e le aveva proposto di vedersi. Posò il telefono e annuì imbambolata, e mentre sua madre e sua zia la guardavano come se fosse ancora adolescente – e un po' lo era rimasta – le venne una strana forma di appetito per cui mangiò tutto ciò che il cameriere proponeva, senza dimenticare di lavarsi continuamente le mani con la salviettina al limone. Nella confusione ordinò anche un'aragostina.

A tavola era sceso un clima piacevole, e il trullo sembrava ormai acqua passata: Dora ogni tanto mostrava altre foto posticce dicendo «come vedete non è niente di che». Finché arrivò il conto, che agguantò come fanno di solito i capifamiglia.

Ninella e Franco non solo la lasciarono fare, ma furono impressionati dalla velocità del gesto. Dora allungò la carta di credito al cameriere che dopo poco tornò per farle digitare il codice sul POS, che emise subito lo scontrino: "transazione non eseguita".

Lei provò altre due volte, ma puntualmente ricompariva la stessa scritta. Aveva superato il limite di spesa. Si ricordò che nell'ultimo mese aveva strisciato spesso la carta, dato che ormai girava senza contanti perché «al Nord adesso si usa così».

Il cameriere la guardava in attesa che trovasse una soluzione, ma quella era la sua unica carta.

Ninella guardò suo fratello – che in quel momento aveva solo dieci euro – poi fissò lo champagne, infine osservò sua figlia, che viveva d'insalate e per una volta aveva chiesto "un'aragostina". Non aveva alternative e fu costretta a dire: «Ci penso io».

12

Quando Damiano era in difficoltà in azienda sapeva di poter sempre contare su suo padre, così decise di andare a trovarlo per chiedergli un grandissimo favore. Ma Mimì non era in casa, Nando l'aveva trascinato all'agenzia di viaggi per prenotare un weekend a Tirana o a Praga. Alla fine avevano quasi optato per Tirana perché costava meno, e «le ragazze albanesi so' belle *i stess*» diceva Nando anche se non ci era mai stato.

Mimì gli dava retta più perché aveva bisogno di non pensare a nulla che per il desiderio di fare il vitellone. Partire gli sembrava il modo più semplice per farsi inseguire, o per non cadere.

Imbeccato dai vicini che sapevano sempre tutto – «ho sentito che andava all'agenzia di viaggi» – Damiano lo aveva trovato in via Sarnelli.

«Dove stai andando, p...»

«...»

«P...»

«...»

«Papà?»

«A Tirana.»

«Ma adesso?»

«No, pensavamo tra qualche settimana.»

«Allora, senti. Ho una contro...»

«...»

«P...»

«...»

«Controp...»

«...»

«Controproposta. Sai, il nostro cliente ungherese, il signor Nagy? Suo figlio si è sposato con un'italiana e mi ha invitato al battesimo del loro bambino, ci tiene che vada anche io.»

«E che me lo chiedi, vai! È stato uno dei nostri primi clienti all'estero.»

«Certo che lo so! Ma io proprio quel weekend ho promesso a Cosimo che sarei andato con lui e degli amici in Grecia... *e capeit*? Non puoi prendere tu il mio posto, così lo saluti?»

«E con chi vado?»

Nando non resistette.

«Come con chi! Con me, naturalmente. Dài che ci divertiamo, facciamo una cosa diversa.»

Mimì era perplesso, era sempre stato in ottimi rapporti con la famiglia Nagy, e non potevano rischiare di perderli come clienti.

«*Vabbù*, andiamo noi. Ma ci stanno un po' di italiani, sì?»

«E certo che ci stanno... la moglie è italiana... serviranno le patate di Polignano proprio al pranzo.»

Nando annuiva convinto di fianco a lui – già si vedeva a dissertare di carni speziate – e dopo essersi segnato le date, si defilò con la scusa di avere il personal trainer che lo aspettava per il "workout".

A don Mimì non restò che salire in macchina con suo figlio, che voleva portarlo a vedere il nuovo sistema di irrigazione. Per un attimo si ricordò di quando lo andava a cercare per tutta Polignano le sere in cui giocava a poker o a baccarà.

Dopo qualche chilometro arrivarono ai loro amati campi di patate. Davanti alla sua terra, di fronte a quei colori netti e precisi, Mimì sentì che aveva ancora molto da dare, ma l'idea che i suoi figli continuassero a dipendere da lui un po' lo infastidiva.

«C'è una cosa che voglio dirti, Damiano.»

«Che c'è...»

«Io adesso vado a fare questa cosa a Budapest perché il signor Nagy era un mio cliente storico. Ma se invitano te, devi andare tu.»

«Lo so, papà, ma Cosimo sta passando un brutto periodo.»

«E andate in Grecia? Non mi prendere per fesso, perché mi incazzo. Almeno abbi il buon gusto di dirmi le cose come stanno.»

«Be', lo sai che a volte sono un po' rinco...»

«...»

«Rinco...»

«...»

«Rinco...»

«Rinco, basta rinco, ho capito...»

Damiano sorrise.

«E poi così papà cambi un po' aria, che non è un bel periodo per te.»

«Ma chi te l'ha detto? La storia è semplice: tua madre, dopo tanti anni in cui si sentiva trascurata, si è trovata un altro. Che poi per farmi dispetto abbia scelto uno dei miei uomini, pazienza... lo sai come sono le donne, no? Fanno così.»

«Sì, però proprio con Pasqualino! Che tocca già le cose nostre e a me dà fastidio...»

«Lascialo fare. Ai mediocri devi lasciare i piccoli regni... così non fanno altri danni. E prova a metterti nei suoi panni: questo mi potava le piante. Ora ha le chiavi dell'ascensore. Noi non eravamo amici.»

«E a te non dà sui nervi? Non puoi provare a riconquistare mamma?»

Mimì affondò i piedi nella terra, fiero di come le sue patate stessero crescendo bene.

«Io non ho mai amato tua madre, anche se abbiamo cercato di non farvi mancare niente. Però non l'avrei nemmeno mai lasciata, sono un codardo... noi maschi sappiamo solo farci lasciare.»

«Ma te ne sei andato di casa tu.»

«Ci mancherebbe... quando la cogli sul fatto, l'orgoglio lo devi tirare fuori.»

«E ora non è che cerchi di nuovo Ninella?»

Mimì non rispose e si allontanò di qualche passo.

«Forse.»

«Pensavo ti fosse passata.»

«Certi amori fanno solo finta di sparire. Ogni volta che la rivedo, Ninella è sempre lì.»

«Ho sentito che ora sta con uno giovane... hai visto?»

«Il problema è solo se le piace. Ma forse io non sono capace di rendere felice una donna.»

Mimì iniziò ad accarezzarsi i baffi, quasi a cercare un po' di conforto di fronte a una situazione che gli sembrava troppo complicata.

«Ci hai mai provato?»

Per un attimo, fu in dubbio se rispondere o meno la verità. In realtà non stava parlando con suo figlio, ma con la sua coscienza.

«Con tua madre, no, sono sincero. Non le ho mai perdonato di non essere Ninella... anche se avrei dovuto essere arrabbiato solo con me stesso. Per fortuna siete arrivati voi... alla fine mi è andata più che bene.»

«E mia suocera l'hai più vista?»

«L'altro giorno sono andato ad aspettarla a casa sua... sono stato lì più di un'ora...»

«Wow, papà... sei t...»

«...»

«T...»

«...»

«Top.»

Damiano cercava sempre di parlare alla milanese.

«Comunque ora lei ha in testa quell'altro.»

Dopo i campi, in fondo, si vedeva il mare. Quel luogo lo lasciava ogni volta senza parole e Damiano sembrò cogliere il suo stato d'animo.

«Papà, Ninella resta sempre una ragazza. E le ragazze vanno corteggiate allo sfinimento, soprattutto se stanno incazzate.»

«Dici che sta incazzata ancora con me?»

«Ninella sta incazzata col mondo, e l'unico che può farla tornare quella donna che mi hanno raccontato sei tu.»

Mimì lo guardò per un attimo infinito.

«Ma tu quindi... non stai dalla parte di tua madre?»

«Siamo una famiglia, papà. Se i miei genitori sono contenti, un giorno potrei esserlo anche io.»

«Perché, tu non lo sei?»

«A volte no. In apparenza va tutto bene, ma alla fine qualcosa non mi torna.»

Mimì riguardò quella distesa di verde, la natura aveva il potere terapeutico di rassicurarlo ogni volta. Il sentimento che più assomigliava alla sua terra era l'orgoglio. Prese suo figlio sottobraccio e lo riportò alla macchina. Erano anni che non compiva quel gesto.

13

Ninella e Chiara non riuscivano quasi mai a stare sedute mentre parlavano. Se dovevano affrontare un discorso lo facevano sempre durante un'attività domestica. Quel giorno stavano piegando le lenzuola.

«Come sarebbe a dire che le hai già ceduto il trullo?»

«Sai com'è Dora, quando inizia a stressare e a fare l'amica della zia che manco si ricordava chi fosse... e poi ci invita fuori a pranzo, ordina champagne e alla fine è senza soldi... la conosci.»

«Anche al mio matrimonio mi aveva lasciato la busta vuota, ti ricordi?»

«Ma io questa non la sapevo!»

Controllando le federe, Chiara si rese conto che non glielo aveva mai raccontato.

«Ah ma forse mi confondo... non era lei.»

«Sì, vabbè... comunque conosci tua madre: perdo facilmente la pazienza.»

«Già. Ma quindicimila euro per mezzo trullo è davvero una presa in giro.»

Ninella non se la sentì di dire a sua figlia che voleva dividere la cifra con suo fratello.

«Franco dice che abbiamo fatto un affare, che i trulli non si dividono.»

«Da quando sei diventata scaramantica?»

Dopo le lenzuola, fu il turno dei completini coordinati della bambina.

«Da qualche anno. Da giovane non me ne fregava niente. Poi ho iniziato a vedere le coincidenze, a cercarle... come se fossero la poesia della vita. Una volta ho giocato anche i numeri del lotto, un terno secco su Bari. E sai quanti numeri sono usciti? Zero! Sono una cretina. Però bella questa T-shirt: "Non sono una regina"...»

Chiara sorrise. Non vedeva sua madre da qualche giorno e quella strana allegria la rendeva quasi euforica. La piccola Gaia era in camera con Adoración che, per insegnarle lo spagnolo, le faceva vedere "Topazio", una telenovela venezuelana, in lingua originale. La bambina ne era così rapita che sua madre e sua nonna la lasciarono lì, si misero in macchina e se ne andarono a Port'Alga. Quell'angolo nascosto di Polignano sembrava fermo agli anni Sessanta: poche case bianche, nessun turista, tanti gradini di pietra per arrivare alla piccola spiaggia. Era l'ora più calda del giorno ma l'aria era così secca che quasi non lo si percepiva.

Chiara guardava sua madre muoversi in quel paesaggio e le sembrava ancora più bella.

«Comunque se con questo trullo ci siamo tolti la zia di torno meglio così. È pesante!»

«Perché è insicura. Se accettasse l'idea che resta una terrona anziché fare la veneta imborghesita avrebbe solo da guadagnarci.»

«Mamma, ma stai diventando saggia?»

«Non ci penso nemmeno. Dora però è facile da capire, dài.»

Chiara la guardò: aveva gli occhi più dolci del solito. In tanti anni le aveva fatto poche confidenze, ma le aveva sempre parlato al momento giusto. E ora cambiava tono.

«Ti ricordi quando da piccola non volevi farti la doccia perché dicevi che ti eri già lavata al mare?»

«Sì, perché mi piaceva il sale sulla pelle... mi è sempre piaciuto. Anche Gaia è così, se fosse per lei farebbe già il bagno ad aprile.»

«Siamo nate sugli scogli... alla fine ci sentiamo al sicuro solo aggrappate a queste rocce.»

«È vero. Ma io stavo veramente bene solo quando mangiavo i tuoi panzerotti. Ricordo quando li portavi in spiaggia. Se ci penso sento ancora la mozzarella che mi cola.»

Ninella attraversò la porta di pietra e scese qualche scalino: era circondata dal blu. Restò in silenzio a respirare un po' di quiete.

«Mamma... si può sapere cos'hai?»

«Io mi sento sempre così sbagliata, come se fossi continuamente fuori tempo.»

I ruoli si erano invertiti in quello strano cerchio che è la vita.

«Nulla è sbagliato se ti va di farlo e puoi farlo.»

Ninella non sembrava convinta ma non voleva mostrarsi fragile di fronte a sua figlia.

Chiara si sedette sul ciglio a strapiombo sul mare e invitò sua madre accanto a sé.

«Di cosa hai paura?»

«Di essere felice. La felicità mi fa paura.»

«Ma come?»

«Credevo di no... ma quando ho visto Mimì da solo, seduto che mi aspettava... ho provato una sensazione strana, e mi sono un po' irrigidita.»

«Ricordati come si è comportato... ed è comunque mio suocero. Se ci evitate altri casini, magari.»

Ninella quasi si risentì di aver esternato quello stato d'animo.

«Veramente è stata Matilde che si è messa con l'uomo del monte...»

A Chiara venne da ridere.

«Si chiama Pasqualino.»

«Sì, sì, lo conosco... lei lo chiama Pasqualino Settebellezze. Mi sembra tutto assurdo. Abbiamo avuto una vita per stare insieme, ma Mimì non si è mai staccato dalla moglie. Dopo anni lei trova un altro e lui viene da me a piagnucolare. L'unica certezza che ho è che mi fa ancora incazzare.»

«Se dovessi giudicare il mio amore da quanto Damiano mi fa incazzare, lo dovrei amare alla follia.»

«E non lo ami alla follia?»

Chiara non aveva voglia di confessarlo nemmeno a se stessa, ma cominciava a essere stufa. Avere un marito di cui non ti fidi totalmente ti costringe a cambiare, e lei aveva cominciato a concentrarsi di più sul lavoro.

Ultimamente stava preparando le nozze di due ragazzi: Savino e Samantha. Lui carabiniere di Taranto, lei polignanese ambiziosa. Samantha cambiava idea ogni volta che prendeva una decisione: aveva quasi mandato a quel paese il progetto del flower designer, perché voleva un "bouquet di prova" il giorno prima. «E se poi quando lo vedo non mi piace, io lo lascio e litigo con mia suocera» diceva seriamente. Savino, invece, l'aveva colpita per i suoi occhi neri: quando la fissava, la distraeva.

Ninella guardava Chiara persa nei suoi pensieri e vedeva davanti a sé una ragazza bella ma un po' infelice, e pensò che forse c'era un gene sbagliato nella loro famiglia.

Per togliersi da quella conversazione che stava prendendo una piega strana lei decise di tornare a casa e invitò sua figlia a cena: tanto la bambina voleva dormire da Pamela e Damiano era impegnato con suo padre.

Mentre rientravano, Chiara ricevette una chiamata da Nancy, che aveva appena fatto un provino a una cantante scovata su YouTube, perché si sentiva anche un po' talent scout.

«E canta bene?»

«Sì, solo che lo fa con l'inglese inventato e ha l'accento pugliese. La chiamano l'Aretha Franklin di Giovinazzo... e costa poco.»

«Ma è melodica?»

«Non è melodica. È Aretha Franklin. Se ci serve una bomba, questa spacca, fidati. Comunque, se la cerchi su YouTube si chiama Cinzia Blues.»

Ninella si fece lasciare in piazza, bevve un caffè al bar Comes e ribadì a sua figlia l'appuntamento. Appena chiuse la porta di casa capì che aveva tutto il tempo che le serviva.

Tirò subito fuori la farina, l'olio e gli altri ingredienti, li versò in una ciotola e li impastò tenendo sempre gli anelli, anche uno d'oro che le aveva regalato il suo povero marito: «quello è l'amore» le diceva sua nonna, e Ninella aveva continuato la tradizione. Alla fine ci aveva messo un pizzico di zucchero e si era guardata bene dall'aggiungere una patata: le sembrava un'abile scorciatoia e lei voleva sempre la strada più difficile. Era contenta di quella sorpresa alle sue figlie, e pazienza se erano a dieta, i panzerotti non ammettono obiezioni né tentennamenti. Durante la lievitazione, Ninella ne approfittò per rifinire un tailleur che doveva consegnare. Le giornate si stavano allungando e lavorare alla finestra era uno dei suoi grandi privilegi.

Nancy e Chiara sarebbero arrivate insieme, perché dovevano ascoltare i provini della nuova cantante, per cui Ninella aveva tutto il tempo: cucinare per gli altri era uno dei regali più belli che potesse fare. Stese l'impasto in modo che non fosse troppo sottile, aggiunse il ripieno e si avvicinò al momento più delicato, che lei viveva sempre con un pizzico di apprensione: la "chiusura" del panzerotto, che Ninella faceva rigorosamente a mano.

Aveva appena concluso quell'operazione quasi chirurgica quando Dora le lasciò un messaggio vocale per sapere se poteva andare a cena da loro, ma Ninella per la prima volta le disse di no, riuscendo anche a inventarsi una scusa. Voleva stare sola con le sue figlie come ai vecchi tempi.

Quando capì che era pronta, le avvisò che le stava aspettando e iniziò a friggere. Le conosceva così bene che aveva calcolato esattamente i tempi. Appena entrate in casa, le due ragazze sentirono il profumo della loro infanzia e abbracciarono Ninella come se avessero vinto una gara olimpica. Davanti ai panzerotti, in Puglia tornano tutti bambini.

14

Quando il geometra Lobascio gli aveva attaccato bottone chiedendogli il numero di telefono, millantando che si erano incontrati a un convegno, Orlando aveva iniziato come di consueto a fantasticare. Dopo qualche giorno l'uomo si era rifatto vivo: "Quando ci vediamo per una consulenza?" gli aveva scritto mettendo una faccina con la lingua, e Orlando pensò che fosse fatta.

Chiamò subito Daniela per capire cosa intendesse per "consulenza" e anche lei non ebbe alcun dubbio: «quello ti vuole fare», per dirla con parole sue. Daniela partecipava alle avventure di Orlando come una tifosa, lei che in amore aveva una vita monogama e serena, e gli perdonava anche i ritardi sul lavoro, che poi recuperava con notti passate a risolvere cause. La decisione di sposarsi a lei e Olga era venuta d'impulso, per legittimarsi e tutelarsi, ma all'entusiasmo era subentrato l'imbarazzo di affrontare il discorso con i suoi familiari. Orlando, per quanto le fosse molto affezionato, sentiva che la sua amica doveva sbrogliarsela da sola.

«Dai retta a mia madre: non serve dirglielo. Vi sposate e basta, tanto mica lo vengono a sapere.»

«Ma io vorrei fare la festa... un matrimonio con due testimoni e quattro invitati mi sembra sempre di persone un po' disperate.»

Orlando ebbe un lampo.

«Ma scusa, mia cognata Chiara fa la wedding planner con la sua amica Mariangela...»

«Ma chi, la nipote di Domenico Modugno?»

«Credo di secondo grado, ma forse è una leggenda. Prendi un appuntamento con loro e senti cosa ti dicono. Ti passo il contatto, sanno tutto di matrimoni!»

«Va bene, proviamo almeno a fare le cose con un po' di stile. Tu fammi sapere come va con il tipo e non ti svendere.»

L'appuntamento era a casa del geometra, un po' fuori Polignano, e Orlando ci arrivò con un look più adatto a una discoteca che a un incontro di lavoro. Lobascio gli aveva lasciato un vocale con il suo vocione: «Se vieni questo pomeriggio non c'è mia moglie e stiamo tranquilli», e lui aveva deglutito.

Orlando sapeva che il bicipite era il suo miglior biglietto da visita, per cui aveva indossato una T-shirt dei Los Angeles Lakers. Così, con la convinzione di un cubista, citofonò a "Lobascio Geom. Benedetto" con un doppio colpo per risultare più simpatico.

Gli stava salendo l'ansia da prestazione e fece due respiri come gli aveva appena insegnato sua madre. Perché l'aveva presa in giro, anziché seguire le sue indicazioni?

Il geometra lo accolse in pantaloncini corti e una maglietta che segnava un filo di pancia, ma nel complesso era un bronzo della Magna Grecia con due pezzi di focaccia rimasti sullo stomaco.

«Innanzitutto chiamami Benny. Ora vieni, caro. Vieni che ti spiego i fatti.»

Orlando entrò eccitato in una cucina piuttosto ordinata, a parte il tavolo disseminato di fogli. Sembrava una messinscena, invece Benny lo guardava interrogativo.

«Perché non ti siedi?»

«Ah, vuoi che mi sieda?»

Orlando amava i giochi di ruolo.

«Sì, così capisci meglio.»

Lui si guardava intorno sempre più perplesso e il geometra la prese sul personale.

«So che la casa è da ristrutturare, ma mia moglie non vuole cambiare... e sai che comandano le femmine.»

Era fatta. Parlava già della moglie con disprezzo, la postura era rilassata, lo sguardo penetrante.

«Eh lo so, le femmine sono un problema...»

Il geometra sorrise. Mentre gli si avvicinava, Orlando lo guardava sempre più confuso. Benny gli appoggiò una mano sul braccio mentre con l'altra prese a passargli dei fogli.

«Questa nostra veranda sta diventando un incubo. Io avevo fatto dei documenti per dimostrare che era tutto regolare, ma il punto è che non sono veramente geometra perché mi manca un anno al diploma, anche se lo sto prendendo per corrispondenza. Quindi anche se conosco il lavoro non posso firmare i progetti... ma mia moglie questo non lo sa.»

«Quindi non sei geometra?»

«Non ancora... ma faccio le verifiche online. Però l'ho già messo sulla targa perché altrimenti pareva brutto. Ma è come se lo fossi.»

Il discorso sembrava così fumoso che Orlando per un attimo s'illuse ancora che potesse trattarsi di un gioco erotico.

Iniziò a leggere i documenti simulando interesse, ma si rese presto conto che le carte avevano un senso. Gli altri condomini avevano deciso di far causa ai Lobascio per la veranda e lui voleva sapere se valeva la pena intraprendere una battaglia legale.

Orlando era basito. Aveva accettato l'invito a casa di uno sconosciuto che voleva condonare la veranda. Quando capì la situazione, la sua espressione fu tale che Benny Lobascio pensò che avrebbe dovuto davvero demolirla, e iniziò una filippica contro i vicini in dialetto stretto polignanese, che lo stesso Orlando faceva fatica a comprendere e non riusciva a fermare. All'ennesimo *e capeit 'u fatt?* gli chiese: «Perché mi hai dato appuntamento senza tua moglie?».

Era l'ultimo assist per subire un assalto.

«Perché vuole fare la guerra al condominio, mentre io non sono d'accordo, *e capeit*?»

Orlando non aveva parole. Si era preparato per quell'incontro, si era agitato, si era eccitato, si era consultato con Daniela, per nulla. Non poteva credere che quel pezzo d'uomo in pantaloncini volesse parlare solo delle sue beghe condominiali. Facendo buon viso a cattivo gioco, si aggrappò a quello che restava della sua professionalità e continuò a leggere quei documenti.

L'altro lo guardava, ma solo per verificare se avesse capito tutto. Aprì il frigo e tirò fuori una bottiglia di tè freddo.

«Bevi che ti vedo un po' stressato... non hai caldo?»

«Un po'.»

Un piccolo lumicino di speranza si riaccese dentro le mutande di Orlando.

«Io devo bere un sacco perché mi sto allenando per partecipare alla Spartan Race di Porto Selvaggio.»

«La Spartan Race?»

«Sì, quelle gare che fanno i militari. Mi sono iscritto anche al gruppo di Facebook. Senti qua che bicipite!»

Orlando allungò timidamente la mano e gli parve di toccare il massiccio del Gran Sasso, dove era andato quando faceva il boy scout. Ma non voleva correre rischi e continuò a leggere facendo sempre più fatica. Il finto geometra se ne accorse: «Ragazzo, tutto a posto? Non è che mi hai mentito?».

Orlando si sentì sgamato.

«Su cosa?»

«Magari tutti ti chiamano avvocato e non lo sei.»

«No, no, che c'entra... è che la situazione non è semplice.»

Orlando cercò di concentrarsi e di prendere appunti. Avrebbe voluto Daniela con le sue strategie illuminanti. «Che fesso che sono» sussurrava tra sé.

L'altro lo guardava incuriosito e sorrideva: «Sei proprio un tipo strano, ma ho capito subito che eri quello giusto per me».

15

Ora che aveva finalmente trovato un nuovo amico, a Nando scocciava che Mimì lo lasciasse per rincorrere Ninella. In un mondo ossessionato dall'amore, l'amicizia è un sentimento spesso sottovalutato, e un amico sa essere più complice di tanti amanti. Così lo convinse a buttarsi in un'avventura piuttosto rischiosa: iscriversi a Facebook, che tra i social network gli sembrava il più antico e rassicurante, un po' démodé come lui.

I due iniziarono con un'amena discussione sulla prima foto da pubblicare. Mimì voleva metterne una con sua nipote Gaia davanti alla torta, ma Nando glielo vietò: «Tu devi sembrare Briatore, ricordatelo».

Alla fine scelse la foto insieme a Damiano e Orlando apparsa sulla copertina di "Trullo Magazine". Nando propose una didascalia che a Mimì parve perfetta – "I miei figli, la mia forza" – anche se poi aggiunse: «Comunque te lo devo dire, amico mio: Facebook è al tramonto».

«Allora che amico sei? Comunque a me non interessano i social. Io voglio Ninella dal vivo.»

«*Echeccazz, combà,* una cosa alla volta» gli diceva Nando, «intanto andiamo a questo party a Budapest. Ancora trovi un'ungherese...»

Ma Mimì, dopo aver parlato con Damiano, aveva capito che se aveva una chance di riconquistare Ninella doveva giocarsela subito, e abitare quasi accanto a lei lo rendeva speranzoso. Quando si è vicini è più facile trovarsi. Provò a farle la posta facendo finta di niente, ma Mimì a Polignano era molto conosciuto, quindi tutti capirono. Come se non bastasse, l'unica persona che incontrava puntualmente era la signora Labbate: da quando era ricorsa ai ritocchi estetici si sentiva fighissima, anche se sbagliava approccio in ogni situazione, con quella sua irruenza invadente. Perciò, appena vide per la seconda volta Mimì passare davanti a casa di Ninella, gli disse: «Se me lo diceva le facevo uno squillo quando usciva...», cui lui nemmeno rispose talmente era arrossito dalla vergogna. Era pur sempre un uomo riservato.

Così cambiò bar e andò al Millennium vicino al ponte, si sedette a un tavolo a bere il solito espressino chiaro con un cornetto. Mentre era lì, con gli occhi persi e i baffi spettinati, Ninella gli comparve davanti.

«Che fai, da solo?»

«Ti stavo aspettando.»

«Ma io non abito qui.»

«Lo so ma davanti a casa tua c'è sempre la signora Labbate che mi spia, e a Polignano se si vuole ci si incrocia sempre.»

Ninella mostrò finalmente un sorriso: sparlare della vicina la divertiva.

«In questi giorni non so cosa le è preso... forse sarà la bocca nuova. Ma è sempre agitata e mi chiede continuamente di te.»

In quella frase, Mimì colse una possibilità. In fondo conosceva Ninella e sapeva che aveva un debole per lui, altrimenti non si sarebbe fermata. Non aveva fatto in tempo a pensarlo, che lei aveva ripreso a camminare.

«Ma dove vai?»

«A fare la spesa.»

«Vengo anch'io.»

«No, tu no.»

Lei rispose citando una vecchia canzone e Mimì capì che c'era il margine per una trattativa: restava sempre un commerciante.

«Dài, quando ci ricapita di andare insieme al supermercato?»

Era una frase banale ma piena di verità. Ninella aveva sognato per una vita di non essere sola mentre girava con il carrello, e le sarebbe piaciuto avere qualcuno con cui discutere se erano meglio i biscotti o i plumcake, e mentre uno fa la coda in gastronomia l'altro va a cercare il sale, che lo imboscano sempre. Ora poteva farlo. Quell'attimo di attesa fu letale.

«Vado a prendere la macchina, Ninè. Aspettami qui.»

Mimì non le diede il tempo di reagire. Mentre correva al parcheggio si portò avanti con i pensieri: si era messo il profumo? Era vestito bene? Aveva abbastanza soldi?

Era teso e felice, mentre Ninella sentiva di aver fatto una cavolata. Lui l'aveva presa in contropiede. Prima di salire in macchina si guardò intorno, e per evitare i soliti pettegolezzi decisero di andare al Famila di Monopoli come se quella fosse la scelta più naturale.

Mentre don Mimì accendeva e spegneva l'autoradio per l'agitazione, Ninella abbassò il finestrino per respirare un po' d'aria fresca. Il vento le ricordava la giovinezza. Faceva già caldo, ma il clima era secco e piacevole. Erano passati anni da quando era salita l'ultima volta in macchina con lui, proprio il giorno dopo le nozze di Chiara e Damiano. Si erano baciati sotto gli ulivi, si erano detti «chissà» e poi la loro vita aveva ripreso a scorrere sui soliti binari.

Ora si rivedevano senza averlo programmato, e lui l'accompagnava al supermercato. Tutte le mete diventano romantiche se sei con la persona giusta: possono esserci le luci al neon, bambini che strillano, pavimenti scivolosi, megafoni che annunciano «un addetto del reparto tessile in cassa due», ma le tue orecchie sentiranno solo la voce del tuo amore.

Arrivati al parcheggio, Mimì andò a cercare un carrello ma tornò subito indietro perché serviva una moneta, e lui andava in giro solo con le banconote.

«Ma a cosa mi servi se non riesci neanche a trovare un carrello?»

Ninella faceva la spiritosa, e voleva prenderlo in giro. Lui non sapeva come reagire: abituato a comandare, per anni, tutto e tutti, era un po' spiazzato. Presto però si rilassò. Intorno non vedeva nessuno che conosceva, non era mai andato a fare la spesa e aveva una donna bellissima al fianco che se lo filava poco ma che quando lo guardava lo faceva capitolare.

Ninella tirò fuori la lista e iniziò a cercare le cose in un ambiente non suo, rischiando di perdere tempo e di comprare prodotti non necessari. Mimì la seguiva impotente in quel mondo a lui sconosciuto, tranne per le patate, che ovviamente catturarono la sua attenzione:

«Vedi? Queste vengono di sicuro dall'Egitto, altrimenti non potrebbero tenere i prezzi così bassi.»

Ninella lo fermò subito.

«Ascolta, Mimì, non venirmi a parlare di prezzi che qui a fare la spesa sono io, hai capito? A me non interessano i vostri affari.»

Lui allargò le braccia in segno di resa. Quella donna lo teneva in pugno, e lui la lasciava fare. Quando sembrava troppo arrabbiata, gli chiedeva di cercarle lo zucchero a velo con un tono quasi imperativo. E lui, con quel compito, partiva tra le corsie come un ragazzino chiedendo aiuto ai magazzinieri che lo guardavano come un E.T.

A un certo punto, senza rendersene conto, avevano cominciato a spingere insieme il carrello. Le loro mani erano vicine e lontane, attente soprattutto a non sfiorarsi. Fu Ninella a lasciare la presa per prima: non riusciva a rimanere concentrata perché lei, quando faceva la spesa, era metodica. Non guardava le offerte e acquistava solo ciò che si era segnata.

Quel giorno, però, iniziò a scegliere cose di cui non aveva bisogno: biscotti danesi, caffè di marca, zucchero di canna. Quando arrivarono al reparto frutta videro le prime angurie di stagione.

«Ti ricordi quell'enorme banco a Polignano? Vendeva solo cocomeri e meloni... Stava tutta l'estate e io ero fisso lì.»

«Già. Il proprietario mi sceglieva sempre il pezzo di anguria più grosso, e se non c'era la moglie me lo regalava.»

«La solita privilegiata... ma tutti avevano un debole per te.»

«Quasi tutti.»

Ninella gli lanciò un'occhiata e mise l'anguria nel carrello. Era come se la comprasse per lui. Il reparto surgelati fu quello che restò più impresso a don Mimì: per lui era tutto inconcepibile, mentre Ninella sapeva che il segreto di un buon frigo è avere un ottimo congelatore. Così prese degli spinaci, del gelato e dei gamberetti: «Se non ho dei gamberetti sgusciati nel freezer non sono tranquilla».

Ninella capì di aver esagerato solo alla cassa, quando il conto risultò superiore a quanto si aspettasse.

Mimì tirò fuori duecento euro come solo i veri arricchiti sanno fare: calando la banconota come a una partita di poker. Poi provò a mettere la spesa nei sacchetti, ma gli mancava del tutto la dimestichezza.

Ninella scosse la testa, ma lui era troppo euforico per accorgersene.

Risalirono in macchina senza più parlare, mentre su Radionorba passava *Microchip emozionale* dei Subsonica. Il cielo di maggio faceva brillare il verde dei prati che era quasi fluorescente. Ninella restò a contemplarlo, in silenzio, sballottata tra una curva e l'altra, finché ricevette un "Mi manchi" dal sexy boy. In quell'istante ebbe la consapevolezza che solo chi ci ama abbia proprio un "microchip" che – anche a grande distanza – segnali il pericolo. Ninella mise via il telefono e cercò di non pensarci mentre Mimì guidava nervosamente perché non riusciva a essere padrone della situazione come avrebbe voluto. Appena entrarono a Polignano disse: «Grazie per la lezione sui surgelati. La prossima volta li compro anche per me».

«Se vivi solo, ti risolvono un sacco di problemi.»

Mimì incassò senza ribattere.

«Spero di non averne bisogno, allora.»

«Quello dipende da te, ma non contare su di me.»

Mimì schiacciò il piede sul freno.

«Perché?»

«Perché come ti ho detto sto frequentando un altro.»

«Ma che te ne frega di uno di Milano, Ninè, dài!»

«Ma mica mi piace perché è di Milano...»

Si parlavano senza guardarsi, lui con gli occhi fissi sulla strada.

«E allora perché?»

Lei stava perdendo la pazienza, ma il tono di Mimì era lucido e combattivo, quindi cercò di essere onesta.

«Perché è stato presente da subito, e perché mi fa stare bene, che poi è quello che conta.»

«E io?»

Mimì le appoggiò la mano sulla gamba, che Ninella tolse con delicatezza facendogli cenno di accostare nei pressi della Perla Nera.

«Tu sei arrivato troppo tardi» disse, e chiuse sbattendo la portiera.

Mimì avrebbe voluto scendere e inseguirla. Invece restò lì, disarmato, a vederla andare via con un sacchetto da cui spuntava un grande cocomero.

16

«Te l'avevo detto che era meglio lasciarla stare, ma tu capa tosta proprio, eh Mimì?»

Nando non le mandava a dire, schietto com'era. Non pettegolo, non bigotto, conformista quanto basta e devoto solo al cibo. Era uno di quelli che chiede sempre una modifica ai piatti presenti sul menu, e tra una portata e l'altra ricorda quella volta che aveva mangiato uno spaghetto "mondiale".

Don Mimì incassava quelle parole senza battere ciglio e così, davanti all'amico che aveva predetto i fatti, sentì la necessità di farsi aiutare: «Cosa dovrei fare secondo te, oltre ad aspettare?».

«Dovevi fare quello, ma ti sei fatto prendere dall'ansia.»

«Eh, ma io sono trent'anni che mi faccio aspettare.»

«Sì, ma ora sei libero. Sei uscito di casa... lei penserà che la cerchi solo perché sei rimasto solo.»

Mimì rivide gli occhi di Ninella quando era scesa con le borse della spesa e fu costretto ad abbozzare.

«Quindi come dovrei comportarmi?»

«Devi ingelosirla, farti desiderare. Vedrai che Budapest ci aiuterà... la festa, i locali... ci divertiamo.»

«Ma veramente andiamo a un battesimo e per me è quasi un appuntamento di lavoro, però pare brutto non andare... ancora si offendono.»

«Tutto il mondo è pugliese.»

Nando abbracciò forte don Mimì, con quella sua purezza che sconfinava nell'ingenuità. Alla fine, tirò fuori tutte le sue abilità oratorie per convincerlo di quanto fosse utile cambiare aria: ma Mimì aveva già deciso perché aveva promesso a suo figlio che sarebbe andato a Budapest al posto suo, e indispettire il più grosso importatore di patate dell'Ungheria non era una buona idea.

Tornò a casa a finire gli esercizi di inglese – aveva il cd in allegato – perché «il miglior modo per ringiovanire è masticare una lingua straniera» gli aveva detto la signora Labbate, e lui si rese conto che qualcosa non andava quando constatò che seguiva i suoi consigli. Voleva imparare le basi e poi iscriversi alla Cambridge School di Polignano, perché al momento sapeva dire solo: «*My name is Scagliusi Domenico*».

Stava cercando di ripetere la frase *The book is on the table* quando sentì bussare alla porta. Era Orlando, che stava provando a chiamarlo da un po', con la piccola Gaia vestita da Masha, la bambina russa protagonista dei suoi cartoni preferiti.

«E cosa ci fa qui la mia nipotina?»

«Tata Adoración doveva insegnare a nonna Maty a fare la *chupe de camarones* e allora ho chiesto allo zio Orlando se potevo venire da te.»

«Ma cos'è la *chupe de camarones*?»

«Nonno... è la zuppa di gamberi! In spagnolo i gamberi si chiamano *camarones*.»

Mimì era sempre più perplesso ma Gaia non aveva finito.

«Io sono venuta qui per giocare. Io faccio Masha e tu sei l'orso.»

La bambina aveva in mano una specie di juke-box giallo che accese all'istante sparando una canzoncina a palla: «Se sei felice e tu lo sai batti le mani!».

Orlando abbassò il volume e guardò impotente suo padre, che prese in mano la situazione.

«Certo, tesoro, siediti sulla poltrona del nonno che poi la impari.»

«Ma nonno, la devi cantare anche tu...»

Don Mimì non era ancora pronto a tutto questo.

«Ora vai nella mia stanza, poi il nonno ti raggiunge e gliela insegni. Va bene?»

La lasciò in camera a cantare sul letto e tornò in cucina, dove Orlando si era aperto una Coca-Cola presa dal frigo.

«Tutto a posto, papà?»

«Io tutto a posto, tu? Ormai siete sempre qui...»

«Be', la bambina voleva vederti... e poi ho un cliente in zona.»

«Sì, *vabbù*, di' la verità: ti vuoi riprendere questa casa perché vuoi tornare a vivere a Polignano... è bella, vero? Anche se dobbiamo fare qualcosa per il nostro paese... qua ci sta solo gente che mangia e sporca. Vengono, provano quanto è buono il panino di Pescaria e se ne vanno.»

Orlando sorrise.

«Per quanto tempo Damiano ti ha ripetuto che dovevamo aprire un hotel? Ma tu solo patate. E adesso ti becchi i turisti con il gelato e la focaccia. Ma che fai, studi l'inglese?»

«Sì, ho preso il corso in edicola... noi della vecchia generazione leggiamo ancora le riviste di carta, e mo vado a Budapest con Nando.»

«Ah, e a Budapest serve l'inglese?»

«L'inglese serve sempre.»

«Papà, ma Nando ti porta nei locali con le donnine...»

Mimì si sporse per vedere se la bambina stesse sentendo, ma era posseduta dallo spirito canterino di Masha.

«Guarda che andiamo al battesimo del figlio di un cliente, che tuo fratello non può perché va in Grecia. Vado giusto per fargli un piacere.»

Avrebbe voluto raccontare anche a lui di Ninella, ma con Orlando aveva meno confidenza.

«Che fai stasera?»

«Dovrei vedermi con un tipo che però credo sia sposato.»

Mimì s'irrigidì e Orlando corresse il tiro.

«No, ma credo che invece me ne tornerò a Bari, abbiamo una causa importante con Daniela.»

«Ecco, bravo. E come sta la mia Daniela?»

«Bene, si sposa... con Olga.»

«Ah già che è lesbica, mi dimentico sempre.»

«Cosa è una lesbica?»

Gaia intervenne proprio in quel momento, più veloce di Masha quando deve rincorrere una farfalla.

Mimì guardò Orlando, che cercò di rispondere prontamente.

«Una lesbica è una principessa che si innamora di un'altra principessa.»

«E un principe che s'innamora di un principe come si chiama?»

«Si chiama gay.»

«Gay? E che parola è gay?»

«È una parola di tre lettere: "g", "a" e "ipsilon".»

«E una principessa che si innamora di un principe come si chiama?»

«Si chiama sempre principessa. Ma anche l'altra resta una principessa.»

«Zio non ci ho capito niente, torno da Masha e dall'orso.»

«Ecco, brava. Gli animali sono un po' più semplici di noi.»

Orlando guardò Mimì che allargò le braccia come a dire: "Ma che razza di famiglia siamo!".

«E i genitori di Daniela come l'hanno presa?»

«Non lo sanno. Vuoi dirglielo tu? A lei farebbe piacere.»

«Ma che c'entro io, scusa! Quelle sono cose personali...»

Orlando non insistette, anche perché la voce di Gaia che cantava per la decima volta «se sei felice e tu lo sai batti le mani» iniziava a essere fastidiosa. Salutò suo padre in fretta e si ritrovò in strada. Arrivato in piazza Trinità gli parve di riconoscere Mario, il suo storico ex, con un altro ragazzo: un bel tipo, moro, alto, camminavano alla stessa andatura e si stavano dirigendo verso casa della Labbate. Orlando ebbe un momento di disappunto misto a gelosia.

«Mario!» lo chiamò ad alta voce, e i due si voltarono. Il figlio della Labbate fu costretto a fermarsi, mentre l'altro ragazzo rimase un passo indietro quasi a non volersi intromettere.

«Ehi! Sono Orlando...»

«Lo so chi sei... come stai?»

«Abbastanza, dài. Tu?»

«Bene. Sono con... lui.»

L'altro ragazzo fece un cenno di saluto ma non si avvicinò, osservandolo con aria che a lui parve di sfida.

Orlando e Mario si trovarono per un attimo l'uno accanto all'altro, di nuovo vicini, senza sapere bene cosa dirsi, come quando pochi anni di colpo sembrano secoli. Tirarono avanti ancora con qualche convenevole e si salutarono dicendosi «dài, ci vediamo una sera alla Casa del Mojito», sapendo che non era vero. Orlando lo osservò andare via con l'amico e parlottare in un modo molto più scherzoso, e questo gli mise addosso un velo di tristezza. Quando stavano insieme Orlando lo aveva lasciato perché Mario lo amava troppo, e lui in amore cercava solo relazioni complicate: uomini per lo più sposati, o comunque impegnati, conflittuali, ambigui, possibilmente eterosessuali.

Orlando vide allontanarsi il ragazzo che si era lasciato sfuggire e prima di riprendere l'auto fece un giro per i vicoli del suo paese come se fosse un turista. Quando ripassò davanti a casa di suo padre, che poi era la sua, notò dalla finestra la sua ombra accanto a quella di Gaia.

Mentre la piccola conosceva ormai molte parole spagnole, Mimì stava provando a insegnargliene qualcuna inglese. Ormai in paese lo chiamavano *u vacandù*, lo scapolo, ma a lui non interessava. La separazione da sua moglie era stata una liberazione, e lo pensava ogni volta che vedeva il cielo splendere tra i tetti. Quelle striature rosa al tramonto, quel sole che non sapeva mai dove andasse a nascondersi, lo incitavano a ripartire. Prese il telefono in mano, pronto a mandare un messaggio a Ninella, ma riuscì a trattenersi. Lei era online su whatsapp e non gli stava scrivendo.

Mimì appoggiò il cellulare sul divano e mentre la bambina continuava a chiedergli: «*How are you?*» lui rispose: «*I am not very happy*».

17

Chiara era dispiaciuta che sua figlia fosse così capricciosa e difficile da gestire. Era quasi sempre lei a decidere i menu e l'ora in cui si doveva rientrare, i programmi da vedere in tv e cosa ascoltare in macchina. E ora si era aggiunto un nuovo problema che aveva mobilitato non solo la sua famiglia ma tutte quelle del quartiere: la recita dell'asilo! Le maestre erano in competizione con quelle di un'altra scuola materna che aveva una sala ricreazione più bella, e così avevano deciso di fare "la recita" con una settimana di anticipo, per bruciare le altre sul tempo. Gaia, naturalmente, era la più esaltata.

«Mamma, a scuola stiamo imparando una canzone nuova. La conosci *Tappeto di fragole*?»

«No... boh... Chi te l'ha insegnata? La maestra Annamaria? La maestra Valentina?»

«Non te lo posso dire perché è la canzone della recita. E dato che io ho quasi sei anni devo coordinare le bambine più piccoline durante il balletto...»

Ne aveva appena compiuti cinque.

«Che brava che sei diventata. E qual è il tuo ruolo?»

«Io sono la conchiglia e Pamela è la sirena...»

«Sono due ruoli bellissimi, siete proprio brave.»

«Io però vorrei fare la Sirena perché la sirena deve parlare...»

«Ma tu sei la conchiglia, Gaia... dentro le conchiglie ci sono le perle... le perle sono i gioielli più preziosi, lo sai?»

Per un attimo, Gaia si convinse. In questo tipo di situazioni Chiara non poteva neanche contare troppo su Damiano, che sceglieva sempre di assecondarla: «è una bambina» diceva ogni volta ripetendo il mantra di sua madre.

D'altronde, Matilde si accollava un sacco di spese: dai vestitini di *Frozen 2* a *Intonatissima 3*, nulla doveva mancare perché Gaia fosse felice: nomen omen.

L'unica che le diceva qualche "no" era Ninella, e per questo lei la rispettava – «per essere una nonna sei diversa» le diceva – anche se preferiva stare a casa da nonna Maty perché lì aveva una camera per sé, tutta viola nelle varie tacche pantone.

Matilde era fiera di quella stanza, e quando qualcuno andava a trovare lei e Pasqualino la mostrava con orgoglio: «E questo è il regno della bambina».

L'arrivo di Adoración aveva portato un tocco di Sudamerica in casa Scagliusi: oltre a parlare spagnolo con la bambina – la chiamava *señorita* – preparava dolci di riso con *leche* e quando si rivolgeva a Matilde le diceva sempre *con permiso*. La sua presenza era stata anche un vantaggio per Chiara, perché aveva più tempo per lavorare con la sua amica Mariangela, con cui non si annoiava mai.

Quel giorno avevano preso un appuntamento con Daniela e Olga: l'occasione di poter organizzare le loro nozze lesbo era un motivo di vanto per le wedding planner, ma bisognava capire come gestire la delicata situazione familiare. Chiara era convinta che fosse fondamentale informare i genitori, mentre Mariangela proponeva un surprise party, un matrimonio a sorpresa mascherato da festa di compleanno.

Negli ultimi anni i matrimoni in Puglia erano cambiati, erano diventati veri e propri eventi mediatici, e la competizione – soprattutto nei piccoli centri – era salita di livello in una escalation che rischiava di far perdere di vista la natura stessa della giornata. Sempre più spesso sembrava la notte degli Oscar o, in altre occasioni, la festa patronale. Non bastavano più una bella masseria e il gran buffet di antipasti per conquistare gli invitati: dovevi confezionare un sogno, fargli vivere un'esperienza, raccontargli La Favola. E non erano sufficienti "i fatti", come si dice a Polignano, ci volevano le parole, se possibile in inglese: *cake designer*, *flower designer*, *setting*, *location*, *seating*, *fitting*. Tutto doveva far ricordare Hollywood, e pazienza se la pronuncia non era delle migliori. E Chiara, con impegno e dedizione, era riuscita a "entrare nel mood" del suo lavoro.

Come sua madre, anche lei abitava in una casa che era una continua fonte d'ispirazione. Quando si affacciava, guardava la statua di Modugno da un lato e il presepe del suo paese a strapiombo sulla lama dall'altro, con le sue facciate, finestre e balconcini, e ogni volta ne scopriva uno diverso. In mezzo, il mare. Le piaceva osservarlo di pomeriggio quando cambiava la luce. Chiara sognava di conoscere qualcuno che passava in barca lì sotto per poterlo salutare da lontano, o di vedere Damiano che le cantava una serenata. Ma ormai aveva smesso di sperare in qualche sorpresa da suo marito.

Poteva sembrare poco furba, invece stava diventando saggia. Non era con un controllo ossessivo che Damiano le sarebbe stato fedele. Lo conosceva bene e lo accettava così: vedeva altre mogli fare le videochiamate, ma lei non voleva mostrarsi fragile.

«Le videochiamate sono il male» le aveva detto Mariangela, ormai esperta in dinamiche di coppia: «ai tempi di mio zio ci si innamorava con le canzoni.» Quando poteva, l'amica ribadiva sempre la sua discendenza da Mr Volare.

Per non pensare troppo a suo marito, oltre al loro primo matrimonio lesbo, Chiara si stava dedicando sempre più alle nozze di Savino & Samantha, il carabiniere tarantino e la scassapalle di Polignano. Li aveva incontrati già quattro volte, e non riusciva a fare in modo che si fidassero di lei.

A parte la discussione sul bouquet, l'ultimo scontro con Samantha era avvenuto per la parte musicale. Dopo aver accolto con entusiasmo i Kalinka, alla ragazza era venuto il dubbio che fossero troppo raffinati e aveva detto a Chiara, con tono poco simpatico, di trovare un "cantante trasversale", aveva usato proprio questa espressione.

Qualche ora dopo, però, Chiara aveva ricevuto una chiamata da Savino. Pensava volesse sollevarla dall'incarico, invece lui le aveva chiesto scusa cercando di giustificare la sua ragazza.

«Sai, è nervosa perché ci tiene troppo. Infatti si è pentita di come ti ha risposto. Si stava già per sposare anni fa, poi è andato tutto a monte per fortuna... almeno parlo per me... ma tu dici sempre la cosa giusta, per cui ti prego di pazientare un po' che ci parlo io... a me i Kalinka piacciono un casino.»

Chiara era sorpresa. Era la prima volta che un futuro marito si interessava a qualcosa che non fosse il prezzo del ricevimento.

«Ah, mi fa piacere, perché in genere ho sempre un buon feeling con gli sposi... poi è ovvio che la scelta della musica è sempre molto delicata.»

«Guarda, a me i balli di gruppo mettono tristezza anche ai matrimoni.»

Chiara era d'accordo ma non poteva dirlo.

«Be', dipende...»

«Tu dove sei adesso?»

La domanda la colse di sorpresa.

«Ho appena finito un appuntamento con due spose, ho portato mia figlia da mia suocera... e devo andare a ritirare un finto bouquet.»

«Hai tempo per un caffè? Poi entro in servizio.»

La voce era confidenziale, ma Chiara non poteva accettare.

«No, oggi no...»

In testa le scattò una specie di sirena, ma Savino era molto tranquillo.

«Chiara, sono un carabiniere... Ti devi fidare di me.»

«Ma certo, solo che davvero sono di fretta.»

«Va bene, allora memorizzami. Tanto ci dobbiamo rivedere per parlare della sala.»

Appena chiuse la telefonata, Chiara salvò il contatto e andò subito a vedere che immagine aveva scelto per il profilo di whatsapp: c'era lui da solo, davanti a una pizza. Aveva uno sguardo enigmatico e fiero, che dal vivo si addolciva, come se provasse imbarazzo di fronte all'obiettivo. Ingrandì la foto per guardarlo meglio quando una voce nota la chiamò e le fece fare un salto tipo Sara Simeoni. Era Mariangela, che stava andando a discutere di taralli al panificio Fortunato: «La sposa li aveva ordinati alla curcuma per il colore, ma la madre ha chiamato per farli fare tradizionali. Ma si può lavorare così? Qui stanno uscendo tutti di testa!».

«Ti ricordo solo che Matilde aveva fatto modificare il mio abito da sposa. Mia madre aveva dovuto cucire il pizzo sul décolleté all'ultimo minuto.»

«Ah, già... perché "uno scollo ardito fa cornuto il marito", mi ricordo! Adesso però parliamo di cose serie. Chi è il tipo della foto?»

Chiara si sentì scoperta mentre Mary la guardava interrogativa.

«Nessuno.»

«Lo hai conosciuto su Tinder? Su un'altra chat?»

«Ma figurati. È quel nostro cliente, il carabiniere tarantino. Il fidanzato di Samantha.»

«Quella che vuole la chiesa sconsacrata perché non la usa nessuno e poi dice: "peccato che è sconsacrata"?»

«No, quelli sono i due di Turi. Questi ora se ne sono spuntati con la musica: vogliono una cantante "trasversale" che sappia fare da Gigi D'Alessio agli U2, per non scontentare nessuno. Oggi mi ha chiamato Savino per scusarsi.»

«E tu perché vai a vedere la sua foto di whatsapp?»

«Lo sai che sono curiosa...»

Mary le chiese di mostrarglielo e Chiara ne approfittò per riguardarlo ancora: notò una fossetta sul mento che gli dava una strana dolcezza.

«Be', figo. E poi avere un amico carabiniere a Polignano serve sempre... Ma le capisce le battute? Sai che i carabinieri sono permalosi.»

«Mamma quanti luoghi comuni, Mariangela. L'importante è che alla fine siano soddisfatti.»

«Allora ti devi impegnare un po' di più. Il cugino di mio nonno diceva che...»

«Ma tu questo cugino, o zio, o non so, l'hai mai conosciuto?»

«No, no, mai. Dopo che ha fatto *Volare* abbiamo perso i contatti. Però ho letto tutte le interviste. Comunque il segreto è rischiare.»

Chiara lasciò cadere la questione, mentre era arrivato un altro messaggio di Savino: "Sei sicura che non ti scappi un caffè?".

Mariangela non riuscì a trattenersi.

«È lui?»

«No, è Damiano. Vuole sapere a che punto sto... è meglio se ci diamo una mossa.»

Chiara, in quell'istante, si rese conto che aveva imparato a mentire.

18

Se doveva chiedere qualcosa a Chiara, Damiano lo faceva di sera, a letto, mentre lei stava per addormentarsi, quando rispondeva «va bene, amore» piuttosto facilmente.

Poi c'era il secondo step, qualche giorno dopo: nel momento in cui affrontava la questione in modo più esplicito, Chiara cadeva dal pero, reagiva piuttosto male, e partiva una lunga trattativa con molte domande.

Così, quando stava per avvicinarsi il giorno della partenza per Mykonos, Damiano arrivò a casa prima del solito pieno di prelibatezze del suo "spacciatore di latticini": dove non riuscivano le parole, Chiara veniva convinta dalla burratina.

«Cosa devi farti perdonare?»

«N...»

«...»

«N...»

«...»

«Niente... è che parto per la Grecia e per tre giorni non ci vediamo, così facciamo un po' di festa stasera. Ah, e per la bambina mia madre ha chiesto alla peruviana di fare gli straordinari così può anche invitare Pamela da lei per preparare la recita, e tu potrai startene un po' tranquilla a fare le tue cose...»

Ecco, l'aveva detto. E Mykonos era diventata la Grecia.

«Che bello che andate in Grecia... Chi viene?»

Damiano non riusciva a credere alle sue orecchie, ma non voleva dare troppo nell'occhio, perciò cercò di rispondere con calma. L'agitazione lo rese un po' prolisso.

«Viene mio cugino C... C... Cosimo ovviamente, siamo suoi ospiti, poi ci sono i due Lattuarulo, Raffaele, Donato e Alberto, perché non lo invita mai nessuno e p... p... p... p... pareva brutto... sai sono andati a scuola assieme... sono proprio gli amici storici, questi, hai capito? Sono anche occasioni per coltivare la nostra amicizia ora che stiamo mettendo tutti su famiglia...»

A questo tipo di festeggiamenti bisognava essere in pochi per evitare sia i controlli a distanza sia il pericolo che con l'ansia da social uscissero foto poco edificanti.

Mentre Damiano parlava, Chiara mangiava la burratina e ripeteva «ho capito», come se lui le stesse raccontando delle patate d'Egitto, e lo invitò a versarle da bere.

«Per una sera che siamo soli, facciamo almeno un brindisi.»

«Ma certo, amore... a chi vuoi brindare?»

«A tuo cugino, sperando che prima o poi metta la testa a posto.»

Il tono era ambiguo, ma Damiano fece finta di non coglierlo. Anzi fu galante, accondiscendente e collaborativo. Si alzò lui per cambiare i piatti e Chiara lo lasciò fare.

«Tutto ok, Chiara?»

«Sì, perché?»

«Non so, sembri strana.»

Lo era.

«No, sono stanca di questi due che si sposano e a lei non va mai bene niente... ma sono contenta per te. Dopo tanto lavoro, ti meriti qualche giorno di divertimento.»

Quando una moglie inizia a darti troppo ragione c'è di che preoccuparsi, ma Damiano era più ingenuo di quanto credesse, e la prese bene.

Anzi, la fiducia gli diede euforia. Dopo aver aperto due Coppe del Nonno si avvicinò a Chiara e cominciò ad accarezzarle i capelli. Lei stava lì, un po' immobile, un po' partecipe e un po' stranita.

In fondo era contenta che suo marito andasse via, e non le era mai capitato. Per un attimo pensò al carabiniere, ma se lo tolse subito dalla testa perché Damiano aveva iniziato a baciarla in quel modo che lei conosceva bene.

Non sapeva se interromperlo accampando qualche scusa o parlargli "della Bari", che lo esaltava sempre, ma alla fine si lasciò andare. Strinse gli occhi più del solito, ma le piacque, le piaceva sempre. Savino le appariva a intermittenza mentre Damiano ansimava, ma lei viveva nella mente il suo viaggio personale. Lui, per fortuna, non si accorse di nulla, anzi. Trovò Chiara meno prevedibile e particolarmente intraprendente. Forse troppo, ma non diede importanza alla cosa. Non ci si può mai lamentare se la libido sale.

L'eccitazione li inchiodò al loro divano di ultima generazione, che a un certo punto – dopo aver schiacciato qualcosa – iniziò a vibrare.

Restarono lì, sudati e centrifugati, in balia della domotica, e il piacere tirò fuori a Damiano la sua parte romantica.

«Sto sempre bene con te, sai? Mi sento come una delle prime volte che abbiamo fatto l'amore...»

«Già.»

«Appena torno da questo impegno dobbiamo organizzare una cosa io e te... dove ti piacerebbe andare? A Parigi, a Londra, a New York... dimmi!»

«Addirittura New York?»

«Sì, dài, ci facciamo le foto sotto la Statua della Libertà. E viaggiamo in business.»

«E la bambina?»

«La bambina ce la portiamo, se vuoi. Anche Adoración... poi ci sono pure degli Scagliusi a New York, lo sapevi? Sono i più grandi importatori di capocollo di Martina Franca.»

«Potremmo andare anche noi a Mykonos... già la conosci.»

«A My...»

«...»

«My...»

«...»

«Mykonos? Ma non è adatta per la bambina.»

«Ah. Ho capito.»

Panico. Una moglie che ti guarda interrogativa ripetendo per la seconda volta «ho capito» è tutto fuorché rassicurante.

Quell'attimo di imbarazzo venne interrotto dal citofono che iniziò a suonare. Era Matilde, che aveva riaccompagnato a casa Gaia. La bambina voleva le trecce come quelle di Greta Thunberg e Adoración, per quanto si fosse impegnata con le *trenzas para el cabello*, non era riuscita a fargliele uguali.

Chiara e Damiano si rivestirono alla velocità della luce e in quel momento gli venne anche un po' da ridere, a vedere la figlia con le *trenzas*, come le chiamava lei.

Peccato che Matilde li riportò subito alla realtà: «Certo che avete una bella casa, ma la tenete così male... sembrate degli studenti dell'università. Manco Orlando quando divideva la casa a Bari la teneva così...».

Chiara era in modalità zen e, anziché ribattere, le diede ragione.

«Guarda, sono mortificata, ma sto organizzando un matrimonio.»

«Per me lavori troppo. Sei sempre una Scagliusi, ricordalo. La gente ti vede anche se non entra in casa tua...»

«Anche io sono una Scagliusi!»

La bambina intervenne e di colpo il mondo fu tutto intorno alla sua nuova acconciatura.

Damiano non aveva mai sopportato Greta Thunberg ma le disse che le sue trecce erano le più belle, e per farla stare buona le propose di scegliere un viaggio tra Parigi, Londra o New York, mostrandole sul telefonino le foto di ogni città. Alla fine, Gaia emise il verdetto: «Gardaland».

«Perché Gardaland?»

«Perché è un posto per i bambini, mentre quelli sono posti per i grandi.»

«Ma anche tu sei grande, no? Non volevi essere già g...»

«...»

«G...»

«...»

«Grande?»

«Io voglio essere grande ma voglio andare a Gardaland.»

Damiano guardò Chiara che, per una volta quella sera, non gli diede ragione: «Deve essere bella Gardaland».

E lui non capì se fosse seria o lo stesse prendendo in giro.

19

Nancy non sapeva se studiare, guardare la diretta di Kylie Jenner che lanciava un nuovo rossetto o uscire con Tony che la stava tartassando di messaggi da quando l'aveva vista al ristorante con lo champagne.

Alla fine non aveva avuto dubbi e aveva scelto Kylie Jenner: «Prima il sogno, poi l'amore e poi la carriera» diceva ad alta voce, mentre sua madre la guardava con quel telefono in mano e pensava che qualche colpa ce la doveva avere pure lei.

Ninella stava leggendo *Cime tempestose*. Da quando aveva scoperto i classici, li trovava un bel modo per esorcizzare i malumori e vivere una vita parallela, piena di colpi di scena, parole e spunti di riflessione.

Quel giorno, tra un capitolo e l'altro, le tornò in mente Carlo e la sua prima gita in camper. Lo aveva fatto scappare in fretta, e si era dispiaciuta per questo. Chissà se si stava tatuando il triplete o se era alle prese con la ristrutturazione di un nuovo palazzo. Nessuno dei due era troppo "social", perciò potevano solo immaginare dove fossero, senza mai una certezza.

Ninella sapeva che le storie a distanza hanno poca vita e ancor meno le storie con uno più giovane, ma quando quelle paranoie la assalivano si diceva: «Perché no?», che poi era la canzone di Battisti che amava di più.

«Mamma, ti prego, non puoi cantare Battisti alla tua età.»

«Battisti non ha età. E tu, che dovevi andare a "X Factor"? Non ti sento più neanche sotto la doccia.»

«Il pubblico mi ha delusa.»

«Ma se quando ti sei esibita al matrimonio di tua sorella pure padre Gianni ti ha fatto i complimenti!»

«Sì, vabbè, un secolo fa. Comunque ogni tanto canto, anche se preferisco stare dietro le quinte. Sai che l'Aretha Franklin di Giovinazzo l'ho già piazzata a un prediciottesimo?»

«Cosa sarebbe un prediciottesimo?»

«È una festa dei diciott'anni che però fai a diciassette, così festeggi prima degli altri. E ora devo parlarne anche con Chiara che ha un problema con due sposi.»

Ninella pensò che solo i classici avrebbero potuto salvare il mondo. Della sua figlia minore, però, le piaceva che ogni tanto se ne uscisse con qualcosa che lei non si aspettava, si divertiva a sentirsi inadeguata e fuori tempo, perché poteva godersi al meglio le novità. Così, mentre Nancy cercava una versione di *Respect* sottotitolata per chi non sa leggere in inglese, lei se ne tornò nella sua camera che era anche un po' il suo laboratorio.

"Vieni a Milano questo weekend?"

Il messaggio di Carlo fu secco e improvviso, e le piombò nel mezzo di un orlo. Ecco perché le piaceva. Lui scompariva, ma quando c'era andava dritto al sodo. Ninella, si vergognava a dirlo, non era mai stata a Milano. Era stata a Roma tre volte – aveva visto anche la messa del Papa –, si era innamorata di Napoli, aveva amato Torino e ovviamente andava a Castelfranco Veneto quando Dora si degnava di invitarla, ma a Milano mai.

E ora, davanti a quelle poche parole, si vedeva in viaggio e inadeguata: lei in una grande città proprio non sapeva da che parte iniziare. «Ma se cresci davanti al mare nessun luogo ti farà paura» le diceva sua nonna, e lei non l'aveva dimenticato.

Prima di rispondere fece un salto in chiesa. Le piaceva andarci fuori orario e chiacchierare un po' con san Vito, con cui aveva una confidenza familiare. Si rivolgeva a lui come se fosse un parente dell'aldilà, a cui non chiedeva il senso della vita ma cose pratiche.

«E se andassi via questo weekend? Sembro troppo ragazzina? In fondo queste cose non me le sono mai concesse, eddai... e mi sono rotta le scatole... sempre a cucire... sempre ad aspettare un uomo... cambiare aria mi aiuterebbe... non voglio essere compatita, hai capito? Io voglio vivere... semplicemente vivere senza rovinare tutto. E poi non sono mai stata a Milano, che dici Vito, posso andare?»

Lo chiamava proprio così: Vito!

San Vito la guardava senza cambiare espressione, almeno in apparenza, ma Ninella, a seconda di come si rifletteva la luce sul suo viso, capiva se le diceva sì o no. Le parve di sentire un "sì". Gli lesse una preghiera scritta dietro un santino usurato dal tempo: le parole erano quasi sbiadite, ma lei le sapeva a memoria.

D'improvviso sentì una mano sulla sua spalla che la fece sobbalzare: padre Gianni era dietro di lei.

«Ninella, sono io...»

«Mamma che spavento, padre.»

«Ti conosco, dimmi cosa c'è. Perché sei qui?»

«Perché ho sempre la sensazione di sbagliare.»

«Pregare serve, ma tu Ninella devi imparare a essere indulgente con te stessa e a chiedere aiuto. Non devi avere paura, poi tu deciderai a chi. Se non ti fai aiutare, sarai sempre prigioniera di te stessa.»

Ninella lo abbracciò sollevata: era un prete particolare, che sapeva essere devoto e laico al tempo stesso. Stava uscendo quando all'ingresso, dietro quel portone di legno meraviglioso, con gli occhi fermi e il colletto del vestito inamidato per l'eternità le apparve Matilde. Si fecero il segno della croce in contemporanea, una mentre usciva, l'altra mentre entrava.

«Sono venuta a pregare per la mia famiglia» sentì il bisogno di sottolineare Matilde, quasi a giustificarsi.

Ninella venne presa alla sprovvista. Non era mai pronta ad affrontarla, ma riuscì a non abbassare lo sguardo pur sentendosi trafiggere da quegli occhi ancora pieni di livore, anche se apparentemente velati di carità cristiana. Per una volta le mancarono le parole.

Rientrò a casa a passo spedito, si rinchiuse di nuovo in camera e rispose semplicemente "Sì" a Carlo senza tentennamenti, provando a riprendere la lettura di *Cime tempestose* come se nulla fosse. Ma perdeva continuamente il filo e doveva tornare indietro a rileggere perché la sua mente vagava lontano.

L'architetto non solo le mandò un "wow", ma anche i biglietti.

Quell'attimo di magica intimità venne interrotto dalla zia Dora, che piombò in casa senza preavviso, perché temeva che Ninella non la ricevesse di nuovo.

«Cognata mia, c'è un problema grosso e solo tu mi puoi aiutare...»

«Ti ha sfrattato padre Gianni?»

«No no, ha detto che posso ancora stare. È che ho bisogno di una mano, per il trullo... io conosco solo il geometra Lobascio ma dicono che non possa firmare i documenti... e tu mi avevi detto del tuo amico architetto che magari non mi fa pagare.»

«Be', è l'uomo che vado a trovare in questi giorni.»

«Ma non ha trent'anni?»

«Trentotto, e allora?»

«È ancora un ragazzo, non un uomo.»

«Senti Dora... vuoi una mano o vuoi fare battute?»

«Ma non era una battuta.»

«Sì, vabbè. Glielo avevo già accennato e vuole tutta la documentazione. Comunque lo vedo a Milano questo weekend.»

«E che ci vai a fare, è brutta Milano.»

«Se è brutta te lo dirò dopo che l'ho visitata... lui abita là.»

«Comunque è una città troppo cara, a Milano un cappuccino ti costa quattro euro, Ninè, sei sicura?»

Ninella era fuori dalla grazia di Dio, ma si sforzò di controllarsi.

«Sì, sono sicura. Così parlo all'architetto, gli porto le carte e gli chiedo se ti può aiutare a ristrutturare il trullo. Comunque non pensare che te lo faccia gratis, eh.»

«E chi lo pensava.»

Ovviamente lo pensava.

«Certo che se fa pagare una di famiglia, io ci penserei due volte a mettermi insieme a lui.»

«Vorrei ricordarti che da Tuccino hai fatto la splendida ma poi ho dovuto pagare io.»

«Be', è così che si fa al Nord: si divide.»

«Sì, ma ho pagato tutto io.»

Dora ci rimase male, ma Ninella non voleva rovinarsi l'umore, perciò aggiunse: «Comunque ci parlo, non ti preoccupare».

«Senti, ma non è che posso venire anche io, così mi avvicino a Castelfranco e facciamo il viaggio insieme, che Modesto mi aspetta. Magari facciamo un po' di shopping a Milano.»

«Ma non era brutta?»

«Che c'entra, ma ha dei bei negozi...»

«Comunque no, vado sola. Vado per stare un po' con lui.»

«Vorrà dire che me ne riparto per conto mio. Tu comunque fai bene che arrivata alla tua età la solitudine si fa sentire... e poi già girano le voci.»

«Che voci?»

«Eh... che tu e Mimì andate a vivere insieme... che già andate a fare la spesa mano nella mano... che poi, se ti posso dire, è giusto che questa storia finisca così. Io ho sempre amato i vecchi film, e voi sembrate proprio i protagonisti di una di quelle commedie con Amedeo Nazzari e Yvonne Sanson.»

«Ma che idee ti stai facendo? Lui mi ha solo accompagnato al supermercato!»

«Sì, però l'hanno visto che girava con la lista a cercare lo zucchero che neanche lo trovava. E dicono che è per questo che Matilde si è trovata Pasqualino. Te lo dovevo dire, Ninella, sai che sono sempre stata sincera con te.»

«Io non ti ho mai chiesto di essere sincera con me... e comunque non è vero.»

Nancy, che con un orecchio era al telefono con Carmelina e con l'altro ascoltava il discorso tra sua madre e sua zia, si sentì in dovere di intervenire.

«Comunque anch'io ho visto che Mimì ti faceva la posta ma l'hai friendzonato.»

«L'ho cosa?»

«L'hai messo in friend-zone. Siete solo amici adesso.»

A Ninella stava per venire una crisi isterica e allora decise di invitare a cena l'unico che potesse disarmare Dora e rimetterla in riga: lo zio Franco.

Pensando che fosse una buona idea, aprì subito il frigo per improvvisare una cena delle sue, ma poco dopo suo fratello si presentò con due moldave che sembravano più spogliarelliste che badanti. «Pareva brutto farle mangiare da sole» le disse entrando fra lo stupore generale, e lei ammise che forse sarebbe stato meglio chiedere aiuto a san Vito.

20

Polignano si svegliò di fronte a un cielo che poteva esserci solo a maggio, carico di belle speranze.

Ninella aveva visto l'alba nascere allo scoglio dell'Eremita. Quando si svegliava troppo presto usciva, costeggiava la terrazza lungomare, salutava con la mano i pescatori, e, prima di arrivare a Port'Alga, scavalcava il muretto e iniziava a camminare sugli scogli come solo un polignanese sa fare: sicura, agile, con i piedi che si ancorano perfettamente al terreno aspro. Poi, quando arrivava lì, dove avrebbe potuto solo tuffarsi, si fermava e si sedeva su un sasso sporgente da cui guardava quell'isolotto fatto di niente, dietro cui si compiva ogni volta un miracolo diverso. A volte bastava una nuvola antipatica per rovinarle tutto, ma quello era un momento che la riconciliava con il mondo e con la sua esistenza. La croce che spuntava tra le rocce era la sua chiesa in mezzo al mare.

Mimì l'aveva chiamata per salutarla prima di partire per Budapest, ma lei non aveva risposto. Non era stata una buona idea farsi accompagnare al supermercato, e «non sa neanche trovare lo zucchero» si lamentava tra sé, salvo poi ricordarsi che lo zucchero non lo trovava mai neanche lei, per non parlare del sale. E poi doveva prepararsi per andare a Milano. Avrebbe voluto un trolley di quelli neri come hanno le hostess, ma lei non era abituata a viaggiare, aveva solo grandi valigie, scomode e pesanti. Così si era fatta prestare l'unico borsone comodo che ci fosse in casa: quello di Nancy con l'immagine di Justin Bieber.

Ninella non aveva ben chiaro chi fosse Justin Bieber, anche se sua figlia gliene aveva parlato a lungo, di Justin, e sognava di andare allo show di Ellen DeGeneres in America perché lo aveva visto spesso lì.

Ma quello che importava a Ninella era rivedere il suo architetto. Per una volta era un po' in ritardo, così tornò a casa senza abbassare lo sguardo, anzi sorridendo alle prime compaesane che cominciavano a fare le camminate sul lungomare, sempre con un po' di fiatone davanti al museo Pino Pascali, senza mai essere troppo convinte del proprio passo di marcia. Nessuna si allenava da sola, e in questo lei si distingueva sempre.

Appena intuiva la possibilità che la fermassero, accelerava il passo come se fosse presa dal sacro fuoco dello sport.

A casa, Nancy non poteva credere che sua madre stesse via tutto il fine settimana, e dopo circa sei ore di messaggi scambiati con Tony, che era in crisi con la sua ragazza, aveva pensato di invitarlo a cena.

Carmelina era subito accorsa in suo aiuto e insieme avevano deciso di preparargli il menu di Cristiano Ronaldo. Se c'era un difetto che Tony aveva, secondo l'analisi di Carmelina, era la scarsa ambizione. E allora era giusto che cominciasse a seguire la "dieta dei fuoriclasse" che aveva trovato su un sito, suggerendo a Nancy di anticipargli il menu su whatsapp: «Scrivigli mo che stiamo tutti più tranquilli».

Dopo aver impiegato almeno venti minuti per scrivere un messaggio simpatico, empatico, corretto e non mieloso, puntuale era arrivata la risposta di Tony.

"Che cazzo è la quinoa?"

Se non ci fosse stata Carmelina accanto a lei, sarebbe stato il panico. Invece Nancy era riuscita a indossare comodamente i panni della nutrizionista e gli aveva spiegato tutti i vantaggi delle proteine vegetali, cui Tony, dopo dieci minuti, aveva risposto solo: "Ok", che per Carmelina era comunque una risposta positiva, anche se non entusiasmante.

Madre e figlia erano entrambe prese dai loro amori difficili, ciascuna nella propria stanza, con le stesse insicurezze che accompagnano i primi appuntamenti. Ma mentre Ninella aveva fatto notte per terminare il vestito di una cliente, Nancy non riusciva a stare concentrata sui libri di psicologia cognitiva: si specchiava continuamente, ogni tanto cercava nuove cantanti melodiche o film-maker a basso budget, e verificava ossessivamente la sua pagina Instagram "Nancy Girl": era arrivata quasi a novemila followers.

Qualche casa più in là, anche Mimì stava facendo la valigia per il primo viaggio a Budapest della sua vita. In realtà, la valigia gliel'aveva fatta Ludmilla, una ragazza di Odessa che gli aveva trovato Franco senza dire nulla a Ninella: quando si trattava di affari, si dimenticava anche della sorella. L'aveva scelta perché oltre a essere brava e seria era anche bionda. Lei andava tutti i giorni a rifargli il letto, a sistemare la casa e gli preparava qualcosa da mangiare che poi lui riscaldava.

Ninella non gli aveva risposto, ma l'essere andato con lei al supermercato lo rendeva ancora vagamente speranzoso. Da quel momento, però, era sparita. Per fortuna il viaggio a Budapest gli aveva tenuto la mente occupata, e forse questa cerimonia ungherese arrivava al momento giusto. Damiano gli aveva fatto involontariamente un regalo.

Dopo l'euforia iniziale, Nando non era più sicuro se il suo abito fosse adatto per l'occasione ed era passato a vedere quello di Mimì: «Ah, non è uno spezzato?».

«Ma che spezzato! Andiamo a un battesimo in Ungheria. Bisogna darsi un tono: siamo europei. Tu hai un vestito decente?»

«Lo spero.»

Erano entrambi meno sicuri di quanto raccontassero.

«Comunque, Mimì, già che siamo lì andiamo a fare un po' di festa, eh.»

«Ma ci sono tanti locali a Budapest?»

«*Assè*, così mi ha detto il mio amico. Poi là ci sta pure il ristorante di Rocco Siffredi.»

Anche quando parlava di superstar del porno, Nando ci metteva di mezzo il cibo.

«Immagino che uno ci vada per mangiare.»

«Come sei diventato moralista, *mamma mè*. Divertiamoci un po' che abbiamo passato la vita a lavorare...»

«Veramente io lavoro ancora.»

«E fai male. Devi mandare avanti i figli.»

«Ma a me piace. Quando ti piace il tuo lavoro sei fortunato.»

Nando lo guardò come dire "contento tu" e poi aggiunse: «Ah, i profilattici li porto io... che il seme di Polignano è efficace fino a cento anni, e poi ti vengono a rinfacciare altri figli».

«Nando, dimmi la verità: ma tu ti senti ancora un playboy?»

«No, ma non importa. Lasciamelo credere, Mimì.»

«Ricorda che non è un esame. Mi stai accompagnando a un battesimo. Non dobbiamo dimostrare niente a nessuno, per cui stai sereno e ci vediamo più tardi che andiamo insieme all'aeroporto.»

Per fortuna i voli di Mimì e Ninella erano uno da Bari e uno da Brindisi, così evitarono di affrontarsi in una situazione che li avrebbe sicuramente turbati.

Ma il più turbato di tutti, perché anche lui stava mettendo le sue cose alla rinfusa in un trolley, era Damiano.

Faceva la valigia cercando di tenere d'occhio l'umore di Chiara, che era sempre lo stesso: la pace dei sensi. Si aspettava almeno un po' di broncio o una discussione per futili motivi, invece lei non mostrava alcun segno di nervosismo. Solo quando l'aveva sentita dire «chissà che bella Mykonos» aveva percepito una sottile ironia. Gli venne un magone che non sapeva controllare e cercava piccole conferme in sua moglie.

Fu invece la bambina, con il solito tempismo, a metterlo davanti alla realtà dei fatti: «Perché vai via?».

«Amore, il papà va via perché il cugino Cosimo fa il compleanno... e così andiamo tutti insieme a fare una festa... ma torno presto, stai tranquilla.»

«Perché la mamma non viene?»

«Perché vengono solo gli amici maschi di Cosimo e la mamma è una femmina.»

«Quindi le femmine non le volete?»
Damiano non sapeva come uscirne.
«Certo che le vogliamo, ma questa volta andiamo solo noi... così la mamma si occuperà di te.»
«E tu non ti occuperai di me?»
«Io mi occuperò di te da lontano. Qui ci sono la mamma, le nonne e Adoración.»
«Ma torni?»
«Certo che torno.»
«Così andiamo a Gardaland.»
«Ma, veramente avevamo detto anche Parigi o New York... non vuoi andare a Disneyland Paris?»
«No. A Gardaland con te e la mamma... possiamo portare anche Greta?»
«Chi è Greta?»
«È la bambina con le *trenzas*... che è amica dell'ambiente.»
Damiano cercò di nuovo un contatto con sua moglie.
«Dobbiamo capire se può questa Greta... tu Chiara, che dici? Greta potrà? E la portiamo a Gardaland?»
Chiara era distratta. Aveva gli occhi fuori dalla finestra. Il carabiniere le aveva appena scritto se era libera per parlarle di una sorpresa da fare a Samantha.
«Chiara ci sei?»
«Sì?»
Rientrò di corsa sistemandosi i capelli come faceva sempre quando era nervosa.
«Dici che Greta Thunberg potrà venire in viaggio con noi?»
Chiara rispose in automatico: «Non credo che potrà... è molto impegnata, ma potremmo chiedere a Pamela».
Damiano strabuzzò gli occhi, la bambina voleva già avvisare i vicini di Bitonto e Chiara tornò alla sua finestra a osservare il mare.

21

Ninella era al terzo volo della sua vita e non si sentiva particolarmente tranquilla.

Si era allacciata la cintura di sicurezza e aveva assistito al balletto delle hostess che indicano le vie d'uscita: la colpì una non più giovanissima, a cui veniva da ridere mentre spiegava le regole. Ninella le fece l'occhiolino, l'altra ricambiò nello stesso modo, e tutta la paura di volare si dissolse in un sorriso.

Appena l'aereo fu in quota, lei poté finalmente rilassarsi e guardare fuori, cercando di mettere a fuoco la geografia: il cielo era così terso che riusciva a vedere in dettaglio anche i campi arati.

Quando sentì il comandante annunciare «abbiamo iniziato la nostra discesa verso Milano» ebbe un piccolo sussulto. Per lei era come atterrare a New York. Trattenne il respiro quando l'aereo toccò terra, come poco prima di un calcio di rigore.

Milano era la città della moda e Ninella pensava che tutti avrebbero fatto caso a come era vestita. Lei, piccola sarta di paese, non era pienamente consapevole che la classe non conosce latitudini. La disinvoltura con cui portava il borsone di Justin Bieber la rese subito inimitabile.

Agli arrivi, con tutte quelle porte scorrevoli, era l'unica che camminava sorridendo a tutti, lei che a Polignano era così guardinga.

Carlo la stava aspettando mostrando un cartello con su scritto "Ninella".

«No, vabbè, la borsa di Justin Bieber... sei oltre.»

Ninella lo guardò e cercò di capire se fosse un complimento, ma le parve di sì.

«Vuoi un caffè, una doccetta? Puoi chiedere tutto.»

«L'unica cosa che vorrei è vedere il Duomo.»

Carlo capì perché gli piaceva tanto quella donna. Desiderava cose semplici, era diretta, non chiedeva conferme come le ragazze con cui era uscito prima.

La prese per mano e la condusse alla Mini che aveva parcheggiato poco distante.

«Ah, non sei venuto a prendermi in camper? Sarebbe stato divertente.»

«Tu sei più fuori di me, Ninella. La prossima volta lo faccio. Oggi ti devi accontentare di una macchina: sali, che Milano non vede l'ora di conoscerti.»

Appena partiti, un po' sgommando, lui alzò il volume dell'autoradio perché c'era una vecchia canzone di Gala, *Freed from desire*, e a Ninella venne da ridere. Guardava le auto e i semafori come se non li avesse mai visti: le piaceva tutto. Parcheggiarono nei pressi di via Torino a ritmo di musica.

Il Duomo arrivò di colpo, come un bacio, e fu bellissimo. Era più grande di come lo avesse immaginato e al tempo stesso le sembrò di conoscerlo da sempre, come quando vedi i cantanti dal vivo. La prima cosa che cercò fu *la Madunina*, e appena la vide, sola e dorata, si sentì una viaggiatrice.

Carlo la osservava di nascosto e pensava ai suoi amici, che per sorprendere le fidanzate le portavano in Costa Azzurra o a Lugano e non sempre andava bene. Ma ogni storia d'amore è una storia a sé.

«Che ne dici di un aperitivo? Troppo presto?»

Erano le sei, l'ora in cui Ninella era solita farsi un altro caffè, ma a quel ragazzo non poteva dire di no e accettò l'invito alla Terrazza Martini. Lei realizzò di essere a Milano quando vide il listino prezzi, ma Carlo fu abile a sfilarle il menu e a ordinare due cocktail. Arrivarono insieme a due pizzette e quattro olive. "Ecco perché qua siete tutti magri" pensò lei, che non riusciva a stare seduta per più di cinque minuti. Stava con gli occhi accesi, pronti a guardarsi intorno a osservare quelle clienti che le sembravano così eleganti, e che la facevano subito sentire internazionale.

Carlo abitava sui Navigli, che quel giorno erano particolarmente animati. L'acqua dei canali non la convinceva per niente, ma amava i negozietti e i tavolini all'aperto, i locali arredati con personalità. Fece qualche fotografia, soffermandosi sulle finestre e sui balconcini fioriti. Era una sera senza vento, e la gente stava fuori a godersi l'aria.

La casa di Carlo era tipicamente da architetto: di quelle che si fanno guardare ma sanno essere accoglienti, e non hai paura che sedendoti sul divano rovini tutto. L'unica cosa bizzarra era una teca, su una parete, con una maglia dell'Inter autografata da Marco Materazzi.

«Però, come sei ordinato» gli disse, e lui l'assalì. Voleva saltarle addosso da quando l'aveva vista all'aeroporto, e ora che finalmente aveva chiuso la porta poteva scatenarsi.

Milano accolse Ninella così, e quel ragazzo, che fino a un attimo prima l'aveva posseduta come una furia, di colpo era diventato docile come un agnello. Aveva anche avuto il coraggio di chiederle: «Ti è piaciuto?».

Lei aveva fatto finta di pensarci su e lui aveva iniziato a darle della stronza.

Fu però una telefonata a cambiare istantaneamente l'umore di Carlo: c'era una perdita d'acqua nel cantiere di un appartamento che stava ristrutturando, non si trovava nessuno dell'impresa e la vicina era riuscita a contattare solo lui. Non aveva scelta, e Ninella capì la situazione. Prima di andare via le diede un ultimo bacio.

«Ne avrò per un po', ma possiamo cenare verso le dieci... se muori di fame il frigo è pieno, e poi c'è il microonde.»

Per Ninella il microonde era satana – peggio delle cialde – ma non era il momento di discutere, perciò gli diede un bacio e aggiunse: «Vai a lavorare».

Ancora semisvestita, si trovò a girare per quella casa che non aveva esplorato. Era così diversa dalla sua, piena di pulsanti domotici: sembrava quella degli Scagliusi.

Il vero dramma fu capire come funzionava la doccia, perché era una di quelle che faceva di tutto: cromoterapia, getti laterali, idromassaggio, e lei voleva solo darsi una rinfrescata. Come sempre, con la solita determinazione e un pizzico di fortuna, riuscì nell'intento di fare una "doccia normale".

Per un po' restò in accappatoio a leggere la storia di Catherine e Heathcliff. Fuori intravedeva qualche albero, un pezzo di Naviglio con un banchetto di libri usati e la gente che passeggiava. A un certo punto aprì la finestra e si mise a salutare i passanti con la mano, come se fosse su una nave: "Ehi milanesi! Sono qui!" sembrava dire, e qualcuno contraccambiava.

Non poteva certo starsene chiusa in casa, e decise di uscire e fare quattro passi. Carlo non le aveva dato un orario, e a lei questa cosa un po' piaceva, perché la faceva sentire una ragazza di città.

Milano da vicino era come si vedeva in televisione: veloce, e non solo mentalmente. La gente si muoveva molto a piedi, a volte in bici e su quei tram ancora attaccati ai fili. E poi era abitata da persone di tutte le razze, che sembravano perfettamente integrate: modelle russe e tate sudamericane alternate a ragazzi muscolosi, impiegati, muratori dei cantieri e quarantenni che pedalavano con la spesa bio nel cestino e l'aria antipatica. Tanti avevano le cuffie, anche giganti, per isolarsi dal mondo, ma ogni tanto qualche sguardo Ninella lo incrociava.

Quando passò davanti a un negozio di abbigliamento ancora aperto pensò che sarebbe stato bello comprare un regalo per Nancy, che aveva lasciato sola. Finiva sempre per acquistare qualcosa per la nipotina dimenticandosi della sua figlia minore. Entrò sentendosi un po' Julia Roberts da Polignano a Milano.

«Buonasera, vorrei comprare un pensiero per mia figlia... una cosa carina... ma molto milanese...»

«In che senso milanese?»

«Nel senso che io sono di Polignano, della Puglia...»

«Non conosco.»

«Come non conosce Polignano? Hanno fatto pure "Beautiful"... deve venire.»

«Va bene signora, ma continuo a non capire cosa cerca.»

Era proprio come nelle caricature del Nord: qui non si scherza, non si socializza, non si perde tempo, così Ninella tirò fuori la parte diplomatica che usava con le sue clienti.

«Vorrei un pensiero per mia figlia, qualcosa che da noi non si trova... che ne so con la scritta "Milano" o qualcosa che avete solo voi.»

La ragazza, dopo un attimo di perplessità, ebbe un'illuminazione, nel senso che capì cosa le stava chiedendo la cliente. Le mostrò delle borse di paglia molto grandi, particolari, con dei manici incredibili.

«Queste le fa Mary Facciolla, una designer di Milano, e le vende solo da noi e a Ibiza.»

«Ma Mary Facciolla non mi sembra proprio di Milano.»

«Guardi l'etichetta.»

Ninella lesse "Mary Facciolla Milan" e fu costretta a crederle. Fu però alla parola "Ibiza" che Ninella capì che era il regalo giusto.

«Mi sembrano bellissime. Quanto vengono?»

«Scontate sono centotrenta euro.»

Ninella ebbe una specie di mancamento. Per lei era una borsa da dieci euro, l'avrebbe potuta fare uguale se si fosse messa d'impegno. Ma era per sua figlia, la vendevano anche a Ibiza ed era *made in Milan*. Nancy sarebbe stata la prima ad averla in tutta la Puglia.

«E dammela a cento, *scià*. Che a Polignano ti faccio pubblicità.»

Quando voleva, Ninella sapeva essere più abile di un commerciante di patate. La ragazza era così poco abituata alla gente che discuteva il prezzo che venne presa in contropiede, e accettò.

Ninella uscì così da quel negozio felice e soddisfatta, proprio come nel film che conosceva a memoria. Lei e i Navigli, una cosa sola.

Passeggiò senza una meta precisa fino a quando Carlo si fece vivo con un messaggio: "Finito ora. Dove sei? Manda posizione".

"Manda posizione" lo sentiva dire spesso ma non sapeva neanche come si facesse perché voleva che nessuno la trovasse. Anziché chiamarlo, preferì fermare i passanti per chiedere, e dopo due che le risposero «no grazie» come se lei gli stesse vendendo un nuovo abbonamento telefonico, una ragazza gentilissima si fermò e con due clic le risolse il problema. «Complimenti per il vestito» le disse prima di salutarla, e Ninella capì che Milano le voleva bene.

Dopo dieci minuti Carlo era già lì.

«Sei mai andata a un ristorante giapponese?»

«Mai. È grave?»

Carlo la guardò negli occhi e la invitò a salire in macchina.

Aveva prenotato un tavolo da Shimokita, dove era cliente abituale. Per lei fu una gita al luna park, tra manga giapponesi, un videogame di Pac-Man e bottiglie fino al soffitto.

Il cameriere all'ingresso li condusse al tavolo.

«Acqua gassata, naturale o leggermente frizzante?»

Ninella, un po' stanca e un po' affamata, non riuscì a trattenersi.

«Cos'è questa mania del "leggermente"? Anche da noi è arrivata questa moda. Siete stati voi?»

Il cameriere sorrise e non sapeva cosa rispondere.

«Veramente è da un po' di anni che abbiamo anche l'acqua leggermente frizzante. Mette tutti d'accordo.»

«Ho capito che mette tutti d'accordo, ma siete stati voi?»

Il cameriere allargò le braccia e Ninella decretò: «Gassata».

Carlo ordinò una bottiglia di Kerner, uno dei suoi vini preferiti. C'era un sottofondo di voci leggero, musica new age e gente che fotografava i piatti.

«Mi ricordano mia figlia... sempre a fare foto appena arriva il piatto.»

«Lo fanno per i social. Così possono vantarsi di essere in un posto bello mentre tu a casa stai mangiando pasta al tonno.»

«Eh sì, Nancy me lo ha spiegato, ma a me quelli che fanno le foto ai piatti sembrano un po' fessi... se posso esprimere un'opinione senza che nessuno si offenda.»

«A volte, comunque, i piatti li fotografo anche io.»

«Ma tu puoi fare tutto, Carlo.»

Nell'attesa, le si sedette accanto armato di bacchette e provò a insegnarle come usarle, con semplici esercizi. E se il primo uramaki precipitò nella salsa di soia, affogandosi, Ninella riuscì a prenderne un altro, un pezzo di sushi e due di sashimi. Era concentratissima e preoccupata che le mani le tremassero, ma non ebbe esitazioni: riuscì a portarli alla bocca senza farli cadere, tenendoli in bilico. Si stava divertendo come non mai, e l'accostamento del pesce crudo con la salsa di soia e il rafano le piacque molto.

«Il sushi è così. Fai un po' fatica all'inizio, ma quando lo capisci non ne puoi più fare a meno.»

«Un po' come me» rispose Ninella per fare la scema, e Carlo le mostrò che si era appena macchiata con la salsa di soia.

Dopo aver preso un sakè tornarono verso la macchina abbracciati camminando a zig-zag sotto gli occhi dei passanti, che li guardavano divertiti.

Il telefono la riportò alla realtà con *Born This Way* che Nancy le aveva messo come suoneria.

Era Mimì. Fu tentata di non rispondere, ma Lady Gaga aveva sempre ragione e Carlo si era allontanato di qualche passo.

«Sì?»

«Ninella, sono io...»

«Ho visto... come stai?»

«Bene, sono a Budapest.»

«Io a Milano.»

«Come a Milano?»

«Sì, esatto... la città del riso allo zafferano.»

«Ah, beata te. Qui per ora ho visto solo grappa.»

«Be', non credo che tu sia andato a Budapest per quello.»

«Sono qui per lavoro, diciamo così, mi ha invitato un cliente e domani ho un impegno... Neanche tu sarai andata a Milano per il risotto.»

Colpita e affondata.

«In effetti, no... sono venuta a trovare Carlo.»

Lui si sentì trafiggere e l'unica cosa che riuscì a dire fu la verità.

«Mi piacerebbe che fossi con me.»

«...»

«Lo sai?... Ninella, ci sei? Ninella?»

Clic. Lei allontanò il telefono come se fosse radioattivo.

Quando Carlo e Ninella rientrarono in casa, fu tutto un po' diverso. Lei ripensava a Mimì, a quella telefonata che aveva interrotto per fare la sostenuta, ed era accanto a un altro. Aveva paura ad ammetterlo, ma sentiva che si stava comportando male e non capiva nemmeno con chi.

Carlo sembrò accorgersi di quei pensieri e cercò di dare tutto ciò che aveva: «Quando non sei sicuro, dai il massimo» gli diceva il suo mental coach, e così fece come se nulla fosse.

Si misero a letto silenziosi e stanchi. Lui, ogni tanto, le faceva una carezza. C'era un'atmosfera mesta, come quando qualcosa va storto e fai fatica ad ammetterlo, l'intimità è un ralenti che amplifica tutto.

«Che c'è Ninella?»

«Non lo so.»

«"Non lo so" non è da te. Tu sai sempre quello che provi.»

«Dici?»

La conosceva più di quanto lei immaginasse.

«E tu sai ancora cosa provi per la tua ex? Hai lasciato in giro per casa le foto con lei.»

Carlo non rispose nulla, respirò profondamente quasi a ritrovare la calma.

«Se vuoi tornare a casa domani non farti problemi, eh... magari vuoi stare vicino a Nancy.»

Lei restò sorpresa da quella frase.

Si alzò dal letto, andò alla finestra del soggiorno e si mise a guardare gli alberi illuminati dal lampione. Si sentiva come la Catherine di *Cime tempestose*: una di quelle foglie al vento, indecise se restare aggrappate al ramo o provare a volare. Senza sapere quanto sarebbe durato quel volo.

22

Chiara quel giorno si sentiva particolarmente sola. Gaia era da sua suocera e Damiano a Mykonos a dare fondo alla carta di credito: tra villa con piscina, moussaka e tavoli nei locali già sapeva che l'avrebbe strisciata parecchie volte.

Si vestì in fretta perché aveva una serie di appuntamenti importanti. Uno con Mariangela e le due prime "spose lesbo" dell'agenzia: era un caso talmente nuovo, per loro, che avevano deciso di unire le forze.

Si incontrarono con Daniela e Olga in un bar a San Vito perché Mariangela doveva ritirare una gigantografia che ritraeva Modugno e suo nonno, e voleva fare bella figura con le due clienti baresi. Le future mogli erano molto diverse: Olga riservata e un po' androgina, Daniela, vulcanica e inquieta – e bionda! – con questa spada di Damocle dei genitori che non sapeva come gestire. Ma il suo motto divenne presto "Prima il party, poi i parenti", così iniziarono a tirare fuori idee per la festa: la prima fu quella di avere un tatuatore presente in sala, che potesse fare un piccolo tattoo come ricordo agli invitati.

Chiara, pur partecipando alla riunione con il suo fedele quaderno di appunti, era piuttosto distratta e dovette presto sfilarsi perché aveva appuntamento in ufficio con Savino, che sicuramente non avrebbe badato all'assenza della foto di Modugno.

Lui voleva vederla per fare una sorpresa alla moglie e «prepararla all'evento», come le aveva ripetuto. A Chiara nella testa risuonava *What a Feeling* di Irene Cara e si sentiva come Jennifer Beals prima della prova finale: agitata ma carica. Si passò ancora un po' di rossetto: lui era pur sempre un cliente, lei stava per proporgli un'idea nuova e l'aspetto esteriore era il suo biglietto da visita.

Trovò parcheggio proprio sotto la "Mary Modugno Agency" che, di fatto, era la ex casa della nonna di Mariangela sopra la trattoria Comes in via Sarnelli.

Savino la salutò con una stretta di mano, come chi sa di avere la coda di paglia, e si sedette dall'altra parte della scrivania dell'Ikea montata dal padre di Mariangela dopo due giorni di tribolazioni. Savino si era presentato come a un colloquio di lavoro: camicia, giacca, curato, sbarbato e molto profumato. Era uno dei pochi a cui il gel nei capelli non faceva l'effetto unto ma dava un tocco retrò stile *Grease*. Chiara non se lo ricordava così sensuale, per cui restò qualche secondo in silenzio a fissarlo.

«Quindi vorresti farle una sorpresa prima delle nozze?»

«Sì, vedo Samantha un po' nervosa... non so... non è tranquilla come te.»

Chiara finse di non cogliere quella specie di confronto.

«Ma io che c'entro? Io mi sono già sposata un po' di anni fa.»

«E sei contenta del matrimonio?»

«Be', dopo un po' di anni... non è facile...»

«No, intendevo della tua festa di matrimonio.»

Chiara si sentiva messa all'angolo da quelle domande troppo dirette, che non si aspettava. Aveva la sensazione che stesse per succedere qualcosa di strano e voleva evitarlo, quindi cercò di essere professionale e presentò a Savino un'idea un po' rischiosa: un flash mob di tutti gli amici sotto casa della sua ragazza al posto della classica serenata.

«Basta radunarne una quarantina... vi metto in contatto con il coreografo di Acquaviva delle Fonti... in mezz'ora lo preparate... veloce veloce... e le fate la sorpresa. Potreste urlare tutti tipo "Digli di sì" oppure "Samantha forever".

Savino era letteralmente estasiato all'idea, perché aveva appena visto in televisione un flash mob di protesta per i cambiamenti climatici.

«E poi vi proporrei un'intervista doppia sul magazine "Domani mi sposo" e soprattutto il *first look*, che va molto di moda tra gli inglesi.»

«Cosa sarebbe il *first look*?»

«È l'idea che ci ha fatto svoltare in provincia di Bari. Anziché vedere Samantha in chiesa, ferma all'altare, che è un po' banale perché lo fanno tutti... vi vedete da soli... cioè voi e il fotografo... dieci minuti prima... un momento molto intimo... così sarà tutto più magico... e poi le foto... le foto!»

A Savino andava bene tutto, perché non gli interessava veramente cosa Chiara gli stesse dicendo. Ne era attratto in modo puro e irresponsabile. Lei lo intuì e pensò che la cosa migliore fosse uscire dall'ufficio.

«Se ti piace l'idea del flash mob posso lavorarci sopra... dovrai solo trovare gli amici disposti a venire all'ora e luogo che decideremo. Tu intanto pensaci, poi ci vediamo e mi dici.»

Chiara voleva fuggire da lì e al tempo stesso trovare il modo di incontrarlo di nuovo, mentre lui cercò di prolungare l'incontro proponendole un altro caffè.

«Va bene, ma non qui a Polignano, che dici?» rispose lei tradendosi, e lui accelerò il passo facendole cenno di seguirlo. Prima di salire in macchina, Savino si raccomandò che non avesse le scarpe sporche e lei, un po' perplessa, fu costretta a controllare.

«Vuoi che le tolga?»

Chiara cercò di provocarlo, ma il carabiniere non colse l'ironia.

«Guarda, mi faresti un piacere... non sai quanto è delicata questa macchina.»

In realtà, oltre a essere uno di quelli che per Natale chiedono come regalo l'aspirapolvere da cruscotto, Savino sapeva che Samantha controllava sempre tutto e non voleva rischiare.

«Dove mi stai portando?»

«In un bar a Conversano dove sono stato per una perquisizione e mi è piaciuto, i proprietari sono persone perbene.»

Savino stava facendo un po' il piacione, quando la scritta "Vita mia" gli apparve sul telefono. Era Samantha. Panico.

Supplicò Chiara di stare in silenzio.

«Ciao Samy... sì... scusa ma sto guidando... sto facendo un servizio... sì, sì tutto bene... no non sono strano... sono un po' stanco... c'è il maresciallo che è un po' pesante... no questi so' peggio dei tarantini! Devi vedere... non ho parole... comunque... sì, sì va bene oggi sono libero... un'oretta la trovo verso le sei... ah... certo che mi interessa il nostro matrimonio... sì sì... cambiamo gruppo... neanche a me piacciono.»

Chiara era incuriosita nel sentire quanto le persone siano abili a mentire, pur avendo iniziato a farlo anche lei.

Non ebbe il tempo di fare una battuta che ricevette una chiamata.

«Ciao sono Samantha...»

Chiara deglutì ma cercò di non perdere la calma, anzi era pronta allo scontro.

«Volevo tornare sul discorso del cantante.»

«Ci ho pensato anche io a lungo e stavo per chiamarti... i Kalinka non sono una buona idea per voi. Perché bisogna anche pensare al vostro target che è molto ampio, non possiamo rischiare. Quindi ti chiedo scusa per averteli proposti.»

Samantha rimase spiazzata e fu subito più ragionevole.

«Ah, bene... mi fa piacere, ma non ti devi scusare. Ho sentito Savino e se ti va bene oggi ci possiamo vedere verso le sei. D'accordo?»

«Perfetto. Vorrei proporti un'artista che ha scoperto mia sorella, soprannominata l'Aretha Franklin di Giovinazzo.»

Samantha non poteva credere alle sue orecchie.

«Ma questo è proprio un segno del destino... mia nonna è nata a Giovinazzo! Le farà piacere. Se accontenti la nonna, accontenti tutti.»

Chiara mise giù e si sentì svenire, mentre il carabiniere la fissava tra il terrorizzato e lo stupito, consapevole del rischio che stavano correndo.

Così, d'istinto, alzò il volume e abbassò la velocità.

«Come hai capito era la tua... ragazza... mi ha confermato l'impegno con te questo pomeriggio per parlare della nuova cantante.»

Savino trasalì.

«Minchia Samantha.»

«Minchia sì: comunque se dovesse venire fuori, io e te ci siamo visti per farle una sorpresa... così non creiamo equivoci.»

Savino era talmente rapito dalla bocca di Chiara che non riusciva a seguirla, le parole che diceva gli arrivavano con una specie di ritardo, quasi provenissero da un satellite. Aveva i capelli raccolti e un incarnato che non avrebbe avuto bisogno di trucchi.

Imboccò una strada di campagna e dopo un paio di curve decise improvvisamente di accostare tenendo l'auto accesa. Era sempre stato un istintivo e non aveva mai amato troppo giochetti o allusioni. Tirò il freno, la guardò e le diede un bacio senza tentennamenti, che lei accettò con gli occhi dapprima spalancati, poi abbandonati a un sogno nuovo.

«Era da un po' che volevo dartelo, scusa» disse, e riprese con più vigore. Erano voraci perché entrambi sapevano di non avere tempo. Lui non osò allungare le mani anche se avrebbe voluto, e lei trovò il coraggio di mettere le sue su quella testa piena di gel. Capirono presto che era troppo rischioso continuare lì, così Savino si ricompose e a malincuore ingranò di nuovo la marcia verso il bar.

Arrivarono a Conversano sorridenti, finalmente a proprio agio nella loro incoscienza, mentre il sole del pomeriggio illuminava i torrioni del castello, dandogli un'aura fiabesca. La proprietaria del bar, quando vide tornare Savino, sbiancò, ma lui pensò bene di rassicurarla dicendo che era lì in veste di umile cittadino.

«Sei un tipo strano, sai?»

«Chi non lo è, Chiara? Se non fossimo strani non saremmo umani.»

«Per essere un carabiniere fai discorsi sensati.»

«Cosa c'entrano i carabinieri?»

«Niente, sai quella cosa che si dice che prendete tutto alla lettera.»

«Chi è che prende tutto alla lettera?»

Savino scoppiò a ridere e Chiara lo guardò sorpresa: mai sottovalutare un carabiniere. E mentre lui si distraeva ascoltandola, Chiara si perdeva in quegli occhi così veri da costringerla a non mentire.

Fu una chiamata della suocera a rovinare tutto: «Si può sapere dove sei finita? Devi portare la bambina dall'oculista!» la rimproverò al telefono. L'oculista! La bambina! La suocera!

L'incanto finì di colpo e un bar di Conversano divenne la nuova zucca di Cenerentola. Dopo poco, Savino guidava la sua auto come se fosse su una pattuglia all'inseguimento dell'ultimo contrabbandiere di sigarette, e a Chiara venne di nuovo da ridere.

«Perché ridi, che sei in ritardo?»

«Perché stiamo correndo da una donna che prima mi fa la morale e intanto pianta mio suocero e si mette con il tuttofare di casa...»

«Comunque non ti puoi scordare la visita della bambina. Poi se ti comporti così magari non si sente amata.»

Chiara ammutolì. Come poteva sua figlia non sentirsi amata? Quel carabiniere parlava poco ma aveva centrato il punto. Lo salutò con la mano, senza avvicinarsi per il timore che qualcuno li notasse o che lui non la volesse più baciare. Savino le disse solo: «Allora ci vediamo dopo con Samy per le musiche, ok?».

Chiara si ritrovò davanti al videocitofono del Petruzzelli sempre più convinta che questa mania delle "y" dovesse finire. Mentre aspettava che Gaia scendesse, le arrivò un messaggio. Sicuramente Savino voleva dirle ancora qualcosa.

"Vorrei essere con te."

Era Damiano.

23

Mimì era arrivato a Budapest pieno di buone intenzioni. L'aveva trovata subito affascinante, con un'aria più fredda ma un cielo altrettanto bello, anche se niente era come Polignano, «che è bella *assè*», sebbene evitasse di dirlo perché c'era un limite anche alla tifoseria di provincia. Gli ungheresi gli sembravano altissimi e piuttosto seri, tanto da indurre lui e Nando ad abbassare immediatamente il tono della voce perché volevano innanzitutto sentirsi graditi. Perciò Mimì sorrideva più del solito e Nando distribuiva mance come se fosse un magnate russo, impressionando subito il personale dell'hotel.

Don Mimì avrebbe condiviso volentieri la stanza con lui, ma Nando aveva insistito per avere un po' di privacy, e forse era meglio così. Appena entrato in camera si affacciò e la vista gli diede conforto. Oltre al "bel Danubio blu" poteva ammirare il Ponte delle Catene e la collina del Castello, che andava a completare un quadro perfetto e un po' malinconico. Lui non era abituato al silenzio, e il fiume non fa rumore come il mare.

«Ma Budapest ci aspetta» gli disse Nando quando andò a bussargli alla porta vestito da tirolese: l'entusiasmo del viaggio lo aveva reso temerario nell'accostamento dei colori. Per strada tutti lo guardavano incuriositi e lui era sempre più convinto, dopo che a una cena aveva sentito parlare di buddismo, che in un'altra vita fosse vissuto proprio in Ungheria.

I due amici si avventurarono nel quartiere di Gozsdu con l'unico obiettivo di farsi capire: avevano un elenco di localini dove andare, ma tutti privi di indirizzo. Nando, spazientito, si era messo in testa di trovare il ristorante di Rocco Siffredi e aveva iniziato a chiedere ai passanti. La sola domanda suscitava nelle persone sguardi di autentico stupore, accompagnati da risposte incomprensibili in ungherese, mentre don Mimì ribadiva «Rocco Siffredi restaurant» come un disco rotto. Tutti dicevano cose lunghissime, che sostanzialmente significavano "non ho capito la domanda", ma i due ogni volta intendevano quello che volevano. Finché un uomo di mezza età, dopo aver bofonchiato varie parole tra cui «pornostar», fece loro cenno di seguirlo.

«Hai visto che serve l'inglese?» si vantava don Mimì che ormai si sentiva poliglotta, mentre Nando, ormai certo di avere sangue magiaro nelle vene, aveva iniziato a dire «qui in Ungheria ci trattano come fratelli».

Camminarono per un po' nel centro della città, con gli occhi pronti a catturare ogni dettaglio, finché si trovarono a un palmo dalla basilica di Santo Stefano, e Nando ne approfittò per mandare un video ai suoi gruppi di whatsapp con la scritta "Jò estét da Budapest", che i suoi amici confusero con un'espressione polignanese, mentre voleva dire "buonasera". Ma non era quella la loro "final destination", come provava a dire alla loro guida improvvisata don Mimì, che parlava ormai per frasi fatte di film e canzoni. Lui scuoteva la testa e a gesti chiedeva di seguirlo, finché giunsero con il fiato corto davanti a una vetrina che lasciò entrambi piuttosto sorpresi: si trattava di un ristorante greco. L'ungherese indicò la porta ribadendo: «Rocco Siffredi» con il pollice in su per dire "tutto ok!", ma loro non erano convinti.

Tenendolo quasi in ostaggio, chiesero spiegazioni ad altri avventori del locale, finché uno spagnolo esclamò: «Rocco *cerrado*!» e Nando si ricordò che in spagnolo *cerrado* significava "chiuso". Scoperto l'arcano, offrirono all'uomo venti euro per il disturbo, e lui rifiutò quasi stizzito. Nando ne approfittò per parlare male degli italiani che invece fanno tutto per soldi, «non come i bravi fratelli magiari». Alla fine si ritrovarono in Ungheria a mangiare cibo greco e a bere vino Retsina: fu per entrambi un viaggio entusiasmante, anche se Nando aveva qualcosa da dire anche sulla moussaka.

Pur amando quelle prelibatezze, Mimì aveva lo stomaco chiuso. Ninella gli aveva messo giù il telefono e lui non aveva voglia di divertirsi. L'idea di affrontare il battesimo del figlio del suo cliente, poi, non lo esaltava. Nando, che aveva scambiato la festa per un addio al celibato, era convinto di partecipare a un evento internazionale.

Mimì passò la notte senza riuscire a dormire bene, cercando ostinatamente di dare la colpa alla moussaka indigesta, ma per fortuna il pensiero del battesimo riuscì a distrarlo, e in più l'entusiasmo di Nando aveva qualcosa di contagioso. Al momento dei preparativi i due ci misero un po' troppo a sistemarsi nei rispettivi abiti, e si presentarono in chiesa con un quarto d'ora di ritardo. Più tardi di loro arrivò solo l'organista, italiano pure lui, ignaro del fatto che gli ungheresi sono puntualissimi. Preso dal panico, iniziò a suonare una musica che assomigliava più a *Sarà perché ti amo* che a un *Alleluia*.

La famiglia Nagy era numerosa, elegante ed emozionata, mentre i parenti italiani della moglie si riconoscevano solo perché continuamente distratti a osservare gli altri presenti.Il neonato, al momento della benedizione, iniziò a strillare neanche fosse il piccolo zar. Mimì, vedendo da lontano il capofamiglia, si lasciò sopraffare dall'emozione: era diventato nonno come lui. Gli fece un cenno e gli occhi gli si inumidirono all'improvviso, come se i suoi tormenti interiori cercassero solo una scusa per lasciarsi andare.

La messa fu piuttosto lunga ma ricca di pathos, e rigorosamente in ungherese, e legittimò Mimì e Nando a ridacchiare un po' di qualche invitato. Ma alla fine si misero sull'attenti – seri come due alunni dell'ultima fila ripresi dal professore – e andarono a presentarsi al padre del bambino: don Mimì gli consegnò una busta con mille euro, tra l'imbarazzo generale. Nando lo riprese, solo perché le buste secondo lui andavano consegnate alla fine del buffet, e continuò a borbottare fino al ristorante, che si trovava alle spalle di piazza degli Eroi: un luogo pieno di atmosfera, di piante, di luce e soprattutto di Pálinka, che i camerieri versavano già all'ingresso come «aperitivo di benvenuto» per onorare la tradizione. Per non fare i timidi, Nando e Mimì ne bevvero un paio. Forse anche per la grappa, a Nando sembrava di galleggiare sull'acqua in un mondo dove esistevano solo la pace e la fratellanza dei popoli. Anche Mimì si sentiva «*international*» e si presentava ecumenicamente a tutti in inglese, italiani compresi – «*My name is Scagliusi Domenico*» – rendendosi un po' infantile, mentre l'amico era già attratto dai primi vassoi che vedeva circolare con tortini pieni di strutto e ciccioli ungheresi.

Dopo aver ispezionato il buffet, i due provarono a socializzare con gli altri italiani, che però si conoscevano già e non sembravano particolarmente interessati ai due nuovi arrivati.

Così non ebbero alternativa e si godettero la festa tra di loro, andando in giro per tutte le stanze, meravigliati dal tono ancora piuttosto basso della conversazione.

Fu l'Unicum ad alzare i toni e a rendere più digeribili le carni stracotte che Nando trovava paragonabili solo alla zampina di Sammichele di Bari. Ad accompagnarle, il piatto più buono di tutto il ricevimento, secondo loro: le patate al forno di Polignano a Mare. Nando e Mimì, parlando soprattutto a gesti, si unirono ai balli zigani di un gruppo di cinquantenni allegrotte che avevano voglia di lasciarsi un po' andare, e don Mimì a un certo punto si ritrovò, suo malgrado, a capo di un trenino.

Quella sera, in quello stesso istante, l'unico che poteva davvero capire come Mimì si sentisse era suo figlio Damiano. In una situazione più giovane e goliardica della sua, a Mykonos, mentre Cosimo era sballottato dal meltemi che soffiava forte e da due bionde che se lo strusciavano dappertutto, lui non riusciva a essere spensierato come gli altri. Aveva bevuto, sì, ma la ciucca aveva preso una deriva triste come quella di suo padre. Chiara aveva risposto al suo messaggio ma era sembrata frettolosa, non gli aveva fatto domande, non lo aveva chiamato. Aveva come la sensazione di non interessarle più. Damiano si era sempre trovato con il coltello dalla parte del manico ed era convinto che lo avrebbe avuto per sempre.

In mano, però, non aveva nessuna prova. Solo una sensazione.

Pensò che forse avrebbe fatto meglio ad andare lui a Budapest a onorare il suo cliente, anziché mandare suo padre. Provò a chiamarlo e Mimì rispose.

«Damiano, è successo qualcosa?»

«No, no. Tutto a posto. Volevo sapere come andava.»

«È una bella festa ma non ci caga nessuno. Tu?»

«Anche qui è una bella festa ma non mi caga nessuno.»

Mimì pensò che suo figlio lo stesse prendendo in giro, ma non era vero.

Padre e figlio non erano mai stati così vicini.

24

Mentre Ninella era via, Nancy aveva convocato di nuovo Carmelina e insieme avevano praticamente stravolto la casa. Bandite le foto incorniciate, eliminati i soprammobili, fatti sparire i quadri e i copridivani. Volevano che fosse una casa minimale, senza fronzoli, come quelle delle riviste di arredamento.

«Sei pronta, Nancy?»

«Non sono mai pronta.»

«È normale. Ma ricorda sempre: chi sei tu?»

«Victoria Beckham.»

Carmelina l'abbracciò soddisfatta – si sentiva anche lei un'eterna Spice Girl – e si defilò, anche perché il terzino sinistro del Rutigliano stava arrivando proprio dalla sua amica.

Tony aveva detto a Nancy che sarebbe arrivato tardi, perché prima doveva stare con la sua ragazza, con cui ultimamente aveva sempre qualche discussione. In realtà lui avrebbe evitato la cena, soprattutto in una casa del centro storico, ma sapeva che Nancy ci teneva e non voleva deluderla, le era sempre stato affezionato.

Si presentò alle undici, senza darle nemmeno un preavviso, dopo averle persino vietato di mandare messaggi se non voleva essere bloccata per sempre: Tony su questo non transigeva e lei non poteva correre rischi.

Quando entrò venne inondato dal profumo di vaniglia.

«Mmmh, mi hai fatto una torta?»

«No, sono le candele. Come ti ho scritto, niente grassi, niente fritti... ti ho fatto il menu di Cristiano Ronaldo.»

«Cioè spiegami, che non ho mica capito.»

Forse Nancy aveva sopravvalutato le competenze di Carmelina e sottovalutato la fame di un calciatore poco più che ventenne.

«Allora: antipasto del campione, pollo alla piastra senza olio, verdure al vapore... e quinoa con i fagioli. Però non avevo i fagioli, per cui ti ho preparato una quinoa molto semplice.»

Tony non poteva credere alle sue orecchie. Non mangiava da mezzogiorno, alla sua ragazza aveva detto che aveva un po' di mal di stomaco e ora si sarebbe sbranato anche il tavolo.

«Pensavo che scherzassi con il menu di Ronaldo. E che pasta mi hai fatto?»

Panico e silenzio.

«Dài dimmelo, *scià*!»

Che fare? Quella serata tanto desiderata non poteva andare male: la dieta del Pallone d'Oro non aveva minimamente impressionato Tony, che infatti giocava nel Rutigliano.

Nancy ripensò che sua madre era una cuoca fantastica e le riusciva tutto con poco. Perché non aveva mai voluto imparare a friggere i panzerotti? Quelli sarebbero stati un successo garantito, e andavano alla grande anche sui social. Cercò rapidamente di ricordare cosa aveva visto nel frigo per raddrizzare la serata. Era da sola e poteva fidarsi solo di se stessa.

«Pasta Philadelphia e pomodorini.»

«Philadelphia e pomodorini?»

«Ah, e naturalmente i gamberetti.»

Quelli erano l'unica certezza del loro freezer.

«Che ricetta è? Mai sentita.»

«È di *Adèl*. Dice che è l'unica pasta che sa fare.»

Quando non sapeva cosa dire, Nancy mentiva e lo faceva così spudoratamente da sembrare credibile.

«Chi?»

«*Adèl*. Adele, come la chiami tu.»

«Ma Adele Cacucciolo?»

«Ma no! È la cantante di *Someone Like You*... dài, te l'ho fatta sentire tante volte. È la nostra canzone. Ora te la metto, siediti.»

Nancy viveva l'avventura con Tony come una lunga relazione. Cercò su Spotify la canzone e la trasmise a palla. Appena lui la riconobbe, il tarallo rischiò di andargli di traverso.

«No, ma questa mi deprime troppo. Dài, metti qualcosa di allegro.»

Nancy iniziò a sudare, ma riuscì a non farsi prendere dal nervosismo: respirò profondamente e si mise a cercare qualcosa di adatto, fino a che trovò la compilation "Happy dinner" che le sollevò l'umore. *Shiny Happy People* dei R.E.M. diede subito un nuovo ritmo alla serata, insieme alla magica scoperta sul web di un sugo "Philadelphia, gamberi e pomodorini" che Nancy riadattò senza perdersi d'animo con gli ingredienti che aveva: in fondo, essere figlia di Ninella e averla vista per anni improvvisare piatti era come aver fatto un corso intensivo di cucina.

Aprì la dispensa e vide uno di quei pacchi di pasta che ricevi nei cesti per le feste e restano lì per mesi: gli alberelli di Natale multicolor sarebbero stati perfetti.

Tony, intanto, le chiese se aveva una vodka Red Bull, ma lei in frigo trovò solo una bottiglia di spumante oltre all'antipasto "Cristiano" – lo chiamò proprio così – in onore del numero sette più famoso al mondo: la fesa di tacchino con scaglie di formaggio rigorosamente senza lattosio. E se poi fosse stato intollerante?

«Un polignanese è intollerante solo alla dieta» le ripeteva sempre lo zio Franco, e lei non gli aveva mai dato retta. Ma tutta questa agitazione era soprattutto nella testa di Nancy, troppo tesa e carica di aspettative, mentre Tony si sentiva finalmente a suo agio, libero dalle mille domande che la sua ragazza, gelosa oltremodo, gli poneva puntualmente. Mentre Nancy spignattava cercando di imitare i gesti di sua madre, lui le disse «però come sei magra adesso», che le diede una sensazione di felicità unita a un piccolo dubbio. Perché aveva detto «però»? Per sua fortuna il sugo continuava a tenerla impegnata ed evitò inutili paranoie. Aveva scelto di mettere un semplice tacco con i jeans e una camicetta, mentre Tony indossava la tuta del Rutigliano e lei lo amava proprio per questo.

Lui restava il suo primo amore, l'attrazione pura, la storia impossibile, il latin lover che l'aveva fatta sentire grande. Gli anni lo avevano reso più "sdrucito" e per questo più affascinante. Per Tony piacere alle ragazze era la normalità.

Il bacio che le aveva dato mentre scolava la pasta l'aveva rassicurata: era ancora lui, e baciava in un modo tale che lei avrebbe passato tutta la serata solo a fare quello. Lui non era uno di quei ragazzi che vogliono arrivare subito al dunque, anche se poteva sembrarlo: le ragazze troppo disponibili gli apparivano meno desiderabili.

La pasta fu un trionfo involontario. Tony sembrava non avesse mai mangiato nulla di così ricercato, e Nancy incassò il complimento incredula, riuscendo solo a dire: «Sapevo che andavi pazzo per i gamberi».

Per quanto fosse presa, però, non riuscì a trattenere il desiderio di fare una foto del piatto, e lui andò in paranoia.

«Ascolta, Nancy. Io sono impegnato... la mia fidanzata sa che dovevo vedermi con un pescatore per un servizio, quindi già venire qua è stato un miracolo. Poi voi ragazze prendete la foto, la salvate, ve la ingrandite... andate a cercare ogni dettaglio perché solo quello volete: le prove delle corna. Ma come stiamo messi?»

Nancy voleva provare a contraddirlo, ma Tony era inattaccabile, e lei capì che la foto di un piatto, in fondo, non le avrebbe cambiato la serata. La pasta era stata un successo, un po' meno la "fesa di Cristiano", ma anche i campioni sbagliano menu. La casa, spogliata di tutti i ricordi di sua madre, le dava più sicurezza ma la faceva anche sentire in colpa.

Appena Tony finì di pulire il piatto con l'unico tozzo di pane che Nancy era riuscita a recuperare, si sedette sul divanetto chiedendole di sedersi accanto a lui. Poi le sfilò le scarpe e prese a massaggiarle i piedi: lei non lo aveva mai capito, ma quella era la prima cosa che Tony guardava in una ragazza, e i suoi lo facevano impazzire, con il secondo dito appena più lungo dell'alluce.

Il senso di padronanza della situazione che aveva avuto fino a poco prima le era completamente sfuggito di mano. Tony le aveva impedito di alzarsi, aveva preso lo spumante e due bicchieri scompagnati e li aveva riempiti.

«A cosa brindiamo, Nancy?»

«Al tuo campionato.»

Lei pensava di compiacerlo, ma Tony la sorprese.

«Al mio campionato e ai tuoi studi.»

Nancy non si sarebbe mai aspettata di sentire una frase così, e la cosa le riempì gli occhi di gioia.

«Grazie, ne ho bisogno, perché sto studiando poco.»

«Invece devi farlo. Non guardare me.»

Lei era pronta a rispondergli con un'analisi molto personale sul mondo del lavoro, ma lui non le lasciò il tempo perché all'improvviso si trasformò in una vera e propria sex-machine. Era da tempo che non lo vedeva e le sembrava che nulla fosse cambiato. Nancy era convinta di avere più esperienza perché aveva fatto l'amore con altri tre ragazzi, ma nessuno era stato nemmeno paragonabile a Tony, che stava sopra di lei e le chiedeva di non chiudere gli occhi «perché io sto qui, piccola, sto qui», e lei era felice.

Si fidava di lui, non si sentiva giudicata, ma solo amata, anche se per poco, da un ragazzo che lei aveva sempre considerato superficiale e invece si rivelava profondo nella sua semplicità. Raggiunto il piacere, era già pronta a un addio veloce perché Carmelina – esperta di maschi fedifraghi – le aveva spiegato tutti i possibili scenari. Invece Tony le chiese di scaldargli ancora un po' di pasta che gli era venuta di nuovo fame e lei si sentì un incrocio tra una chef televisiva e la schiava Isaura. Erano entrambi semi-svestiti, ma le persiane socchiuse li proteggevano dagli sguardi curiosi dei vicini.

Nancy si era scordata del telefono e lo aveva lasciato sul tavolino vicino alla finestra. Fu Tony a sentirlo vibrare e a passarglielo: «Ti sta chiamando tua madre».

Nancy non sapeva se rispondere, ma tanto era a Milano e quindi non correva rischi.

«Come sarebbe che stai a Bari e stai venendo con lo zio Franco?»

«Sì, ho deciso di tornare prima. Perché, che problema c'è?»

«Niente, mà... è solo che... è solo che... mamma ma tra quanto arrivi?»

«Siamo quasi a Mola... quindi un quarto d'ora e sto a casa... sono proprio stanca, sai?»

Nancy mise giù alla velocità della luce in preda a un sentimento che era un misto di paura, sconcerto, senso di persecuzione, Saturno contro, blue monday e un pizzico di sfiga. Tuttavia non perse la lucidità e chiese subito a Tony di aiutarla a rimettere a posto la casa com'era: «Mia madre sta arrivando... È già a Mola!».

Tony non sapeva bene cosa dire perché aveva la bocca piena di pasta, le faceva cenno di stare calma e la guardava basito. Nancy, da bambola sexy si era trasformata in casalinga disperata in un attimo, mentre sistemava le sue foto incorniciate della prima comunione e del saggio di danza e rimetteva la tovaglia a quadretti. Spostava poltroncine, riappendeva i quadri, tirava fuori la bomboniera di sua sorella e la foto di sua madre con l'abito rosso alla finestra della loro casa.

La situazione aveva un retrogusto comico, perché Tony non aveva più nessuna intenzione di andare via: la sua ragazza gli aveva scritto "buonanotte" già da un po' e lui si sentiva al sicuro.

Gli sarebbe piaciuto fermarsi a dormire, fare di nuovo l'amore e la colazione insieme. Ebbe anche la buona idea di dirglielo, gettandola ulteriormente nello sconforto.

Nancy l'istintiva, la sognatrice, l'illusa, la talentuosa, l'incompresa, l'inguaribile romantica, la ragazza che sognava diecimila followers non avrebbe mai potuto credere che, nella vita, avrebbe dovuto dire al terzino del Rutigliano: «Mi dispiace ma te ne devi andare... sta tornando mia madre».

La vita era sempre stata crudele con lei: doveva nascere Kardashian.

25

Ninella rientrò a casa e le sembrò di essere stata via per settimane. Tutto era cambiato. Nancy, nella fretta di far ritornare ogni cosa al proprio posto, aveva messo un maialino portato dalla zia Dora dove stava la bomboniera di Chiara e Damiano. Forse era il mare increspato dalla tramontana a dare una nuova atmosfera alla stanza, che appariva pervasa da un'improvvisa inquietudine.

Per essere i primi di giugno non faceva così caldo e i turisti erano stati tutti presi alla sprovvista da quel tempo anomalo. Ninella fece il possibile per far sì che tutto sembrasse naturale.

«Allora, ti sono mancata?»

«Mamma, ho ventitré anni. I sentimenti per te sono sempre gli stessi da almeno cinque anni.»

«Quanto sei stupida.»

«Lo so, lo sono da sempre... Più che altro potevi avvisarmi che tornavi prima. E se fossi stata con qualcuno?»

«Sapevo che eri con Tony, altrimenti mica ti chiamavo. Quello è pure fidanzato, non ci fai una bella figura.»

Nancy si vedeva già lapidata in piazza San Benedetto.

«Oddio, ma come lo sai? Sono rovinata!»

«Me l'ha detto lo zio Franco... Stava accompagnando una badante quando lo ha visto entrare a casa nostra. Ma figlia mia, non puoi correre questi rischi, e soprattutto non puoi metterti con uno del Rutigliano.»

«Ma era alla Polimnia fino all'anno scorso... poi non andava d'accordo con l'allenatore e il pubblico una volta l'ha fischiato.»

Lei si sentiva più che mai Victoria Beckham, ma sembrava così affranta che Ninella le diede il regalo che le aveva portato. Nancy non poté credere ai suoi occhi: la borsa di Mary Facciolla era il must-have di tutte le influencer! E si trovava solo a Milano e a Ibiza! Abbracciò sua madre come non faceva da quando aveva perso quattro chili, e iniziò subito a fotografare la borsa cercando di mostrare l'etichetta in primo piano. Anzi, la rimise di nuovo nel sacchetto e si filmò mentre la estraeva. Sotto scrisse: "*Thank you Mary*", per far credere che gliel'avesse mandata direttamente la Facciolla.

Con la coda dell'occhio vide passare sua madre un po' abbacchiata, ed ebbe la prova che non fosse un bel periodo per lei. A Milano non doveva essere andata bene, perché appena poteva distoglieva lo sguardo e Ninella non lo faceva mai. I suoi occhi, quando parlava, non ti mollavano un attimo, e Nancy lo sapeva. Così si fece coraggio e andò in camera sua. La trovò sdraiata sul letto – non si era nemmeno sfilata le scarpe – con il libro appoggiato sul petto e gli occhi fissi al soffitto.

«Mamma, sei triste?»

Ninella sembrò risvegliarsi da quel torpore. Sua figlia la osservava come aveva sempre fatto lei, e ora avrebbe solo voluto che tornasse a fare la cretina con il telefonino. Invece era lì, in attesa di una risposta.

«Un po'. Si vede?»

«Io lo vedo.»

«È così, ma senza la tristezza non sapremmo mai quando siamo felici, perciò quando sono in questo stato me ne sto qui ferma sul letto e poi mi passa.»

«Ma me lo dici perché sei triste?»

«No, perché sei mia figlia, non sei una mia amica. Ma puoi venire qui e darmi un abbraccio, perché ne ho bisogno.»

Nancy si staccò dalla porta e si avvicinò a Ninella, che aveva sempre visto come un pilastro e ora si mostrava fragile, e le chiedeva aiuto. L'abbracciò forte e riconobbe il profumo che anche se fosse campata cent'anni non avrebbe mai dimenticato: l'odore di sua madre. Si asciugò una lacrima senza farsi vedere e tornò in cucina: rivedere Tony e scoprire sua madre con gli occhi al soffitto l'aveva scombussolata un po'.

Ninella si accertò di aver chiuso bene la porta e si ributtò sul letto. Si sentiva per la prima volta sconfitta. Non riusciva a perdonarsi di aver ceduto a quei giorni milanesi mossa soprattutto dalla vanità e dal desiderio di fare qualcosa che non aveva mai fatto. Aveva un disperato bisogno di conferme e Carlo gliele aveva date. Poi l'aveva lasciata andare senza trattenerla né insistere, e questa cosa l'aveva commossa. Era partita a malincuore, ma sarebbe stata disonesta a restare.

Provò a leggere *Cime tempestose*, ma non le sarebbe bastato per dimenticare.

Chissà se Mimì si era fatto vivo solo perché era un po' brillo o se era davvero sincero.

Ninella si sentiva addosso quella stanchezza che non le faceva prendere sonno, non riusciva a leggere e non sapeva più cosa desiderare: allora non le restò che posare il libro e uscire. Era già tardi, ma qualche coppietta innamorata si trovava ancora in giro. I suoi passi risuonavano nella notte ma nessuno badava a lei, perché sapeva sempre quali erano i vicoli meno battuti.

Quando il mare era in tempesta come quella sera le piaceva vederlo dalla balconata di mezzo, perché a volte gli schizzi potevano raggiungerla. Si piazzava sotto il lampioncino, e guardava il suo paese affacciarsi in quel modo così particolare. La sua casa non riusciva mai a vederla, da lì, ma sapeva che c'era e che sarebbe sempre stata la sua zattera.

Nancy le aveva dimostrato di essere molto più presente di quanto le facesse credere, e questa era stata la più bella consolazione per il suo stato d'animo.

Dopo la fine della storia con don Mimì Ninella aveva incolpato il paese intero per non essere insorto a difesa del loro amore quando erano ragazzi, ma l'errore più grande era stato non confidarsi più con nessuno. E quando sei sola tutto si amplifica, anche la presunzione.

L'abbraccio di Nancy le aveva dato forza: ora sapeva che doveva imparare ad agire senza sentirsi più in colpa. Salutò il mare e decise di fare quattro passi per il paese che, nella notte, era di nuovo suo. Le case sembravano più bianche e le folate di vento rendevano quell'inizio d'estate più difficile da comprendere.

Ninella parlava tra sé sottovoce, cantava gli Spandau Ballet, mentre la tramontana la sballottava un po'. Si perse nei vicoli "sopra i *mour*", una zona che per lei era diventata un tabù. Senza essere del tutto consapevole di volerlo, arrivò sotto casa di Mimì. Alzò gli occhi per vedere se le luci erano accese, ma non era nemmeno sicura che quelle fossero le sue finestre. "Solo un Romeo pugliese può addormentarsi quando Giulietta passa sotto casa sua" pensò Ninella, cercando di prenderla con filosofia.

L'unica cosa da fare era bussare, una mossa azzardata – una resa quasi – dettata forse più dalla rabbia che dall'amore, ma Ninella non se la sentì. Fece il giro dell'edificio un paio di volte: per fortuna le poche case abitate avevano tutte le persiane chiuse e quel vento non faceva venire voglia di guardare fuori. A un certo punto percepì un rumore di passi e decise di allontanarsi, ma senza correre. Era in fondo al vicolo quando sentì chiamare «Ninella» alle sue spalle. Mimì stava rientrando con il suo trolley direttamente da Budapest. Lei finse di non sentire: girò l'angolo alla velocità della luce e tornò a casa sua facendo più in fretta possibile. Mimì ebbe la sensazione che non fosse lei e anche Ninella, appena entrata in casa, pensò che quella voce se la fosse sognata.

26

Damiano era rientrato da Mykonos abbronzato e un po' scosso.

Era stata la sua prima volta su quell'isola magica, perfetta se hai la testa vuota da ogni preoccupazione, perché Mykonos è uno stato mentale, come Berlino o Rio de Janeiro, e se ti piace ti devasta e ci tornerai sempre o – comunque – non la dimenticherai.

Il primo giorno aveva seguito l'iter inevitabile di chi ci mette piede per la prima volta: mangiare un gyros pita, cercare il pellicano, farsi spennare per un caffè, fotografare i mulini, provare a non cadere dallo scooter, rischiare di congelarsi in acqua, prendere il mal di gola, ballare a Super Paradise, sognare di comprare una casetta bianca, dire che il Meltemi è un vento di merda e vedere uno dei tramonti più belli del mondo.

Il secondo giorno lo aveva passato spaparanzato con gli amici a Elia Beach in attesa della festa per Cosimo, che poi consisteva semplicemente nel bere, conoscere ragazze e divertirsi. Avevano iniziato a girare per piccoli locali, a offrire gin tonic ai passanti, avevano ballato sirtaki con delle norvegesi e poi erano finiti tutti allo Scorpios, dove Cosimo aveva preso un tavolo e si dimenava cercando di imitare Gianluca Vacchi.

E fu lì, in mezzo a quel primo assaggio di estate, dove tutti si ritrovano ad avere comunque vent'anni, che Damiano si rese conto che Chiara era più importante di tutto, e gli mancava. E anche se lui non era così bravo ad accorgersi delle cose, la permissività con cui sua moglie lo aveva quasi esortato a fare "il viaggio in Grecia" lo aveva insospettito.

Bussò alla porta di casa così carico di regali che non riuscì neanche a infilare le chiavi nella toppa. Fare shopping a Mykonos mentre gli amici pensavano solo a divertirsi non era stato poi così difficile, anche se aveva speso un patrimonio. In uno dei vicoletti del village aveva trovato anche un negozio di costumi gestito da una ragazza turca che lo aveva intortato ben bene, e così aveva comprato per sua figlia un abito da strega di Biancaneve che gli era costato un occhio della testa. Non aveva capito bene cosa dovesse fare Gaia nella recita, per cui pensò che un grande classico fosse comunque una buona idea.

In effetti, la bambina si era stufata di cantare *Tappeto di fragole* ed era corsa subito a indossarlo. Peccato che in casa non ci fosse neanche una mela rossa, e per quanto Chiara avesse insistito perché Gaia ci giocasse anche senza mela, Damiano andò in crisi e – soprattutto – si sentiva in colpa per averla lasciata sola. Così si rimise subito le scarpe e uscì alla ricerca delle mele.

Sapeva che la famiglia Serripierri vendeva frutta all'ingrosso, e telefonò al capofamiglia per chiedere se potesse aiutarlo.

Ovviamente, i Serripierri erano a una panzerottata in campagna ed erano più attaccati alla friggitrice che al telefono, ma Damiano non si diede per vinto e andò a citofonare direttamente a casa loro. La vicina si prodigò subito per risolvere il problema – gli Scagliusi bisogna sempre tenerseli buoni – chiamando una nipote che andava a fare le pulizie a quelli della villa dove erano ospiti i Serripierri. Trovato il numero lo passò subito a Damiano, che dopo aver sentito la proprietaria della villa – già pronta a ospitarlo alla panzerottata – parlò finalmente al telefono con il signor Serripierri.

«Sì, chi è?»

«Signor Serripierri, sono Damiano Scagliusi.»

«Che succede, Damià, si è sentito male tuo padre?»

«No, no, per carità... quello se n'è appena tornato da Budapest con Nando.»

«Ha fatto bene, che quella stronza l'ha mollato per il giardiniere.»
«Quella stronza sarebbe mia m...»
«...»
«M...»
«...»
«M...»
«...»
«Madre.»
«Ah, è vero, mi scordo sempre. Però non si è comportata bene, diciamo la verità...»
Damiano era seccato, ma doveva risolvere il suo problema.
«Quelli sono fatti loro, signor Serripierri...»
«Hai ragione, caro, dimmi come ti posso dare una mano.»
«Veramente è una cosa da poco e solo lei può risolvere il problema. Avete delle mele rosse?»
«Eh, ha' voglia! Mo so' arrivate... dal Trentino. Quante casse te ne servono?»
«Veramente me ne servirebbe... una.»
«Una cassa? *Vabbù*, per gli Scagliusi questo e altro. Tra noi commercianti ci dobbiamo rispettare.»
Per avere una mela, Damiano ne comprò una cassa.
«Grazie mille, non sapevo proprio come fare.»
«Che succede?»
«È per la bambina, le ho portato il vestito da strega da Mykonos... e ora senza la mela dice che il vestito non è completo.»
«Quindi la vuoi adesso?»
«Eh, sì.»
Il signor Serripierri non poteva credere alle sue orecchie: che gli Scagliusi fossero strani era risaputo, che avessero il senso degli affari, anche. Ma forse era quello il segreto del loro successo: darsi da fare come dei dannati solo per trovare una mela rossa.

Quello sforzo andava premiato, così tornò a Polignano per aprire il magazzino e trovare le più belle mele rosse di tutto il Sudest barese. Forte del suo carico, Damiano chiamò subito Chiara per comunicarle la lieta novella. Tutto quel darsi da fare per Gaia non le sembrava educativo, come le ribadiva sempre sua madre, ma lasciò perdere.

Damiano entrò a casa felice delle sue mele e pronto a riconquistare sua moglie. Peccato che la bambina, esausta di aspettare, avesse deciso di addormentarsi proprio cinque minuti prima e ronfasse sul suo lettino ancora vestita da strega.

A Chiara venne da ridere, mentre Damiano ci restò un po' male.

Ne approfittò per stare vicino a lei, da soli.

«Mi sei mancata, sai?»

«Anche tu.»

«L'hai aperto il regalo?»

«Ah già, il regalo...»

Chiara non si era mai scordata del regalo. Si ricompose, indossò un sorriso e aprì quella piccola scatola chiusa da un fiocco. Dentro, un braccialetto d'oro bianco con un pellicano: «È il simbolo di Mykonos» disse Damiano, rendendosi conto che forse lei avrebbe preferito un gioiello di Tiffany. Chiara lo indossò senza particolare convinzione, ma si sforzò di sorridere: per la prima volta, provava un po' di pena per suo marito.

Dopo poco si addormentarono: lui appoggiato alla spalla di lei, con una testa che per la prima volta le sembrò pesantissima.

27

Tra una lezione d'inglese e una corsetta mattutina, Mimì aveva riscoperto il piacere di starsene solo e camminare nel suo paese. Come Ninella, lo faceva la mattina presto, quando era ancora suo, e gli unici con cui parlava erano i pescatori solitari di Largo Ardito, sempre con la sigaretta in bocca e la pazienza stampata sul volto. Di giorno era diverso: lo fermavano molte più persone e sentiva che a ognuno doveva dire qualcosa, anche se man mano si sentiva sempre più integrato in quella dimensione.

Gli piaceva vivere la quotidianità delle piccole cose: andava al forno San Marco a prendere i taralli, si faceva il giro dei bar e, quella mattina, decise di andare a fare un po' di spesa. Da bravo "single", come ormai lo definiva Nando, voleva cimentarsi nella cucina.

Perciò si recò da Vitantonio, che aveva sempre dei prodotti di ottima qualità. Quando entrò, si rese conto che non aveva alcuna idea di cosa davvero gli servisse, quindi scelse un po' a caso, fino a che vide le zucchine e lì ebbe uno scatto d'orgoglio. In fondo i grandi chef sono tutti uomini e fare le "zucchine alla poverella" non sarebbe stata una *mission impossible*. Quando Vitantonio chiese quante gliene servissero, Mimì riuscì solo a dire «per due persone», perché bisognava sempre essere ottimisti.

Quel giorno, poi, era particolarmente gasato perché nel pomeriggio avrebbe assistito alla recita della sua nipotina, con protagonista Pamela-Sirena e Gaia nella parte della conchiglia e soprattutto

– precisava Matilde – coordinatrice del ballo dei bambini più piccoli. Insomma, non aveva la parte principale ma un ruolo di grande responsabilità.

La recita aveva messo tutti in agitazione, perché era un momento fondamentale per l'equilibrio familiare: quello spettacolino metteva in atto infiniti sensi di colpa, per cui tutti garantirono la loro presenza, facendo in modo di arrivare in tempo per assicurarsi i posti migliori.

Matilde si era premurata di chiamare sua nuora per raccomandare la massima puntualità: «vedi che i cancelli aprono alle 14.30» le aveva detto come se si trattasse di un concerto rock.

Ovviamente Gaia aveva voluto provare *Tappeto di fragole* ancora una decina di volte, e quando Chiara e Damiano l'accompagnarono in ritardo alla scuola materna trovarono una scena surreale di fronte all'ingresso, dove si era formata una piccola ressa, perché non c'erano solo i genitori e i parenti dei bambini ma anche i fratellini, i nonni, gli zii, i cuginetti e i genitori dei bambini dell'asilo rivale che volevano fare il confronto. A fatica ci sarebbero stati tutti. Il bidello non era in grado di gestire quell'afflusso imprevisto ed ebbe la bella idea di dire: «Prima le famiglie con bambini», come aveva sentito annunciare in aeroporto.

Quasi attaccata alle sbarre, rigida come il suo carattere, Matilde stava aggrappata al braccio di Pasqualino per non perdere la posizione e ogni tanto si voltava per vedere se arrivavano Chiara e Damiano con la piccola star. Quando li scorse, li guardò così male che Damiano chiese pubblicamente di poter far passare avanti una delle «protagoniste», disse proprio così, e tutti gli risero in faccia: gli altri "protagonisti" erano già dentro che si preparavano con le maestre. Chiara, piuttosto affranta, prese Gaia per mano, con tutta la sua conchiglia già montata dietro, e iniziò a dire «permesso... permesso... sta la bambina», e quella parola magica, come per incanto, aprì la piccola folla come le acque di Mosè: il bidello la prese in consegna e chiese a tutti di pazientare ancora un attimo.

Per evitare polemiche, Chiara tornò da Damiano senza guardare negli occhi sua suocera che sicuramente l'avrebbe mortificata. Invece lei non la considerava nemmeno, intenta com'era a controllare Pasqualino: non si fidava del tutto di lui ed era terrorizzata che qualche altra donna lo puntasse.

Alle 14.50 finalmente si alzarono le sbarre e si diede il via a una competizione olimpica per la conquista dei posti.

Matilde lasciò correre Pasqualino con un ordine secco – davanti! – e cercò di non essere schiacciata dalla ressa. Dentro la sala, tutti si azzuffavano per prendere le sedie migliori e le maestre, addestrate come militari, davano indicazioni a genitori e parenti su dove posizionarsi per vedere meglio i propri bambini.

Pasqualino e Matilde erano fortunatamente in prima fila: con uno scatto dettato soprattutto dalla paura, lui era riuscito nell'impresa. Aveva provato a tenere due posti anche per Chiara e Damiano ma gli altri genitori avevano subito protestato, dicendo che «avevano solo da arrivare prima». Finirono mestamente in sesta fila, laterali, ma erano comunque seduti. Gli unici due sgabelli presenti vennero occupati da Orlando e Daniela, invitati personalmente da Gaia con un videomessaggio mentre Nancy, pur di scamparla, aveva deciso di dare un esame all'università.

Gli ultimi ad arrivare furono Ninella e don Mimì. Mimì si era attardato a parlare con Vitantonio e si era presentato alle tre, sapendo che gli spettacoli iniziano sempre in ritardo. Ninella voleva finire un lavoro per potersi godere la recita in pace.

Si ritrovarono da soli, al cancello, nel silenzio generale. Erano entrati tutti e quel quartiere di Polignano di colpo sembrò disabitato.

«Siamo gli ultimi, Mimì...»

«Come sempre. Ma dovevo fare la spesa.»

Ninella non riuscì a trattenere un sorriso.

«Ma non hai la donna che ti ha trovato Franco?»

«Sì, però non capisce i miei gusti. È che io non so fare niente in cucina, Ninè. Ho comprato per la prima volta le zucchine per farle alla poverella... ti rendi conto?»

«E le sai fare?»

«No, ma le cerco su Giallo Zafferano.»

A lei venne di nuovo da ridere e si sciolse un po', con lui finiva sempre così. Il brusio della sala le ricordò che dovevano sbrigarsi e, forse per la fretta, le scappò questa frase:

«Se vuoi vengo da te una volta e ti insegno a farle.»

Lui riuscì a restare calmo.

«Stasera?»

«Ma per le zucchine alla poverella ci vuole almeno un giorno. Vanno messe a seccare.»

«Allora le facciamo in un altro modo. Scusa, cosa devi fare stasera?»

«Niente.»

Mimì abbassò la voce per non farsi sentire.

«Niente, quindi potremmo...»

«Sì ma non è che poi ti fai strane idee, eh?»

Mimì accese quegli occhi che erano ancora in grado di farle battere il cuore. Ninella si era già pentita di averlo proposto, ma ormai l'aveva detto.

«Allora a che ora ti aspetto?»

«Per il servizio zucchine a domicilio anche alle otto, va bene?»

«Ok, però il resto lo cucino io.»

«Sì certo, passando dalla gastronomia.»

«Vedrai che ti stupirò. Ti piace la pasta?»

Si erano amati da una vita ma non conoscevano i gusti dell'altro.

«Ma che domanda è?»

Il bidello fece capolino in quel momento: la recita stava per cominciare. I due non aggiunsero altro. Ninella entrò dal lato sinistro, Mimì attese un po' e poi infilò l'altro ingresso.

C'erano solo posti in piedi, ma lei si fece coraggio e si appoggiò a una colonna a metà della sala. Tutti, in quel momento, si voltarono a guardarla. Anche senza volerlo, riusciva sempre ad attirare l'attenzione. Mimì, invece, restò indietro, e per fortuna il signor Serripierri, quello delle mele, gli fece posto accanto a lui.

Le maestre chiesero un minuto di silenzio. Alle loro spalle, il sipario si alzò lentamente. L'emozione era palpabile, partì la musica in sottofondo e lo spettacolo ebbe inizio: i bambini erano tutti vestiti a tema marino, chi da squalo, chi da sirena, chi da corallo, si muovevano a tempo e non sbagliavano una battuta.

Pur avendo un ruolo minore, Gaia spiccava per una ragione molto semplice: il suo costume da conchiglia era troppo bello e stonava più del canto dei bambini. Per un attimo se ne rese conto anche Matilde, ma non ebbe il coraggio di ammetterlo. In ultima fila, con il fiatone, era giunta anche Adoración, che non voleva perdersi la sua *señorita*.

Proprio sul più bello, tronfia della sua parte da sirena, Pamela ebbe un momento di panico alla vista dei parenti accorsi da Bitonto, e non ricordava più una parola. Lei, sempre così sicura di sé, stava con gli occhi sgranati, immobile, mentre i genitori la guardavano supplicanti. Un momento di tensione calò sulla sala. Fu Gaia a sbloccare tutto: dopo un cenno da lontano di Adoración, la prese per mano e la incoraggiò dicendole «*Vamos!*» – aveva studiato così tanto! – e Pamela ritrovò finalmente il filo. Quel gesto ottenne un applauso incondizionato da parte di tutti, che perdonarono così a Gaia il vestito troppo bello.

Appoggiata alla colonna, Ninella era profondamente emozionata. Vedeva la sua nipotina intonare *Tappeto di fragole* – «la cantano meglio dei Modà» dicevano in sala – e fu orgogliosa di lei: era stata brava, coraggiosa e responsabile. E poi, andava detto, era bellissima. Gaia la vide e le fece un piccolo ciao con la mano, anche se le maestre si erano raccomandate di non salutare nessuno. A Ninella scese una lacrima che lasciò andare senza fermarla: era proprio sua nipote, sangue del suo sangue, e aveva preso da lei più di quanto immaginasse. Sentiva quella goccia che le rigava il viso e questo, per una volta, le diede gioia. Appena terminata la recita fece uno squillo a Lucia Coiffeur per vedere se aveva un posto libero, mentre Mimì convocò Nando per aggiornarlo sulle novità.

28

Ninella arrivò a casa splendente: Lucia Coiffeur, pur essendo particolarmente ispirata, non aveva voluto rischiare e si era limitata a una messa in piega che lei aveva in parte spettinato perché non voleva sembrare appena uscita dal parrucchiere.

Nancy lo notò, ma era troppo intenta a spiare Tony sui social e ogni volta aveva un piccolo sussulto perché sperava che lui le scrivesse. Ci era ricascata ed era tornata a mettere l'amore al primo posto nella sua vita: tra una foto con Kylie Jenner e un'altra serata con Tony, avrebbe scelto il calciatore: Rutigliano-Los Angeles 3 a 0.

Ma lui, dopo quella serata perfetta, le aveva scritto solo "Ok, ci possiamo rivedere" e quella freddezza l'aveva atterrita, anche se era convinta che Tony l'amasse, perché se c'era chimica doveva esserci per forza anche il resto. Alzò la testa dal telefono e vide sua madre che si muoveva rapidamente tra camera sua e il bagno. Non sapeva bene dove stesse andando, ma era contenta per lei.

Ninella si specchiava, si cambiava, parlava da sola. Era indecisa su come vestirsi: in rosso Valentino o in nero? Dopo tre cambi, scelse un abito rosa. Aprì il frigo e prese un po' del suo dado fatto in casa e la menta, che sicuramente Mimì non aveva. Prima di uscire, controllò dalla finestra che la signora Labbate non fosse in agguato. Ancora non credeva possibile aver accettato un invito a casa di don Mimì.

Quando arrivò a quei tre gradini che ormai conosceva bene, attese un attimo prima di suonare. In fondo lui era un uomo libero, e lei voleva capire se era ancora la cosa giusta da fare, perché i grandi amori di gioventù vivono bene quasi solo nel ricordo, e Ninella era terrorizzata di rovinare tutto. Certo, ricordarsi alla porta che era il suocero di sua figlia non fu una buona idea, ma ormai nessuno l'avrebbe fermata.

Sul citofono c'era scritto D.S., che faceva un po' democratici di sinistra, ma Nando aveva convinto Mimì a mettere solo le iniziali, come facevano i baresi ricchi.

Mimì era nervoso. Lui di solito d'un pezzo, ancorato al suo corpo e ai suoi baffi, non sapeva come comportarsi e continuava a cambiare il modo in cui aveva apparecchiato.

Ninella diede un suono secco, che lui percepì come un allarme. Mentre saliva, lanciò un'ultima occhiata a cosa aveva messo sul tavolo: pomodori e burratina di Andria, olive coratine, capocollo di Martina, e un sugo pronto del contadino focoso, che aveva scelto perché gli piaceva il nome. Infine, fondamentali, le zucchine.

Ninella entrò e guardò prima la cucina e poi lui.

«Che eleganza... un abito addirittura?»

«È uno spezzato di lino e canapa.»

«Se è di canapa, allora... mi ricordi una delle mie clienti... comunque non ti sta male.»

Mimì si sentì preso in giro, le allungò la mano per salutarla e lei rispose goffamente: stavano recitando una parte che non conoscevano senza essere neppure certi del copione. Per togliersi dall'impasse, lui andò subito a prendere le zucchine, come se fosse quella la ragione del loro incontro. Ninella precisò che lei in cucina improvvisava, ma che sicuramente qualcosa avrebbero tirato fuori. Innanzitutto fece mettere a Mimì un grembiule. Lui alzò le mani in segno di resa e se lo fece stringere dietro.

«Allora, cosa facciamo con queste zucchine?»

«Un sugo? Una frittata?»

«Frittata» fu la parola magica.

«Io non ho mai fatto una frittata.»

«Non avevo dubbi. Le uova le hai?»

Mimì non sarebbe mai stato abbastanza grato a Ludmilla che gliele aveva comprate senza chiederglielo, «perché con un uovo tu risolvere cena» diceva con accento dell'Est.

Ninella le tirò fuori dal frigo, poi gli mise una zucchina in una mano e un coltello nell'altra, trovò un tagliere e gli mostrò come tagliarla, mentre Mimì obbediva come uno studente diligente.

«Così va bene?»

Lo faceva con grande lentezza e precisione, ma era contento e fiero di ogni gesto. Ninella intanto gli spiegava cosa fare mentre sminuzzava la menta e apriva le dispense, borbottando perché il sale e il pepe devono essere sempre a portata di mano.

Mimì aveva l'entusiasmo di un neofita: stava cucinando il primo piatto della sua vita. In tanti anni non aveva mai prestato attenzione a come si preparavano le pietanze: la cucina, gli odori e gli ingredienti invece avevano qualcosa di magico, che sembrava sciogliere tutti i nodi nel calore dell'olio.

Tra di loro non ci fu alcun contatto, quasi avessero paura anche solo di sfiorarsi. A turno, si toccavano le braccia quasi inavvertitamente. Mimì aveva il terrore di deludere l'idea che Ninella, in quegli anni, si era fatta di lui. Lei obbediva al suo corpo che le diceva di stare ferma e, ogni tanto, si irrigidiva. Entrambi avevano siglato una sorta di patto di reciproco rispetto, come due vecchi amici che si rivedono dopo anni e non si sono scordati niente, non hanno fretta, ma solo voglia di stare insieme. E mentre seguiva le istruzioni di Ninella usando goffamente la mezzaluna, Mimì iniziò a imitare i discorsi degli chef televisivi, che usano sempre il plurale: «adesso andiamo ad aggiungere la menta tritata alle nostre zucchine».

A Ninella venne così da ridere che stava per far bruciare tutto. Quando versarono insieme le uova sbattute su quel semipasticcio di zucchine ebbero la sensazione di aver compiuto una piccola impresa: ormai la frittata era fatta e non era il massimo perché mancava il sale, ma lui si accollò tutta la responsabilità.

Cenarono con il rumore delle posate in sottofondo seduti l'uno di fronte all'altra. Per il nervosismo, Mimì schiacciò per sbaglio il telecomando e la loro cena venne interrotta per un attimo da Alberto Angela che spiegava le piramidi d'Egitto.

Il vino bianco aiutò la conversazione a sciogliersi.

Si dissero che l'unica alternativa a Polignano era Parigi, e che è più facile addormentarsi sul divano che sul letto.

Si domandarono prima perché Mina avesse deciso di sparire e poi per quale ragione le cose più buone sono sempre fritte.

Si confidarono che l'Italia è tutta bella ma la Puglia è la Puglia.

E poi, come se fosse un segreto, finirono a raccontarsi i tramonti, che sono sempre romantici, ma l'alba è per pochi.

E quando tutto sembrava prendere una deriva più rilassata, Ninella gli chiese: «Ma che stiamo facendo qui io e te?»

Lui ci pensò un attimo. Non aveva più ansia, si toccava i baffi solo perché lo rilassava.

«Ci stiamo godendo una bella serata... perché ce lo meritiamo... e soprattutto tu non potevi non assaggiare la prima frittata di Mimì Scagliusi. Dài, non è male!»

«No, non è male.»

Ninella si alzò e andò alle sue spalle. Gli appoggiò le mani sul collo, e lui restò immobile a godersi quel contatto insperato.

«Quello che adesso conta è che ci siamo io e te, a casa mia, e possiamo fare come ci pare. Possiamo stare qui e aprirci un'altra bottiglia di vino, possiamo uscire, possiamo fare per la prima volta tutto.»

«Allora perché non andiamo a fare due passi? Così mi accompagni a casa.»

Lo mise subito alla prova e lui ci pensò un secondo. Era un rischio, certo, ma la casa di Ninella non era poi così lontana e fondamentalmente potevano comportarsi come meglio credevano.

Mimì aprì l'armadio, indossò una delle sue giacche di jersey e le disse: «E usciamo».

Lei prese la borsa e lo seguì. Le scale erano ripide, ma riuscirono a scendere incredibilmente coordinati: come se lo avessero fatto, dandosi il braccio, un milione di volte.

Fuori, un viavai di villeggianti mischiati a polignanesi che portavano i figli a mangiare il gelato. Mimì e Ninella si sforzarono di camminare rilassati, attraversando la piazza sotto il chiaro di luna fino al ponte.

Quando passarono davanti al Buco vennero colpiti da un uomo che divorava una pizza sotto gli occhi di una donna dall'aspetto familiare: era Matilde.

La prima persona che Mimì e Ninella incontrarono, al loro esordio nella vita pubblica, fu proprio lei. In quell'istante, non sembrava poi così felice di stare con Pasqualino Settebellezze, incredibilmente concentrato su funghi e carciofini. Matilde li vide e non ebbe alcuna esitazione: si alzò e andò verso di loro con un ghigno che le immobilizzava l'espressione del volto.

«Ma buonasera! Stavate facendo una passeggiata?»

Ninella non sapeva cosa rispondere e lasciò che fosse Mimì a farlo. Lui era completamente nel pallone e aveva la sensazione che tutta la gente seduta ai tavoli della pizzeria lo stesse guardando e giudicando. Soprattutto, ebbe la sensazione che a fargli quella domanda fosse ancora sua moglie.

«No, ti sbagli, Matilde. Ci siamo incontrati per strada e la stavo aiutando a cercare Nancy, che è sparita.»

Mimì stesso si sorprese della sua capacità d'improvvisazione. Ninella non si scompose.

«Io però devo andare a cercarla, buona serata a tutti.»

«Dài, ti accompagno.»

«Grazie Mimì, ma da sola mi muovo meglio. Buonasera Matilde e buona pizza.»

I due ex coniugi si voltarono e notarono Pasqualino che stava mangiando le olive scartate dall'altro piatto. Mimì vide Ninella accelerare il passo e sparire tra la gente. Matilde tornò al suo tavolo e il re delle patate si ritrovò solo in quella strada dove era stato felice fino a pochi passi prima.

29

Orlando non avrebbe mai pensato di passare di nuovo così tanto tempo a Polignano. Vivere a distanza gli permetteva di amare di più il suo paese. Quello che un tempo gli stava stretto ora lo apprezzava, come fare quattro chiacchiere con il barista che sa tutto di te ma continua a farti sempre le stesse domande.

Fu proprio al bar Commercio nei pressi della stazione che Orlando ritrovò Mario, e questa volta era solo. I capelli un po' lunghi, abbronzato, una camicia su jeans strappati, sembrava stesse andando a una festa su una barca invece di prendere il treno per Monopoli. Tanto sua madre era diventata megalomane, quanto lui preferiva il basso profilo.

«Allora è proprio destino che ci ritroviamo.»

Orlando la buttò incautamente sul sentimentale.

«Dipende da cosa consideri tu come destino... può essere fortuna ma anche sfortuna.»

«In questo caso cosa sarebbe secondo te?»

«Non ne ho idea, Orlando.»

«Ti va un caffè?»

Mario venne preso alla sprovvista, ma aveva comunque fretta.

«Volentieri, ma al volo. Poi devo prendere il treno.»

«Ma vai in treno al negozio?»

«Sì... ho preso troppe multe. Tanto ce ne sono un sacco, e al ritorno trovo sempre un passaggio.»

«Se vuoi ti accompagno io.»

«Ti ringrazio, ma non c'è bisogno.»

«E che ci vuole, dài!»

«Magari un'altra volta.»

Orlando ci rimase un po' male, ma si sforzò di dissimularlo cercando di rendere piacevole la conversazione. Provò anche a capire chi era l'altro ragazzo con cui l'aveva incontrato l'ultima volta, ma Mario rispondeva a monosillabi, come chi non ti permette di indagare oltre, e alla fine si limitarono a parlare del caffè. Per pochi minuti erano di nuovo vicini, come in quel periodo in cui avevano avuto una storia quasi d'amore. A volte, le persone che ti hanno dato tutto poi non riescono a dirti più niente.

Mario guardò l'orologio e si rese conto che era in ritardo.

«Io devo scappare.»

«Come vanno le scarpe?»

A Orlando uscì questa domanda un po' goffa, un ultimo tentativo per riaccendere la conversazione.

«Le scarpe vanno sempre bene, ma io devo andare, ci sentiamo, ciao.»

Lui si avvicinò per dargli un bacio e riconobbe il profumo che gli aveva regalato una delle prime volte che si erano visti, e che da allora Mario non aveva più cambiato. Restò seduto nel dehors del bar con un po' di amaro in bocca e sentì anche il fischio del treno in arrivo. Aveva sbagliato tanto, pensò, e probabilmente avrebbe continuato a farlo, ma forse qualcosa stava cambiando nella sua testa confusa.

Per sapere com'era andata una causa, chiamò Daniela, che era di ritorno da Fasano e lo raggiunse al bar.

Lei e Olga erano sempre più prese dall'organizzazione delle nozze, e Daniela aveva deciso che ai genitori lo avrebbe detto all'ultimo:

«Secondo me è meglio, Orlando, così magari non vengono.»

«Non è meglio, è che sei codarda, è diverso. Ma sei proprio sicura che lo debbano sapere?»

«E se muoio e loro pensano di ereditare e poi scoprono che va tutto a Olga?»

«Ma perché dovresti morire?»
Daniela rise.

«Quanto sono scema. Meno male che ci sei tu a ricordarmelo. Senti, parliamo di cose serie, che qui con le wedding planner non ne stiamo venendo a capo. Se facciamo una festa possiamo dire "no bambini"? O le famiglie si offendono?»

«Azz. Il "no bambini" non sai mai come viene preso. Diciamo che se tu avessi dei figli potresti permettertelo, ma non avendo voi ancora figli... credo... potreste dare adito a qualche polemica.»

«Sì ma siamo due lesbiche che si sposano. Non è ancora così frequente.»

«Allora potresti aggiungere il "preferibilmente". Preferibilmente no bambini.»

«Ti prego, no. O sì o no.»

«Allora voto per il sì. Un matrimonio senza bambini non si è mai visto.»

Daniela tirò fuori una banana e iniziò a mangiarla come se fosse a casa. Era nella fase "solo banana" ed era piuttosto esasperata. Seguiva mode alimentari "solo" o "senza". Le aveva provate tutte: senza glutine, senza lieviti, senza lattosio. E poi quella solo insalate, solo proteine, solo semi. Per un periodo aveva anche provato "solo vodka" e stava per diventare alcolizzata. Dopo essersi appuntata il "sì bambini" insieme ad altre questioni che aveva sempre pensato riguardassero solo gli altri, tornò su quell'animo inquieto che continuava a essere Orlando.

«Quindi dici che con Mario è finita? A me piacevate tanto insieme.»

«Da parte sua credo di sì, anche se usa ancora lo stesso profumo che gli avevo regalato.»

«Non è un indizio abbastanza forte. E il geometra è sparito?»

«Mi ha scritto ieri "come va?" e mi è un po' partita la brocca. Che faccio, lo chiamo?»

«Cioè tu incontri di nuovo Mario, ti batte il cuore, e dai ancora importanza al "come va" del finto geometra? Ma perché non provi come tutti noi ad avere una storia normale? A combattere! Vedere qualcuno con cui fare un weekend fuori, qualche cena, un po' di amore e una serie tv... perché?»

«Perché io non sono normale.»

«Nessuno è normale, ma tu vuoi farti del male, è diverso. Scommetto che se Mario ti filasse di nuovo tu lo snobberesti come hai fatto l'altra volta...»

«Veramente ora è lui che mi snobba, e credo si sia fidanzato.»

«Adesso ho capito: sei in calo di autostima e vuoi essere certo di piacere ancora a qualcuno.»

«Credo sia proprio così.»

«Quindi sei disposto a lanciarti di nuovo sul finto geometra che quando sei andato a casa sua ti ha parlato solo delle beghe condominiali, giusto?»

«Esatto. Sono passato dal sogno erotico alla veranda abusiva.»

A Daniela venne da ridere mentre lo stomaco le chiedeva pietà e qualcosa di salato.

«Mamma che scena... avrei voluto esserci. E ieri ti ha scritto "buongiorno"?»

«Non ha scritto "buongiorno", altrimenti era fatta. Ha scritto "come va?"»

«E tu da un come va ti fai tutto sto film? Magari gli eri venuto in mente e ti voleva solo salutare.»

«Ma perché? Ci siamo visti solo una volta.»

«Non è che ti ha visto a Telenorba quando ti hanno intervistato per il caso Gargiulo?»

«Ma è andato in onda ieri sera.»

«E lui ti ha scritto stamattina, guarda caso. Pensa che sei famoso.»

«Be', comunque in zona sono conosciuto.»

«Sei conosciuto per quelli che ti sei fatto, te lo dico io.»

«Ma Daniela!»

Lei alzò le braccia in segno di resa.

«Ma quindi cerco di avere un nuovo appuntamento?»

«Se vuoi farti del male, sì. Ma se lo vedi, spaghetti ai ricci.»

«Aggiudicato.»

Scommettevano tutte le volte spaghetti ai ricci che poi non mangiavano mai perché capitava sempre nel mese in cui erano vietati. Era il loro modo di volersi bene.

«Però non dimenticarti di Mario. Lui è quello giusto per te.»

«È sempre troppo buono.»

«Oggi però ti ha lasciato qui.»

«Già... non ha voluto neanche un passaggio.»

Daniela provò ancora a dissuaderlo, ma convincere uno dell'Ariete era un'impresa titanica.

Orlando la salutò e si diresse all'appuntamento con un cliente che aveva avuto una visita della Finanza.

Lungo la strada però si fermò a bere un caffè in un posto abbastanza scalcagnato. Non lo frequentava nessuno di Polignano, per lo più gente di passaggio o giocatori clandestini delle slot machine.

Appena entrò, rimase di sasso: sua cognata Chiara era seduta al tavolino con un ragazzo dal volto familiare, anche se non ricordava bene dove lo avesse visto. Erano in un atteggiamento quasi intimo, ma per fortuna sua cognata gli dava le spalle. Orlando ebbe pochi attimi per decidere cosa fare, e alla fine preferì girare i tacchi e sparire. Non era proprio giornata.

30

Dopo il primo bacio, Savino aveva iniziato a corteggiare Chiara in modo costante, affettuoso e piuttosto rischioso, con messaggi ed emoticon a orari inconsueti: il classico martello 2.0. Il matrimonio imminente gli aveva dato alla testa, forse lo aveva spaventato, e quella ragazza già sposata gli sembrava l'ultima chiamata per le occasioni perdute. In realtà, si era preso una sbandata.

Savino restava un carabiniere anche in fase di conquista: cauto, scrupoloso, determinato. Sul lavoro aveva iniziato a smussare certe rigidità e a portare i dolci ai colleghi per festeggiare il suo onomastico, cosa che non aveva mai fatto.

In pattuglia girava spesso con un tipo di Tuglie, e li chiamavano "I due carabinieri". Tutte le mattine si appostavano all'ingresso di Polignano per controllare i turisti.

Quel giorno erano di turno e Savino pensò bene di fermare un'Audi guidata da un tipo bello e stiloso, nascosto dietro un paio di Rayban e un ciuffo che quasi gli copriva gli occhi.

«Si può togliere gli occhiali da sole?» Usò un tono poco simpatico e Orlando obbedì senza protestare. Trattava i carabinieri con rispetto e timore, ma lui e gli occhiali da sole erano una cosa sola. Appena li tolse, incrociò il suo sguardo: era il ragazzo che aveva visto con sua cognata e non riuscì a trattenersi.

«Lei era in un bar sulla strada per Bari, qualche giorno fa?»

Il carabiniere tradì un attimo di tensione.

«Giovanotto, qui le domande le facciamo noi.»

«Ah, è vero, mi scusi. Era una curiosità.»

Perché questo belloccio su un'Audi che non aveva un problema gli aveva fatto quella domanda? Non poteva essere casuale, ma Savino non poteva neanche indagare su questioni personali con l'altro carabiniere di fianco. Cercò di essere il più gentile possibile, come per tenerselo amico, e gli disse che era tutto a posto.

«Comunque secondo me lei era in un bar con mia cognata Chiara, la conosce?»

«Non conosco questa persona e mi sto per sposare. Adesso deve circolare altrimenti non possiamo svolgere il nostro lavoro.»

In quell'aggiunta personale e non richiesta, in quel tono stizzito, Orlando riconobbe forti indizi di colpevolezza e rimise in moto con una strana sensazione addosso. Anziché raggiungere Daniela in studio, andò a trovare suo fratello in azienda, alla Scagliusi & Figli, che poi di figlio era rimasto solo Damiano. Era da tanto che non tornava in quello che avrebbe potuto essere il suo posto di lavoro e fu felice di non farne parte, anche se suo fratello aveva speso un patrimonio per ristrutturare gli uffici che ora sembravano quelli di una «grande *farm* americana», come gli aveva detto lo studio di design.

Orlando era sempre molto amato dai dipendenti e soprattutto dalle impiegate, che continuavano a trovarlo irresistibile «pur essendo dell'altra parrocchia», come bisbigliavano tra una scrivania e l'altra.

Suo fratello era in ufficio, stranamente solo, e stava valutando cosa fare per combattere il mercato egiziano emergente, «che questi le patate le fanno sempre un po' meno care di noi, mannaggia a loro». Appena vide Orlando si allarmò.

«È successo qualcosa?»

«No, tranquillo... la mamma sta sempre col tuttofare e papà fa la corte a tua suocera.»

Damiano sorrise. Solo Orlando riusciva a raccontare in quel modo la storia dei loro genitori.

«*Appost*. Tra un po' nostro padre arriva perché anche sulle patate egiziane vuole dire la sua.»

«E ha ragione?»

«Sempre. Allora, che c'è?»

«Niente, mi trovavo in zona... e così sono passato a prendermi un po' di patate.»

«Hai fatto bene. Ma tu sai che quando ti serve qualcosa mi avvisi e ti mando uno dei ragazzi? Basta che non diventi molesto.»

«Ahhh, magari.»

I due risero. Un tempo una confidenza simile sarebbe stata impensabile, ma il tempo, se vuole, sa mettere a posto le cose.

Sulla scrivania di Damiano c'era una foto con Chiara il giorno delle nozze, alle sue spalle un calendario con le foto di Gaia vestita da principessa di *Frozen* 2. Non sapendo da che parte iniziare, cominciò dalla nipotina: «E la bambina come sta? Forse avete esagerato però con il costume da conchiglia... io ero seduto in fondo e vedevo solo lei. Era l'unica ad avere un abito teatrale, dài, era ridicola».

Prima di rispondere, Damiano fece cenno alla segretaria di portare due caffè.

«Eh, ma voleva proprio quello e glìel'abbiamo dovuto comprare. Però hai visto che brava che ha aiutato l'amica?»

«L'avete viziata troppo.»

«È stata nostra madre.»

«Però la figlia è tua...»

«Ma io sto sempre in giro per l...»

«...»

«L...»

«...»

«La...»

«...»

«Lavoro, poi per lei è la prima nipotina... è normale.»

«Non è normale che un genitore esca di casa per andare a cercare una mela rossa. È vero questo fatto? Vi ridono tutti dietro.»

«Però ne ho trovata una cassa.»

«Peggio ancora. E Chiara?»

Orlando fece la domanda a bruciapelo, forse un po' troppo bruscamente.

«Anche Chiara ha detto che ho esagerato.»

«No, intendevo... dato che sei sempre in giro... sarà gelosa.»

Damiano guardò suo fratello perplesso ed ebbe una strana sensazione, ma non riuscì ad assecondarla.

«Sai che invece è diventata meno gelosa?»

«In che senso?»

«Mah... l'altro weekend sono andato a Mykonos per il compleanno di Cosimo...»

Alla parola «Mykonos», a Orlando vennero gli occhi a forma di cuore.

«Non mi hai più detto cosa avete fatto...»

«Abbiamo fatto tutto.»

«Tutto in che senso?»

«Tutto.»

Damiano stava recitando una parte che non era più la sua, per convincersi che era quello di un tempo, per poi aggiungere: «Comunque Chiara se n'è fregata proprio che ero là in mezzo a tutte quelle ragazze... serena proprio... si vede che si fida di me...».

Il famoso sesto senso maschile.

«E tu ti fidi di lei?»

Orlando non era riuscito a trattenersi, mentre Damiano rimase disorientato da quella domanda. Era convinto di essere l'unico della coppia che potesse avere eventuali distrazioni, o peccati da farsi perdonare. Suo fratello lo guardava in attesa di una risposta.

«Be', ovvio che mi fido di lei, anche se non ci avevo mai pensato.»

«Non la controlli?»

«No, mai.»

«Non hai mai avuto la sensazione che fosse un po' distaccata?»

Quella parola colpì e affondò Damiano, che non ebbe il coraggio di ammetterlo. Sua moglie, ultimamente, anche a letto lo cercava meno. Lei, quando poteva, voleva sempre un contatto con lui:

a volte era solo la punta del piede, ma quel poco le bastava. Da un po' di tempo non succedeva più.

«No, no, nessun distacco. Perché me lo chiedi, Orlà?»

Che dire? Orlando non era mai stato a favore della verità a tutti i costi. Se avesse detto a suo fratello di aver visto Chiara al bar con un carabiniere sarebbe stato un disastro complicato da gestire. Meglio provare a metterlo in guardia, non voleva certo che scoppiasse un'altra guerra all'interno della sua famiglia.

«No, te lo chiedo perché sono curioso... sai, per lavoro faccio sempre domande, è deformazione professionale. Ma sono contento che ti fidi di Chiara, vuol dire che non ti dà ragione di pensarlo.»

«Dici che dovrei stare un po' più attento?»

«Magari, giusto per farle capire che ci tieni. Falle un po' di domande quando esce, vedi come si comporta con il telefono.»

«Perché come si deve comportare con il telefono?»

«Guarda se lo porta sempre con sé, se riceve messaggi strani, le solite cose...»

A Damiano venne in mente che Chiara aveva appena messo un codice per evitare che la bambina lo prendesse e ci giocasse.

«*Vabbù* fratello, mi stai mettendo un'ansia...»

«No, nessuna ansia, solo che io ci tengo a te.»

La frase suonò come un avvertimento. Damiano si sentì così a disagio che s'inventò un altro impegno e lasciò Orlando nelle mani di un suo dipendente perché si portasse a Bari una cassa di patate.

Rimasto solo, venne preso da uno strano malessere. Chiamò Chiara, che non rispose.

Dopo due minuti riprovò.

«Dov'eri?»

«In che senso dov'eri? Stavo incontrando un flower designer. Perché?»

«No, no... niente. Co... co... così per sapere dove sei... ci vediamo dopo? Ci sei a pranzo?»

«Amore, tutto ok? Certo che ci sono a pranzo, ho anche preparato un sughetto per noi.»

Il sughetto lo tranquillizzò. Forse era stata solo una paura ingiustificata. Mise giù sollevato mentre Chiara, nel frattempo, stava cancellando il messaggio che Savino le aveva appena mandato: "Sei libera questo pomeriggio?".

Orlando, invece, già che era in macchina pensò di allungare la strada fino a Monopoli. Voleva andare subito all'attacco e fare un salto da Mondo Mocassino, in fondo le scarpe sono sempre una buona scusa per fare un po' di shopping. Quando arrivò nei pressi del negozio, però, si fermò e non ebbe il coraggio di entrare. Osservò Mario alle prese con un cliente, rideva e scherzava, sembrava felice. Aveva uno sguardo molto diverso da quello che gli aveva riservato al bar e lui non era ancora pronto per affrontarlo. Mario rappresentava la storia a cui aveva detto no per paura, incoscienza o perché gli sembrava troppo facile: a volte perdiamo gli amori solo perché sembrano privi di complicazioni e allora, stupidamente, li lasciamo andare.

Orlando rimase a osservarlo fino alla chiusura del negozio, e avrebbe tanto voluto essere uno dei clienti che aveva visto passargli sotto il naso.

31

Dopo un po' di giorni, la zia Dora riprese un aereo e ricomparve di corsa a Polignano con una notizia che lasciò Ninella senza parole: stava per arrivare Carlo, per vedere finalmente come ristrutturare il trullo della zia Menina. Ninella li aveva messi in contatto a suo tempo e Dora aveva fatto tutto da sé.

«Ma non potevi avvisarmi?»

«Infatti come sono atterrata te lo sono venuta a dire, che il tuo telefono prende una volta sì e una no. E guarda che sorpresa ti ho portato...»

Dora batté due volte le mani, la porta si aprì nuovamente e comparve un enorme cesto di prodotti di Castelfranco Veneto dietro il quale, nascosto da un cellophane esagerato, c'era lo zio Modesto.

Ninella non si aspettava quel regalo né tantomeno di rivedere suo cognato. Era sempre uguale, forse qualche capello grigio in più, ma pacato ed elegante come al solito, e un po' succube di sua moglie che aveva già ripreso la parola.

«Modè mi ha accompagnato perché ho avuto dei problemi con la delega. Perché sui documenti ci vuole proprio la sua firma, e così si è fatto coraggio ed è sceso... però abbiamo preso l'Alitalia. E poi ci tenevo a farti assaggiare un po' di prodotti nostri che qui ancora ai taralli state.»

Lo diceva con accento pugliese e questo faceva davvero ridere Ninella, che volle darle ragione.

«Se non ci fossi tu, Dora, io sarei proprio una provinciale.»

«Non buttarti così giù, dài, hai altre qualità. Ti chiederei un favore personale: quando arriva Carlo a fare il sopralluogo potresti esserci anche tu, altrimenti quello mi fa pagare un salasso.»

Lo zio Modesto, ancora in piedi con il cesto in mano, pensò che fosse meglio non entrare in quella discussione e decise di rifugiarsi in bagno, lasciando Dora da sola di fronte a Ninella.

«Veramente io e Carlo non ci sentiamo da un po'.»

«E così gli fai la sorpresa! Poi a me la signora Labbate aveva detto che tu volevi trasferirti a Milano.»

Ninella non sapeva più che fare.

«Ma tu dai ancora retta ai pettegolezzi?»

«Dietro un piccolo pettegolezzo si nasconde una grande verità.»

Per evitare di perdere la pazienza, a Ninella non restò che provare ad affrontare quella situazione senza creare ulteriori allarmismi.

Nancy, appena sentì che stava per arrivare l'architetto, si ringalluzzì: lui viveva a Milano, era ben inserito, magari poteva consigliarle un'accademia di moda e avrebbe potuto trovarle gli inviti per le sfilate di Dolce & Gabbana. Già si vedeva dietro le quinte con Hailey Bieber che le prendeva la borsa di Mary Facciolla dicendole «*what a nice bag!*».

Quindi chiese a sua madre se poteva aggiungersi anche lei.

Ninella non sapeva come comportarsi. Non sentiva Carlo da tempo, lui non l'aveva avvisata della visita e ora mezza famiglia desiderava incontrarlo molto più di lei. Andò con Nancy a prepararsi, mentre i due zii si accomodarono in quella cucina che ormai sentivano loro.

Erano stanchi del viaggio, perciò Dora mise su il caffè e aprì le dispense a cercare biscotti come se fosse a casa sua, ma senza parlare. Quando lei stava zitta per più di cinque minuti, Modesto sapeva perfettamente che qualcosa non andava.

«Volevi che aggiungessi qualcosa sul fatto del preventivo? Non me la sono sentita.»

Zia Dora guardò suo marito e fu per una volta orgogliosa di lui.

«Vedo che hai capito, ma apprezzo che lo hai ammesso. Per fortuna che ho te, Modè. Questi hanno i Modà... ai bambini all'asilo gli fanno cantare i Modà, ti rendi conto?»

Ninella entrò con l'asciugamano avvolto intorno alla testa.

«Perché, che cos'hai contro i Modà? Meglio i Modà di Masha e l'Orso.»

Dora non sapeva cosa dire e Modesto meno che mai, ma non avrebbero mai pensato di trovare un'alleata in Nancy, che si affacciò prontamente da camera sua.

«Mamma, puoi difendere tutti, anche Madonna, ma non i Modà» disse prima di tornare a prepararsi. Tony non si era fatto più vivo, lei non poteva ricontattarlo, e fuggire a Milano poteva essere una soluzione: avrebbe intrapreso una nuova vita, iniziato nuovi studi, conosciuto nuove persone, e l'avrebbe dimenticato.

L'arrivo di Carlo creò il finimondo: sembrava che a Polignano fosse arrivato Renzo Piano con le sembianze di Leonardo DiCaprio. Gli diedero appuntamento al bar Cactus in piazza San Benedetto perché lì avevano anche i prodotti "bio", e Nancy aveva insistito su questo punto. Chiese a sua madre se poteva venire anche Carmelina, che si scapicollò per esserci, e dopo poco avevano già occupato i tavolini di mezza piazza. Uno era servito alla zia Dora solo per aprire la planimetria del trullo, mentre Modesto fingeva di capire esattamente tutte le modifiche che lei voleva fare. Carlo ebbe la sensazione di essere di fronte a un plotone di esecuzione: seduti ad attenderlo c'erano Dora, Modesto, Ninella, e due ragazze che si presentarono come «due giovani influencer polignanesi».

Lui e Ninella provavano un sottile filo di imbarazzo, perciò Carlo si concentrò sulle due ragazze: «Sarete due maghe delle stories» esclamò mandandole subito in un brodo di giuggiole. La prima a tempestarlo di domande fu Carmelina: «Vuoi la centrifuga?», «L'hai mai vista Naomi Campbell?», «Conosci qualcuno a Canale 5?».

Zia Dora era un po' impaziente perché voleva sapere soprattutto del suo futuro immobiliare e faceva domande sulla ristrutturazione. Ninella assisteva incuriosita a quello strano circo familiare e Modesto si sentì in dovere di fare a Carlo l'unica domanda che gli passò per la mente: «Ma è buono l'ossobuco?».

Carlo rispondeva divertito ma iniziava a chiedersi in che razza di situazione si fosse ficcato. In realtà era sceso perché aveva in ballo un grosso lavoro e quindi aveva ceduto alle mille insistenze di Dora. Lei volle offrire la colazione a tutti e la sua carta di credito questa volta funzionò al primo colpo: «Ci mancherebbe, sei nostro ospite» diceva a Carlo, come se per lei fosse un gesto abituale.

Per andare a vedere il trullo di Ripagnola chiesero a un conoscente di prestargli uno di quei minivan che usavano per i turisti, e toccò a Modesto guidare.

Man mano che si avvicinavano alla meta, la zia Dora iniziò a smorzare i toni per non urtare Ninella: «Comunque si tratta solo di un piccolo trullo, è più un ricordo della zia Menina che altro». Ma le parole divennero presto realtà. Nella sua testa, Dora aveva sempre memorizzato un altro posto, che era poco distante ma non era il "suo" trullo, che corrispondeva esattamente a quello della planimetria: tre coni ravvicinati, tristi, fatiscenti. La miseria, circondata da un paesaggio da favola.

Il cielo bianco e appiccicoso che stranamente quel giorno ovattava tutto non era lo sfondo ideale per ammirarlo, ma anche a Ninella quel trullo sembrò così spoglio che fu contenta di aver svenduto la sua parte. Zia Dora, pur cercando di dissimularlo, aveva l'umore a terra, e Modesto cercò subito di migliorare le cose: «l'importante è il ricordo» disse, e Nancy e Carmelina scoppiarono a ridergli in faccia.

Ninella continuava a non parlare. Osservava Carlo con il suo aplomb e lo trovò semplicemente fantastico. Era un autentico professionista: scrutava tutto in silenzio, toccava i muri, li guardava da lontano, poi si avvicinava. Solo il tatuaggio "Amala" sull'avambraccio le ricordava il ragazzo che aveva conosciuto.

Lui era stranito nel rivedere Ninella, e anche se la sua ragazza stava facendo di tutto per riconquistarlo, lei lo affascinava ancora; osservandola lì nel suo contesto con la figlia, l'amica della figlia e la cognata, con quei vestiti che a Milano non avrebbe messo, capì che quel fiore poteva sbocciare solo a Polignano.

Avrebbe voluto prenderla e portarla da qualche parte, ma la zia Dora aspettava solo il suo responso, che fu impietoso: «Le potenzialità sono grandi, ma il problema qui sono i permessi. Bisogna chiedere l'autorizzazione al Comune, alla Provincia e poi alla Regione...».

Dora non gli lasciò terminare la frase.

«E chi conosciamo alla Regione?»

Carlo allargò le braccia perché non aveva ancora finito.

«E visto che credo sia un bene vincolato, ci vuole anche l'approvazione dei Beni Architettonici.»

«Com'è che ci stanno questi problemi? Franco aveva detto che con diecimila euro si faceva tutto.»

«Ma lo zio Franco scherza sempre» disse Nancy, che ricevette un pestone da sua madre a scanso di equivoci.

Carlo sorrideva e non sapeva come fare a proseguire.

«Ma come? Io ho versato tutti i miei risparmi a Ninella per prendermi il trullo e mo il trullo non si può ristrutturare?»

Modesto per una volta non si trattenne.

«Veramente l'erede di quel trullo sono io.»

«Sì, ma io ho la delega!»

Dora fulminò suo marito con lo sguardo e Ninella decise di intervenire per stemperare la tensione.

«Sapete come si dice a Polignano? S'hanno *aggiusté* i fatti... Tutto si sistema. Non stiamo a litigare per mezzo trullo.»

Carlo annuì divertito e cercò di consolare Dora: «Non diamoci per vinti. Inizi a fare richiesta al Comune, e poi tra un po' di settimane vediamo come procede. Ci vorrà solo tantissimo tempo...».

Dora aveva quasi gli occhi lucidi dal dispiacere.

«Signora... Non si era accorta che nessuno degli altri trulli in zona è stato ristrutturato?»

«Io ero convinta che qui fossero tutti pigri... e noi al Nord avessimo un'altra tempra!»

«Ma come, lei non è di Polignano?»

«Sì, ma io sto a Castelfranco Veneto da anni... ormai siamo di su, è vero Modè?»

Modesto, che voleva fare pace, non ebbe cuore di contraddirla e si limitò a portarla a rivedere meglio il trullo, che non era poi così male. La zia Dora sembrava in catalessi e girava pensando che la zia Menina forse non se l'era mai sognata.

Carlo si avvicinò a Ninella e finalmente le disse: «Perché non ci vediamo stasera?».

32

Ninella rientrò a casa e cominciò a pulire. Quando non voleva pensare si armava di Viakal e spugnetta e iniziava a fare Cenerentola. Il lavandino, le piastrelle, tutto ciò che trovava passava sotto la sua mano sicura. Sgrassare per alcune donne è una missione e lei era sempre stata fissata con la pulizia.

A pensarci bene le dispiaceva lasciare solo Carlo quella sera, soprattutto dopo che lui era stato fagocitato da zia Dora, da Modesto, da sua figlia e dalla sua amica che gli avevano fatto il terzo grado su Milano, e poi – già che era il loro nuovo guru – Nancy lo aveva assillato su come riconquistare Tony. Perciò, con le mani piene di schiuma, gli scrisse un messaggio: "Ok per cena stasera".

"Perfetto. Prenoto."

Quella tempestività nella risposta le mise un po' di soggezione e un pizzico di allegria. Era contenta di rivederlo, la rassicurava e – soprattutto – era un uomo di parola. Non come il suo amato Mimì, tanto dolce tra le mura di casa e poi codardo di fronte alla sua ex moglie.

Intanto, non sapendo più cosa pulire, Ninella si mise a stirare, l'attività che più detestava tra i lavori domestici. Stirava tutto quello che aveva impilato da qualche parte, come se dovesse espiare una colpa.

In attesa della cena, anche per non pensarci troppo, decise di fare un salto da Chiara, così avrebbe visto la sua nipotina.

Il portone era aperto, e lei entrò senza suonare. Mentre saliva le scale, sentiva la voce di sua figlia al telefono: era dolce e confidenziale, ogni tanto rideva.

«No, mio marito non c'è... ma potrebbe arrivare da un momento all'altro... domani non lo so... ti scrivo appena posso...»

Ninella ebbe un attimo di sconforto. Chiara stava parlando con qualcuno in modo inequivocabile, e non era Damiano. L'inquietudine in amore doveva avergliela trasmessa proprio lei. Decise di tornare indietro e suonare al citofono, ma sua figlia, che aveva le antenne dritte, aprì la porta.

«Mamma, che ci fai qui?»

«Stavo salendo, ma poi mi sono scordata una cosa e stavo tornando giù...»

Chiara tirò un sospiro di sollievo.

«Mi era preso un colpo, pensavo fosse Damiano.»

Sua madre la guardò per un istante che a lei parve infinito.

«E perché ti è preso un colpo? Tuo marito non torna a casa?»

Ninella guardò sua figlia annaspare ed ebbe la prova di aver capito correttamente.

«No... è che... volevo fargli una sorpresa.»

«Che sorpresa?»

«Volevo fargli... un estratto di carote viola di San Vito... Me l'ha insegnato uno chef a un matrimonio che abbiamo organizzato, lo abbiamo messo tra gli aperitivi... devi vedere il successo. La gente qui non è abituata agli estratti.»

«Io mi chiedo come ho fatto a vivere senza. Dove sta la bambina?»

«È di là che gioca alla PlayStation con Adoración... però in spagnolo...»

«A me non interessa che è in spagnolo... Ma così si rimbambisce, si isola... quella deve giocare con le altre bambine, deve correre, deve fare danza. A me pare pure un po' cicciottella, sai? Si può ancora dire cicciottella?»

«Si può dire perché è vero. Ma è mia suocera... la riempie di dolci e merendine. Sostiene che a quell'età si può mangiare tutto.»

«Sì ma tu sei sua madre!!! Che discorsi fai?»

Chiara non riusciva a rispondere a tono perché Savino continuava a bombardarla di messaggi.

La porta di casa si spalancò di colpo. Damiano comparve con un mazzo di rose rosse e un sorriso grande: «Buon anniversario amore mio!».

Chiara non ci poteva credere e si sentì morire. Si era dimenticata dell'anniversario del suo matrimonio! Guardò sua madre, che capì tutto in un istante e decise di mettere subito una pezza: «Damià, per il regalo di Chiara devi aspettare qualche giorno perché hai una suocera disgraziata... non sono riuscita a finirtelo! Poi lei ti stava preparando un estratto di carote viola e cardamomo ma io ho rovinato tutto...».

Il cardamomo lo aveva aggiunto lei di sua iniziativa.

«Ma mamma...»

Chiara e Ninella si scambiarono un'occhiata d'intesa e si resero conto di quanto, in fondo, fossero unite. Damiano, vedendole ridere, scacciò dalla testa i suoi cattivi pensieri: «Ecco perché oggi eri sempre occupata al telefono... stavi con tua madre».

Ninella intervenne secca: «Eh già, parlavamo del tuo regalo. Ora però devo andare che sono in ritardo su tutto...».

«Ma non ti fermi con noi?»

«No, ho una cena e poi è la vostra serata. Godetevela.»

Dopo aver dato un bacio a Chiara, Ninella le aggiunse un pizzicotto sulla guancia, facendole quasi male. In quel gesto c'era un monito chiaro e preciso: "Non fare cazzate".

Prima di andare via, provò a farsi dare un bacio dalla bambina che era concentrata sulla PlayStation.

«Nonna, *a dónde vas*?»

«Vado via, *señorita*. Sono qui da un'ora e non sei neanche venuta a darmi un bacio.»

«Perché tu dici che io sono cicciottella...»

Ninella trasalì.

«Quando l'ho detto?»

«Prima. Stavo per salutarti ma poi ho sentito che mi chiamavi cicciottella e allora sono tornata a giocare con Adoración.»

La povera tata peruviana si affacciò, mentre Ninella era pronta a sentirsi in colpa per sempre di fronte a una nipotina che adorava.

«Guarda che cicciottelle lo siamo tutte, sai? Vuol dire che siamo un po' golose» disse per correre ai ripari.

Per aiutare Ninella, la tata mostrò a Gaia i suoi rotolini sulla pancia: «Anche io sono *gordita*!».

«E nonna, cosa bisogna fare per non essere cicciottelle?»

«Bisogna mangiare meno merendine. Quante merendine mangi al giorno?»

«O cinque o sei o sette...»

«Ecco, allora facciamo un gioco: da domani ne mangi solo o una o due o tre! Adoración mi dirà se fai la brava... e poi la nonna ti porta un regalo, va bene?»

«Ma quelle che non mangio io le posso dare a Pamela, così diventa *gordita* anche lei?»

La tata si permise di intervenire.

«*Claro que no*. Lei è una tua amica e anche le tue amiche ne devono mangiare *una, dos*, o *tres*!»

Ninella approvò come se a parlare fosse Ricky Martin e la bambina finalmente si convinse.

«Allora adesso la controllo io.»

«Ecco, brava. Fai così. Ora mi saluti che sto per andare via?»

Gaia lasciò la PlayStation e corse ad abbracciarle forte le gambe. Non lo aveva mai fatto.

33

Quando Ninella tornò a casa trovò Nancy che visitava forum sul suo computer per scegliere dove andare a vivere a Milano. Voleva "un posto letto" vicino alla Ferragni, diceva, «l'importante è avere l'indirizzo giusto, poi anche un divano va bene». Desiderava soprattutto allontanarsi da Tony. L'aveva incontrato in giro con la sua ragazza e lui si era voltato dall'altra parte, facendo finta di non vederla. Per lei, oltre che una sofferenza, era stata una grande umiliazione.

«Si può sapere cos'è questa storia che vuoi andare a vivere a Milano?»

«Per me vivere qui non ha più senso, e soffro troppo.»

«Ah, soffri? E come ti manterrai?»

Nancy guardò sua madre, che non aveva nessuna voglia di scherzare.

«Non lo so. So solo che qui sto troppo male.»

«Ascoltami bene, Nancy. L'amore è difficile per tutti, ma è inevitabile... ormai devi pensare a mantenerti da sola, perché non si vive solo di cuoricini. Non hai più sedici anni.»

Mentre le parlava, Ninella si rendeva conto di essere molto più brava a dare consigli che a scegliere le cose migliori da fare per sé.

In quel momento le arrivò un messaggio di Carlo: aveva prenotato al Grottone. Così salutò sua figlia con un bacio e uscì senza aggiungere spiegazioni.

Lui l'attendeva a cavalcioni sul muretto di fronte alla statua di Modugno, con gli occhi fissi sulla lama e le casette arrampicate.

«Allora ti sei già affezionato al mio paese, vedo...»

«È un posto così bello e così strano... sembra tutto semplice, invece è difficile.»

«Allora lo hai già capito. È la magia di questo posto, e le persone alla fine sono tutte così: speciali e complicate. Lo hai visto oggi con mia figlia e i miei cognati.»

«Siete delle sagome, e tua figlia è un personaggio. È in fissa con questo calciatore che però è impegnato e allora dice che vuole lanciarsi sul lavoro per non pensarci... ma quando parla è troppo forte.»

«Con la tua ex come va?»

«Alti e bassi. Ogni tanto ci rivediamo ancora, ma non lo so. Oggi però non parliamo di lei. Guardiamo avanti: chi gioca di rimessa perde... bisogna andare in attacco.»

«Vorrei avere la metà della tua lucidità, invece sono sempre in balia delle onde.»

«Temo che lo sarai sempre. Devi solo capire qual è il tuo scoglio, ma prima posso farti una domanda?»

«Vai.»

«Ma qui in Puglia a che ora cenate che non si capisce mai? Alle nove, alle dieci?»

Ninella si lasciò andare a una risata.

«Non lo sappiamo neanche noi. C'è sempre un momento in cui ci si guarda in faccia e si decide... il problema è che mangiando sempre non abbiamo mai veramente fame. Per cui la cena è più un piacere che un bisogno.»

«Ma adesso, ad esempio, non hai fame?»

«Da morire. Mi mangerei anche il ponte perché sono a dieta...»

«Allora andiamo, *scià*.»

«Da quando parli pugliese?»

«Da quando ti frequento... Ti ricordi al giapponese? Che ridere!»

«Già. Che figura con quelle bacchette... ma che ridere davvero.»

Ogni storia, anche la più piccola, può regalare qualcosa di bello.

Ninella entrò al ristorante consapevole che avrebbe destato l'attenzione di tutti, ma in quel posto si trovava bene perché si facevano i fatti loro. Per fare bella figura con il suo ospite gli fece provare le cozze ripiene, perché secondo lei quelle erano imbattibili. Il loro tavolo era vicino al muretto e il paese li vegliava da lontano. L'atmosfera era tornata quella dei loro incontri felici.

«Adesso posso farti una domanda io, Carlo?»

«Vai.»

«Chi te lo fa fare? Di stare appresso a me, a noi, a mia cognata, a mia figlia, alla sua amica... tu che a Milano puoi avere tutto quello che vuoi.»

Carlo rispose mentre mangiava goffamente una cozza ripiena.

«Mi sono stufato di agire solo per un vantaggio. Faccio quello che mi va, che mi piace e che mi ispira. E quando ti comporti così, senza troppi calcoli, alla fine gira tutto meglio.»

«È vero.»

Lui le riempì un bicchiere di rosé e la invitò a brindare. Ninella sentiva che stava per entrare su un terreno scivoloso, e cercò di cambiare discorso.

«Ti chiedo però un favore: cerca di fare uno sconto a mia cognata per quel trullo altrimenti non si riprende più.»

«Ma certo, ci mancherebbe... anche se temo che ci sia ben poco da fare.»

«Oh, no. Fai qualcosa, ti prego.»

«Sì, quando arrivo a Milano cerco di capire meglio e glielo dico.»

«Perché, quando parti?»

«Domattina.»

Un pizzico di delusione fece capolino sul volto di Ninella. Lui la colse, ma continuò a mangiare le cozze cercando di non fare troppi danni. A lei invece si era chiuso lo stomaco. Non voleva illudere Carlo ma al tempo stesso non voleva che se ne andasse, perché le rendeva sempre la vita più leggera. Non era mai polemico, non si lamentava, era pratico e divertente. Perciò s'impegnò a fare in modo che quella serata durasse il più a lungo possibile.

Non parlarono più di progetti, ma nelle loro parole restava la possibilità di incontrarsi di nuovo. Dopo la cena, uscirono a fare una passeggiata in mezzo a un fiume di gente. Lei decise di portarlo fino allo scoglio dell'Eremita, che con il mare agitato era uno spettacolo della natura.

Quando arrivarono a largo Ardito, Ninella si fermò di colpo. Con quel chiaro di luna era tutto troppo romantico. E pur essendo stata benissimo, gli disse che preferiva tornare a casa. Da sola.

Lui non provò nemmeno a insistere: «Quando vuoi sappi che io ci sono, Ninella».

Lei girò i tacchi e si allontanò senza mai voltarsi, lasciandolo davanti al mare e al suo scoglio. Era di nuovo sola ed era sempre più in balia delle onde. Appena entrò in casa, sotto lo stipite, trovò una lettera.

Cara Ninella, non sono mai stato bravo con le parole e il casino è che non sono bravo neanche con i fatti, come hai visto l'altra sera... ma tu devi sapere che io con mia moglie sono stato più di trent'anni e certi meccanismi sono difficili da cambiare. Secondo te io non volevo dirle la verità? La verità è che io ti amo ancora... e anche se faccio stupidaggini tu ricordati che le faccio perché sono stupido, non perché non ti amo. Quindi ti chiedo perdono e ti prego di darmi la possibilità di rivederti un'altra volta almeno... cucinare con te è una delle cose più belle che mi siano mai successe... e quando ti commuovi con le cose piccole capisci che l'amore è grande.

Non credi? Attendo tue notizie. Io ti aspetterò sempre.

Tuo Mimì

34

Mimì non riusciva ancora a perdonarsi di essersi comportato in modo così succube di fronte alla sua ex moglie anche se, di fatto, non era ancora una ex. E Ninella stava tornando a essere un sogno sempre più lontano.

Per fortuna Nando riusciva sempre a vedere le cose con un certo ottimismo. Così, quando Mimì lo invitò a casa sua per un caffè, gli disse senza troppi preamboli: «Certo che se appena incontri Matilde ti fai prendere dalla paura, è normale che Ninella s'incazzi. Anche se ti ama, ti ama ancora. Ti ha pure insegnato a fare la frittata».

Anche in amore, Nando faceva riferimenti al cibo.

«Dici?»

«Certo. Ma tu cosa vorresti da lei?»

«La verità? Tutto. Sposarla in chiesa e fare la festa che non abbiamo potuto fare.»

«Sposarla magari sì, ma in chiesa è impossibile. Ci vuole l'annullamento della Sacra Rota. A meno che...»

«A meno che?»

«A meno che sento mio nipote, che è seminarista in Vaticano. Conosce il cardinale...»

«Veramente?»

«E certo. Se me l'avessi detto prima ti avrebbe già fatto annullare il matrimonio. Gli mandiamo una bella cassa di pesce...»

Mimì trasalì. Il suo amico la faceva sempre facile.

«Io intanto fisso un appuntamento con Matilde per cercare un accordo. Che dici?»

«Va bene. Portala a pranzo fuori, in un posto elegante, e intanto sento mio nipote a Roma che magari poi andiamo a parlare col cardinale... tanto un cardinale serve sempre.»

«Va bene *uagnau*.»

Nando iniziò a bombardare di messaggi il nipote che sarebbe stato ben felice della visita dello zio – a cui chiese subito taralli e melanzane sott'olio – mentre Mimì provò a chiamare Matilde, ma era irraggiungibile, così telefonò al numero di casa. A rispondere fu però Pasqualino.

«Sììì?»

Quel tono gli diede subito ai nervi. Era stato il suo dipendente e ora rispondeva da casa sua.

«Sono Mimì.»

«Salve, Mimì, tutto *appost*?»

«Tutto *appost*. Matilde è a casa?»

«Un momento che gliela passo. Matyyy? C'è tuo marito.»

Lo chiamava ancora "marito". Matilde si aggiustò i capelli come se lui riuscisse a vederla.

«Che c'è?»

Lei si dava un tono, Mimì cercò di essere conciliante. Continuava a essere un commerciante e sapeva che il primo segreto di un buon affare è la gentilezza. Perciò lasciò cadere ogni polemica e tirò fuori il suo lato diplomatico.

«Spero di non avervi disturbato» cominciò includendo anche Pasqualino, e Matilde questa cosa l'apprezzò.

«No, tranquillo, ci stavamo rilassando.»

Non aveva mai parlato così, ma lui la lasciò fare.

«Ti va se ci mangiamo una cosa insieme? Una cosa veloce così facciamo due parole. L'altra sera ero un po' di corsa e voi stavate cenando... non era proprio la situazione per parlare. Ti dovrei chiedere una cosa.»

Matilde mandò un bacio a Pasqualino che le lanciò uno sguardo di incoraggiamento: sapeva che lei aveva una questione in sospeso con il suo ex marito ma non voleva intromettersi. Quindi rispose: «Va bene, ma dammi almeno mezz'ora che si sta asciugando lo smalto. Andiamo alle Antiche Mura? Così ci mettiamo in fondo alla sala e possiamo parlare tranquilli di tutti i fatti».

«Te lo volevo proporre io.»

Appena Mimì chiuse la conversazione, Nando gli chiese di ripetergli le parole esatte di Matilde.

«Se ti ha detto che vuole "parlare tranquilla" di sicuro vorrà qualcosa.»

«I soldi non sono un problema.»

«Magari vuole tutto il palazzo.»

«L'importante è metterci d'accordo, così sarò finalmente libero.»

Mimì non aveva troppo tempo di discutere perché non voleva arrivare tardi all'appuntamento. Mentre si avvicinava al ristorante pensò a tutto quello che aveva sentito sulle cause di divorzio. Il problema erano sempre e solo i soldi, e a lui di quelli non importava. L'ipotesi di cedere a Matilde il Petruzzelli intero non gli pesava più di tanto, anche perché quel posto rappresentava per lui un passato infelice, che stava provando a dimenticare.

Arrivò al locale con un po' di anticipo, si sedette al tavolino in fondo alla sala, ordinò del vino bianco e attese paziente.

Dopo venti minuti, Matilde apparve più solare che mai. Aveva cambiato make up e modo di vestirsi e sembrava ringiovanita di dieci anni: l'amore le aveva fatto bene, evidentemente, o forse si mostrava così solo di fronte a lui.

Si salutarono con un bacio sulla guancia, che fece uno strano effetto a entrambi, ma l'educazione era alla base di ogni separazione civile. Cominciarono con un antipastino e due parole sulla nipotina, commentando quanto era stata brava e generosa alla recita. «Solo peccato che stavi in fondo, non te la sei goduta» disse lei con un sottinteso polemico che Mimì non volle cogliere.

«Come stai Matilde?»

«Bene, ora sto bene. Alla fine avevo ragione io, però, hai visto?»

«Per cosa?»

«Per aver scelto Pasqualino. Se non lo avessi fatto, tu saresti ancora a casa mia e non in giro con Ninella...»

«Sì ma guarda che hai capito male.»

«Non mentire Mimì, ho capito benissimo, e ha capito anche tutta Polignano, ma per me non c'è nessun problema. Io sono contenta, tu sei contento e va bene così.»

«Davvero?»

«Certamente.»

Mimì si sentì sollevato e sorseggiò il calice di vino appoggiando finalmente la schiena alla sedia. Anche Matilde beveva rilassata e sembrava avere anzi un certo appetito, al contrario di lui.

«Sai bene che ogni cosa ha un prezzo, e sono sicura che con un po' di impegno troveremo un accordo.»

Mimì se lo aspettava e riuscì a mantenere la calma. Era pronto a tutto, e cercò di non mostrarsi nervoso.

«Ti andrebbe un assaggio di primo?»

«Certamente.»

«Certamente» preludeva sempre a qualcosa di poco piacevole, ma lui fece cenno al cameriere di proseguire con le linguine alla bottarga.

«Va bene, è giusto. Cosa vorresti?»

Prima di rispondere, Matilde chiese se poteva avere ancora due scampi crudi, e finché non glieli portò non andò avanti. Mimì iniziava ad accusare un po' di tensione e giocherellava con il tovagliolo.

«Vorrei entrare in società nella Scagliusi & Figli.»

Lui restò così di sasso da non sembrare turbato, mentre Matilde continuava il suo discorso.

«In fondo, quell'azienda l'ho vista crescere e ho sacrificato le mie ambizioni personali per potervi permettere di dedicarvi all'azienda. Mi bastano un po' di quote.»

Oltre al tovagliolo, Mimì iniziò a battere il piede sotto il tavolo. Era una richiesta forte, ma Matilde era intelligente e avrebbe potuto dare un contributo nelle decisioni importanti. E poi aveva chiesto solo un po' di quote. Lui continuò a bere il vino facendo finta di nulla.

«Direi che possiamo parlarne. È giusto che il tuo sacrificio venga ricompensato.»

«E poi ho un'altra richiesta da farti.»

«Dimmi pure.»

Matilde finì lo scampo, si pulì le mani con la salviettina, fece una bella pausa ed esclamò: «Vorrei che Pasqualino diventasse amministratore delegato della società».

«Intendi Pasqualino... Pasqualino?»

«Certamente. Lui conosce l'azienda, i dipendenti, sa quando si mettono in malattia per finta, sa chi è più produttivo e chi meno... è il vostro uomo di fiducia da anni. Nessuno può farlo meglio di lui. Che ne pensi?»

L'assaggio di linguine fumanti interruppe la discussione.

Mimì mise in bocca una forchettata di pasta così in fretta che rischiò di ustionarsi la lingua. Masticò per un tempo infinito per prendere tempo, mentre lei mangiava come se nulla fosse: «Buonissime qui le linguine, eh Mimì? Hai avuto un'ottima idea».

Lui non rispondeva e la guardava. Matilde voleva attuare la vendetta perfetta: mettere il sottoposto di suo marito ad amministrare la sua azienda. Era troppo, ma quelle erano le condizioni per la libertà.

Mimì cercò di finire la pasta con calma, e con tono sereno riuscì solo a dire: «Ci devo pensare. È una richiesta importante».

«Certo, nessun problema, io non ho fretta. Tu rifletti su e poi quando ci vediamo dall'avvocato mi fai sapere, okay?»

«Va bene.»

Matilde ordinò un po' di frutta, ci aggiunse un assaggio di dessert e anche un caffè. Sembrava che facesse di tutto perché il pranzo durasse il più a lungo possibile. Quando finì, si alzò e uscì senza voler essere accompagnata, lasciando a Mimì il conto e un profondo senso di frustrazione. Era chiaro che lei voleva la sua rovina pubblica e sociale. Non era una questione di soldi, ma di immagine, e lui non poteva permettersi di essere umiliato. Uscì da quel ristorante su tutte le furie, pronto ad andare in azienda per parlare direttamente con Damiano.

Salì in macchina e guardò se stesso da un'altra prospettiva: stava percorrendo una strada che aveva fatto mille volte da padrone, e avrebbe potuto farla da sottoposto. Era uno scenario inaccettabile.

Una macchina che andava a trenta all'ora lo obbligò di colpo a rallentare la sua corsa. Alla prima occasione di sorpasso, Mimì schiacciò sull'acceleratore con tutta la sua rabbia per superare velocemente quell'incapace alla guida.

Troppo velocemente.

La strada gli sembrò prima troppo stretta, poi troppo curva, poi troppo lontana, fino a che la luce divenne buio e la musica che passava in autoradio si trasformò in una canzone impazzita che don Mimì fece fatica a riconoscere.

Intorno, odore di plastica e silenzio, paura e vuoto. Era uscito di strada, erano esplosi gli airbag e lui si trovava sottosopra rispetto a come stava seduto di solito. Senza sapere come, riuscì a fatica ad aprire la portiera e a sgattaiolare fuori, in uno di quei campi di patate che gli avevano regalato potere e ricchezza. La sua auto, o meglio quello che restava della sua auto, era un ammasso accartocciato di lamiere. Una scena raccapricciante.

«Don Mimì, don Mimì!»

Una donna lo stava chiamando. Quella che lui aveva sorpassato. Lui non capiva bene se era vivo o già nell'aldilà, anche se gli sembrava di essere ancora in questo mondo. La donna si avvicinava e Mimì non la riconosceva e si sentiva un po' Lazzaro.

«Chi sei?»

«Sono sorella di Ludmilla, tua badante.»

«Ma lei non è la mia badante.»

«Scusami ma io non parlare ancora bene italiano appena arrivata in Italia e Franco trovato lavoro per guardare una vecchia. Stai bene? Chiamo ambulanza? Che spavento è venuto... pensavo eri morto!»

Mimì si rese conto che era tutto vero. Aveva rischiato di morire, aveva distrutto la macchina, e una donna che non conosceva, e che aveva maledetto poco prima, si preoccupava per lui. L'abbracciò e la strinse come se la conoscesse da sempre. Era vivo, e non si era fatto neanche un graffio.

35

Per poter rivedere Chiara, Savino si interessava sempre più al matrimonio, il che aveva reso la sua fidanzata Samantha meno scontrosa e molto collaborativa: le faceva piacere notare che il suo futuro marito interveniva non solo sulla logistica e la spesa, ma anche sulla parte più creativa della festa. Un pomeriggio l'aveva assistita nella scelta delle partecipazioni, «che sono il vostro primo biglietto da visita: da quelle, l'invitato capirà il regalo da fare e la festa che si deve aspettare». Questo ripeteva Chiara con convinzione davanti ai due futuri sposi, anche se provava un certo disagio. Il suo apparente distacco, dovuto all'imbarazzo, era invece molto piaciuto alla sposina, che aveva iniziato a essere meno ostile, a fidarsi di lei.

Savino, invece, continuava nel suo corteggiamento insistente. Aveva sempre avuto un sogno erotico: fare sesso vestito da carabiniere. Alla sua ragazza non solo non piaceva, ma le sembrava di fare una cosa irrispettosa nei confronti delle istituzioni. In una delle loro lunghe conversazioni in chat lui lo aveva accennato a Chiara, che aveva risposto: "Deve essere divertente". Da lì gli si era accesa una lampadina, e lei capì di essersi presa una sbandata. Si erano trovati con lo stesso desiderio di fuga da un'esistenza che stava loro stretta per ragioni diverse: lui perché non era più troppo convinto di sposarsi, lei perché non era più tanto convinta di Damiano.

Dei due, Chiara era la meno brava a mentire e la più disposta a rischiare, ma basta poco a far drizzare le antenne e Damiano aveva iniziato a notare tanti piccoli particolari. Sentiva che c'era qualcosa nell'aria, ma non aveva il coraggio di pensare che si trattasse di un altro uomo.

Un pomeriggio, rientrato a casa prima del solito, non trovò nessuno.

Il telefono di Chiara era staccato, lei gli aveva detto che andava a Torre Coccaro per organizzare un "primo ballo" in piscina – proprio dentro l'acqua – e poi sarebbe passata a prendere la bambina. Lui la cercò da sua madre, ma non c'era, così pensò di chiamare direttamente Torre Coccaro: gli dissero che la wedding planner era sì andata per un sopralluogo in piscina, ma al mattino.

Stava per allarmarsi quando finalmente lei si fece viva.

«Tesoro, eccomi, mi hai cercato?»

«Sì, sono rientrato prima...»

«Io sono ancora alla masseria e sai che qui i telefoni prendono male...»

«S...»

«...»

«S...»

«...»

«Sei ancora lì?»

«Sì, sì.» Chiara provò a essere convincente.

«E il b...»

«...»

«B...»

«...»

«Ballo in piscina?»

«Forse si può fare con un abito in lattice... ma il posto è veramente top.»

Anche Chiara esibiva "top" con un certo orgoglio linguistico.

Damiano sudava e non sapeva cosa fare. Sua moglie gli stava mentendo e lui ne aveva la certezza. Era talmente scioccato che smise anche di balbettare.

«*Vabbù*, allora io vado a prendere la bambina da mia madre... tu quando hai finito le tue cose vieni.»

Chiara sentì un brivido. Non era il solito Damiano e quella frase era ambigua, ma non poteva certo mettersi a discutere visto che era accanto a un uomo che si stava riabbottonando in fretta la divisa da carabiniere.

Savino le si avvicinò per un altro bacio, ma lei era nel panico: «Temo che mio marito abbia intuito qualcosa».

«Perché? Ti ha chiesto se eri con qualcuno?»

«No, ma certe cose si percepiscono... ha detto *quando hai finito le tue cose* in un modo strano.»

«Be', ti ha detto semplicemente di finire le tue cose, cioè quello che stavi facendo.»

Savino, quando indossava la divisa, prendeva tutto alla lettera.

«Sì, ma sembrava polemico.»

«Devi stare tranquilla, Chiara. Non ti ha detto niente di particolare. Ora ce ne torniamo, ti lascio vicino alla tua macchina e poi mi dici quando sei di nuovo libera, ok?»

«Ok.»

«Vuoi che mi vesta sempre da carabiniere? Ho anche un completo militare.»

Dopo quella fantasia, Chiara voleva solo sprofondare. Se avesse potuto si sarebbe teletrasportata a casa direttamente dall'appartamentino che Savino si era fatto prestare dal collega di Tuglie.

«Comunque se vuoi butto all'aria il matrimonio e ce ne andiamo io e te da qualche parte. Chiedo il trasferimento dove non ci conosce nessuno, eh?»

Chiara sapeva che Savino stava parlando sul serio e iniziò a spaventarsi. Scese in fretta e quando salì sulla sua auto, che aveva parcheggiato al distributore sulla strada verso Monopoli, ebbe la sensazione che il benzinaio la stesse osservando. Partì sgommando e dovette frenare un paio di volte per la tensione.

Rientrò sfoderando uno dei suoi migliori sorrisi, ma sul tavolo c'era solo un biglietto che Damiano le aveva scritto: "Bentornata a casa". Non lo faceva mai. Chiara scoppiò a singhiozzare come una bambina. Lei giocava a farsi perquisire da un carabiniere che non capiva le battute e suo marito le scriveva "bentornata".

Lo chiamò, ma lui non rispose.

Riprovò, ma Damiano aveva staccato il telefono di proposito ed era andato a trovare sua madre che, come se nulla fosse, gli stava accennando che voleva inserire Pasqualino ai vertici dell'azienda.

Lui cercò di non alimentare nuove tensioni e osò solo dire: «È un grande lavoratore». Pasqualino urlò un «evvai» a un volume esagerato, perché stava seguendo una partita della Juve. Non aveva la più pallida idea di cosa stesse succedendo intorno a lui.

36

Ninella aveva deciso di affrontare la vita un giorno alla volta, che è sempre una buona idea. Per un po' sparì da tutti, e lasciò Mimì appeso a un'incognita, non avendogli mai risposto a quella lettera. Frisse una volta i panzerotti, finì *Cime tempestose* e iniziò *La lettera scarlatta*, e poi si dedicò ai suoi vestiti, alle passeggiate e alla sua nipotina, che stava diventando più buona e ormai non mangiava più di tre merendine, «perché la nonna altrimenti dice che divento cicciottella» spiattellava in giro. E tutti in paese dicevano che Ninella era un mito.

Mimì, dopo aver distrutto la macchina – e ancora sotto shock – era riuscito solo a chiamare Nando, che era accorso subito.

Aveva sfiorato la morte, ma la dea fortuna lo aveva graziato per una di quelle strane coincidenze che ti convincono che ci sia un disegno, che la vita è una e che lo dimentichiamo troppo spesso. Quando l'amico aveva visto quello che restava della sua auto, per una volta non aveva trovato troppe parole e lo aveva semplicemente abbracciato.

«Che bello che sei ancora con noi.»

E Mimì, appoggiato sulla sua spalla, era scoppiato in un pianto dirotto e disperato che sembrava infinito. Nando lo aveva lasciato sfogare, riuscendo solo a dirgli «si vede che non era la tua ora, *uagnau*...», e Mimì, anziché calmarsi, singhiozzava ancora di più.

Fu un momento liberatorio. Sapeva che prima o poi lo avrebbe raccontato ai suoi figli, ma per il momento voleva che nessuno lo sapesse e si preoccupasse, per cui chiese a Nando – che aveva subito mobilitato il suo amico carrozziere di Monopoli – di dire in giro semplicemente che la macchina lo aveva lasciato in panne. Se poi qualcuno lo avesse scoperto e si fossero diffuse altre voci avrebbe affrontato il problema. Quella tragedia scampata era un dono che voleva tenere per sé.

A casa, Ludmilla e la sorella gli avevano preparato la *placinta*, il dolce tipico della Moldavia, e lui si rese conto che non avrebbe mai pensato di commuoversi davanti a un dessert di un paese dell'Est.

Aveva poi passato un pomeriggio intero camminando per le sue campagne, inebetito dallo spavento. Non aveva mangiato né bevuto, semplicemente guardava il mondo intorno a sé e di colpo gli sembrò tutto nuovo e bellissimo.

Dopo due giorni in cui non era riuscito a fare niente, se non prendere coscienza di ogni singolo gesto compiuto e ogni passo fatto, Mimì capì che l'unica cosa che davvero gli interessava era Ninella.

Gli tornò in mente di quando, da ragazzi, erano usciti di casa di nascosto ed erano andati a vedere l'alba, per poi tuffarsi dagli scogli appena era apparso il sole. Ninella non poteva averlo dimenticato, e anche se non aveva risposto alla sua lettera lui sentiva che doveva lottare per il suo amore. Tutto poteva finire di colpo, senza preavviso, e l'unica cosa che gli restava era agire, muoversi, non perdere altro tempo. Combattere.

Passò un paio di notti in bianco. Mimì continuava ad avere gli occhi fissi al soffitto senza riuscire a prendere sonno. Erano le quattro e mezzo. Si alzò, si mise al volo un costume da bagno, un paio di bermuda e una polo, e uscì di casa. Polignano era deserta e i suoi passi nella notte sembravano amplificare la sua determinazione. Arrivò sotto casa di Ninella con la consapevolezza che stava facendo una pazzia. Ma era vivo, e le pazzie le puoi fare solo se c'è vita. Non importa l'età, ma la possibilità di realizzare un sogno.

Non se la sentì di telefonare, né tantomeno di suonarle alla porta. Usò la tecnica che aveva da ragazzo, quando le lanciava tre sassi, in sequenza, contro le persiane chiuse. Lei sgattaiolava subito fuori di casa facendo meno rumore possibile.

Ninella, trent'anni dopo, venne svegliata nel cuore della notte da un rumore che non aveva mai dimenticato. Non capiva se si era trattato di un sogno, ma si alzò e andò ad aprire le persiane sul vicolo. Mimì era lì, che la guardava sorridente.

«Scendi, Ninella. Mettiti un costume e scendi, che andiamo a vedere il sole.»

«A quest'ora?»

«Non possiamo perderlo. Muoviti, *scià*.»

Ninella sentì un richiamo che non sapeva controllare, e si preparò alla velocità della luce.

L'estate stava iniziando e non c'erano ancora troppi turisti. Negli ultimi tempi il meteo era diventato imprevedibile, con perturbazioni che avevano preso di mira proprio la Puglia, causando disdette improvvise e mettendo un po' in crisi il paese.

Ma Ninella e Mimì, in quel momento indefinibile tra notte e giorno, vivevano in un mondo tutto loro, e se ne fregavano del cielo. Non parlarono di cosa era successo perché erano interessati solo a cosa stava per succedere.

Nella fretta, Ninella aveva preso la borsa che aveva regalato a Nancy, quella di Mary Facciolla Milano. «Sei fuori di testa» gli disse, mentre Mimì la faceva salire su "un'auto di cortesia", perché la sua era dal meccanico, così le disse sorridente. Aveva dei bellissimi denti, che mostrava poco, per timidezza e perché così era stato educato. Quel sorriso fece finalmente sentire Ninella al sicuro. Non aveva più addosso il nervosismo di quando lui l'aveva accompagnata al supermercato, o si erano visti a cena. Non aveva più la rabbia di quando avevano incontrato Matilde. Era serena e quieta, come la notte che andava a finire.

«Dove mi porti, Mimì?»

«Vediamo se indovini...»

«Dammi qualche indizio.»

«Io e te.»

«Poi?»
«Io che grido il tuo nome.»
Ninella lo guardò un attimo e s'illuminò.
«A Porto Paradiso, alla Grotta della Rondinella.»
«Sapevo che non l'avresti dimenticata. Ci sei più tornata?»
«Una volta sola, appena mi sono sposata con mio marito. Ma mi fece un brutto effetto... avevo paura dei pipistrelli... e non ci sono più voluta andare... chissà se è cambiata.»
«Lo vedremo. Non ci crederai, ma non ci ho messo più piede neanche io.»
Porto Paradiso, in effetti, era un posto per pochi. Non era indicato, non era attrezzato, solo scogli difficili e mare turchese, adatto a chi voleva stare lontano dai turisti e amava veramente il mare e Polignano. Così, con questo spirito di avventura, i due tornarono sui passi della loro giovinezza.
«Sei emozionata?»
«No. Ho troppo sonno.»
Non era vero e lui lo sapeva. Le pizzicò dolcemente la guancia sussurrandole «mannaggia a te», come si fa con i ragazzini.
«Ci sono delle volte in cui non si può dormire, Ninella... perché di albe se ne vedono sempre troppo poche.»
Mimì andava piano – dopo l'incidente non si era più messo al volante – ma sentiva che era il giorno giusto per essere felici. Andava a passo d'uomo quasi per gustarsi quella riscoperta dopo anni. Nulla era cambiato, non c'era l'asfalto, e parcheggiarono su uno spiazzo pieno di pietre. La luna illuminava ancora il mare, ma Mimì tirò fuori una torcia che gli permetteva di avere in mano la situazione. Anche se non li avevano più visti, entrambi conoscevano a memoria quei sassi. Sapevano il punto in cui si poteva entrare in mare, e qual era il tratto in cui la roccia diventava liscia come un divano e ci si poteva sedere sopra. Era incredibile come tutto fosse rimasto esattamente com'era.
Si misero uno di fianco all'altra a contatto diretto con la parete, proprio sopra la grotta della Rondinella. Non avevano bisogno di

teli, quella era la loro terra. Il cielo virava velocemente al blu elettrico e fu in quel momento che Mimì mise il braccio intorno alla spalla di Ninella, che non si mosse.

Poi le prese la mano, l'accarezzò con l'indice e se l'avvicinò alla bocca. Il primo bacio intimo che si diedero, dopo anni, fu quello.

Ma Mimì non riusciva più a tenersi, per cui andò a cercare le sue labbra e lì rimase per un tempo che a entrambi parve infinito.

Si baciarono lentamente, attraversando il tempo che li aveva tenuti lontani senza mai farli perdere del tutto. Ninella aveva lasciato cadere tutte le barriere, perché davanti al suo mare non c'era posto per la menzogna.

La luce iniziava ad accendere l'aria che di colpo cambiò colori e prospettive. Era un sogno ad occhi aperti, accompagnato dallo sciabordio dell'acqua.

Il sole spuntò all'orizzonte di un giallo fluo, e presto prese tutta la scena, scansando le nuvole e le stelle. Fu in quel momento che Mimì si alzò e si spogliò, restando in costume.

«Cosa fai?»

«Cosa facciamo, vorrai dire...»

Ninella s'irrigidì.

«Tu sei pazzo... io non mi tuffo ora, è piovuto nei giorni scorsi... l'acqua sarà ghiacciata.»

«Dài, quante storie, noi ci siamo sempre tuffati da qui, e dobbiamo rifarlo anche oggi. Hai il costume o vuoi che lo facciamo nudi?»

Ninella fu costretta a rispondere.

«Sì, ho il costume.»

Mimì sorrise.

«E allora? Se ti sei messa in costume evidentemente volevi fare un bagno... dài, dammi la mano.»

Ninella se lo fece ripetere due volte, ma poi cedette. Era l'alba di un giorno nuovo. L'acqua era fredda, ma lei era sempre andata controcorrente. Si tolse il camicione di lino bianco con cui era uscita e rimase nel suo costume intero nero, che la fasciava come un'attrice degli anni Sessanta.

Nessuno dei due faceva caso al corpo dell'altro perché non era importante. Si avvicinarono al bordo dell'acqua con l'abilità di due adolescenti che passano la giornata a tuffarsi dagli scogli. Mimì voleva fare lo spavaldo, ma Ninella non era ancora pronta. Un'onda più forte lambì i piedi di entrambi. L'acqua gelida tolse loro il respiro. Mimì disse «al tre ci buttiamo» e, senza lasciarle il tempo di opporsi, la prese per mano e insieme si lanciarono in quella che poteva essere la loro nuova vita.

«NINELLAAA!»

Don Mimì gridò il suo nome come molti anni prima.

Riemersero dall'acqua all'unisono, gridando dal freddo e dalla gioia. Il sole illuminava le loro facce che il tempo aveva consumato senza alterarne il fascino e i sentimenti. E così, mentre si schizzavano come ragazzini solo per riscaldarsi, Mimì prese coraggio e le disse: «Vuoi sposarmi?».

Ninella si tappò il naso e s'immerse in quel mare che da blu stava diventando improvvisamente turchese.

37

Dopo averlo osservato per ore davanti al suo negozio, Orlando faceva il possibile per incontrare di nuovo Mario, che non viveva più con sua madre, ma stava in un piccolo alloggio della Labbate Apartments, che lei gli aveva ceduto. Era quello meno adatto ai turisti, e si era dovuto accontentare.

Orlando, dal canto suo, avendo perso il giro a Polignano, non aveva nemmeno troppi amici che gli potessero dare due dritte. Così tornò da Mondo Mocassino, deciso questa volta a entrare con la scusa di comprare un paio di scarpe. Con un lungo respiro varcò la porta d'ingresso.

Appena lo vide, Mario s'irrigidì. Stava servendo un'altra cliente e quell'imprevisto gli diede un po' di nervosismo.

«C'è qualcosa, Orlando?»

«C'è che vorrei un paio di scarpe. Ho visto un modello in vetrina che mi piace...»

Mario non sapeva se credergli, ma era comunque al suo posto di lavoro e non poteva permettersi scene poco simpatiche davanti agli altri clienti.

«Un attimo e sono da te.»

Si erano conosciuti molto bene, e vedersi ora nelle vesti di venditore e cliente era un po' strano, ma fu un modo per ritrovare un contatto senza averlo programmato.

Neanche a farlo apposta, ogni modello aveva qualcosa che non andava, per cui Mario era sempre ai piedi di Orlando, letteralmente. Ci fu un momento in cui i due si guardarono e non ebbero più paura di farlo, e anzi gli venne da ridere. Il rancore, nel tempo, può lasciare spazio a una nuova forma di sentimento, quando ritorna la complicità e non ci si rinfaccia più nulla. Dopo aver trovato le scarpe giuste, Mario però rientrò nel suo ruolo professionale e accompagnò Orlando alla cassa. Gli fece un bello sconto, gli diede lo scontrino e un bacio sulla guancia, mentre i loro nasi ritrovavano profumi perduti.

«Mi ha fatto davvero piacere rivederti, Mario. L'altra volta non sono riuscito a dirtelo. Magari uno di questi giorni, se non sei troppo impegnato... ci mangiamo una cosa insieme. Se ti va.»

Lui aspettò un attimo prima di rispondere.

«Vediamo, non lo so. Ora devo andare che ho dei problemi in magazzino.»

Orlando rimase lì in attesa di qualche parola in più, ma l'altro se n'era già andato. Uscì deluso per l'ennesima volta, ma consapevole che il responsabile di quel comportamento era stato proprio lui. Man mano che si avvicinava a Polignano, però, divenne sempre più furioso, non solo nei propri confronti ma anche verso Mario, che dopo tutto quel tempo era ancora così pieno di acredine. E quando era così, Orlando parlava da solo come se fosse Robert De Niro in *Taxi Driver*. «Ma chi ti credi di essere?» diceva tra l'arrabbiato e lo stizzito, con il finestrino abbassato.

«No, tu chi ti credi di essere! Solo perché adesso ti abbiamo visto in televisione neanche più rispondi ai messaggi...»

Di fianco a lui, al semaforo di via Sarnelli, con l'ascella al vento, era apparso il finto geometra Benny Lobascio, che aveva subito accostato facendogli cenno di scendere. Già che era seccato, Orlando se la prese anche con lui e gli disse che aveva poco tempo perché doveva vedere la sua ragazza. L'altro trasalì.

«In che senso la ragazza? Sei fidanzato?»

Orlando si mostrò impassibile.

«Certo. Si chiama Daniela, è la mia socia in studio.»

«Ah, la bionda dell'altra volta quando ci siamo conosciuti. Non avevo capito che era... come dire... la tua ragazza... credevo che tu...»

«No, no, è la mia ragazza... siamo molto affiatati...»

Orlando era ancora innervosito e risultava convincente, e Benny gli credette.

«Ma allora possiamo organizzare anche con mia moglie se vi va... a noi piace incontrare nuove coppie, così si crea anche un'amicizia... che dici?»

«Magari sì, ma devo sentire Daniela.»

«Chiamala subito e stasera venite a cena a casa da noi, *scià*! Dille che siamo due belle persone, anche mia moglie la devi vedere... un pezzo di femmina.»

Benny lo guardava fisso e Orlando iniziò a dare i primi segni di cedimento.

«Eh, le devo telefonare.»

«E che aspetti? Io intanto avviso mia moglie... tanto lei è disponibile, i nostri figli sono al mare dai nonni.»

E così, nel giro di dieci minuti – come solo i pugliesi sanno fare – era stata già organizzata una cena riso patate e cozze. Benny la prese particolarmente bene:

«Per stasera prendo un po' di prosecco eh, vi piace? La tua ragazza beve?»

«Sì sì, lei beve anche la vodka.»

«Allora siamo a cavallo! Poi tu ami un po' le cose strane, ho capito o no?»

Davanti a quell'uomo, Orlando cedette e annuì. Lo salutò con una stretta di mano che gli lasciò addosso una bella sensazione, e subito dopo ricevette una chiamata da Damiano.

«Credo che Chiara abbia un altro.»

Bum.

«Perché dici questo?»

«Ha detto di essere a Torre Coccaro per un s...»

«...»

«S...»

«...»

«Sopra...»

«...»

«Sopralluogo, ma non c'era.»

«E come lo sai?»

«Ho telefonato e mi hanno spiegato che era stata lì la mattina. E quando l'ho chiamata mi ha detto che era ancora alla masseria. Secondo te ha un altro?»

Anziché rispondergli, Orlando gli diede subito appuntamento da Tonino, alla focacceria, che a quell'ora era un posto tranquillo. Aspettò che Damiano finisse il suo trancio, e poi iniziò con le domande.

«Quante volte hai lasciato sola Chiara negli ultimi tempi?»

«Assai.»

«E quante volte hai fatto il cretino?»

«Un po'.»

«E se tu fai il cretino perché non potrebbe fare lo stesso anche lei?»

Damiano rimase senza parole. Aveva un sospetto, ma confidava nel fatto che suo fratello lo convincesse del contrario.

«Quindi c...»

«...»

«C...»

«...»

«Credi che lei abbia un altro?»

«Certo che ha un altro, Damiano, è evidente. Tieni le corna pure tu, benvenuto nel club.»

Lui era così scioccato che voleva sapere tutto.

«Ma tu lo sai... come lo sai?»

«Io lo so. L'ho vista una volta con un tipo in un bar, magari non ci ha fatto niente, ma se oggi ti ha mentito e tu la vedi strana, probabilmente ha un altro. Ma il punto non è questo. Tu la ami ancora?»

«Io sì, tanto. E l'ho capito a Mykonos.»

«Ah, sei dovuto andare a Mykonos per capirlo. Quando eri qui non lo capivi? Però dai retta a me: non tirare fuori questa storia con lei. Accennale che hai capito, ma senza dirglielo. Se ci tieni, sarà più facile fare pace... sapere la verità rovina sempre tutto. A meno che tu voglia mandare il matrimonio a puttane.»

«No, io voglio stare con lei.»

«Allora non cercare la verità, tanto la sai già. Pensa invece a rimediare alla situazione.»

Damiano rimase colpito, e anche un po' sollevato. Conoscere i fatti lo aveva reso di colpo più calmo, pronto ad affrontare la situazione con un nuovo spirito.

«Come fai a essere sempre così lucido?»

«Perché le cazzate le faccio tutte per me.»

«Cioè?»

«Oggi sono andato di nuovo a trovare Mario, ma non mi fila più. Così stasera vedo un geometra con la moglie... e mi presento con Daniela come mia fidanzata.»

Per un attimo, Damiano riuscì a distrarsi dalle sue beghe familiari.

«Ti ricordo che lo hai fatto anche al mio matrimonio ed è scoppiato un casino.»

«Stasera non succederà, solo che adesso dobbiamo ripassare la parte.»

«Tu sei pazzo.»

«Conosci uno Scagliusi che abbia la testa a posto?»

A Damiano venne da ridere.

«Poi quando ci vediamo parliamo dei nostri genitori che vogliono risposarsi.»

«Adesso tu pensa a Chiara.»

«E tu non rovinare troppe famiglie.»

Questa frase lasciò Orlando perplesso, ma l'eccitazione ebbe il sopravvento sulla morale. Daniela lo passò a prendere con una giacca nera e sotto – nascosta – una maglietta con scritto "W la figa" che gettò Orlando nel panico.

«Se a cena mi fai incazzare me la tolgo.»

«Cosa dovrei fare per non farti incazzare?»

«Darmi sempre ragione. Ad esempio non mi contraddire se ti dico che ci siamo incontrati al Tango Congress a Bari.»

«Ma noi non balliamo il tango! Non possiamo dire che ci siamo incontrati all'università come è successo veramente?»

«Troppo banale. Mi annoio a dire la verità... altrimenti non vengo.»

Orlando non ebbe alternative. Daniela era tanto buona e cara, ma aveva un carattere particolare.

«Va bene, ma non esagerare.»

«Figurati. Sai che so stare al mio posto. A che ora è la cena?»

«Quando arriviamo va bene.»

«Allora fermiamoci al Diplomatico a bere due spritz.»

«Ma certo. Mai contraddire la propria dolce metà!»

Orlando era già nella parte. Così si fermarono a bere due spritz Campari per scaldarsi un po'. Poi altri due. A un certo punto il telefono suonò ed era il finto geometra: «Dove siete finiti?».

Erano le dieci. Anche in Puglia c'è un orario.

38

Mancava poco all'incontro dall'avvocato, e Mimì era particolarmente rilassato. Il pericolo corso con l'incidente gli rendeva ogni decisione più semplice, ed era pronto ad affrontare sua moglie pagando quello che lei gli chiedeva. Dal canto suo, Matilde alternava momenti in cui era di buonumore ad altri in cui le prendeva uno strano malessere. In fondo, se avesse avuto un marito innamorato non lo avrebbe mai lasciato. Lo pensava ogni volta che vedeva Pasqualino parlare con il televisore durante le partite di calcio, anche se per il resto era un uomo rispettoso e gentile, che cercava di non approfittare troppo del nuovo stile di vita a cui poteva ormai accedere.

Anche per questo Matilde, nel suo piano diabolico, lo voleva promuovere a sua insaputa amministratore delegato della Scagliusi & Figli. Era comunque sempre molto gelosa di lui e quello era un modo per responsabilizzarlo e tenerlo ancora più legato a sé. Poi immaginare sorridente quello che stava per diventare il suo ex marito cominciava a innervosirla sul serio.

Le voci dei due rientrati bagnati dal mare alla mattina avevano fatto il giro del paese. Matilde aveva pensato che la sua eterna rivale avrebbe dato il benservito a Mimì, soprattutto dopo essersi messa con l'architetto di Milano, ma evidentemente era andata oltre l'orgoglio: era andata al portafoglio.

Così, un giorno in cui aveva incontrato la signora Labbate in piazza, le aveva confidato – chiedendole riservatezza! – che aveva scoperto che il suo ex marito aveva già intestato due appartamenti a Ninella. Il vero timore per la signora Labbate, che fece un comunicato su Radio Polignano, era che la sua vicina superasse il piccolo impero che lei aveva faticosamente creato.

Mimì aveva chiamato Matilde per sapere se era pronta a discutere del loro accordo di separazione, e lei aveva risposto «certamente», senza aggiungere altro.

In realtà non era nervosa solo per lui. Dopo aver pensato di regalare a Pasqualino un posto da amministratore delegato, aveva appena letto un messaggio sul suo telefono che per lei era inequivocabile: "Mi raccomando porta l'arnese. Sono qui che ti aspetto". Non era riuscita a mettere a fuoco il mittente perché lui era comparso nella stanza, anche un po' di fretta dato che aveva un appuntamento.

Da qualche tempo si era messo a fare dei lavoretti in paese a casa delle persone per evitare che dicessero in giro che faceva il mantenuto. Essendo un uomo belloccio, lei non si fidava totalmente, anche se era contenta che si desse da fare. E per questo voleva avere un controllo su tutto.

«Dove vai?»

«Devo fare un lavoro nel centro storico... in una casa vacanza... non esce l'acqua calda dal rubinetto del lavandino.»

«Mi raccomando.»

«Mi raccomando cosa?»

«Hai capito... non fare cavolate.»

Pasqualino era privo di malizia, e conoscendo il carattere di Matilde evitava di darle appigli per arrabbiarsi. Rimaneva sempre un po' generico e così non faceva che alimentare la sua diffidenza.

Comunque Matilde doveva prima pensare all'appuntamento dall'avvocato Lattarulo, e il fatto che una donna chiedesse al suo uomo di "portare l'arnese" l'aveva messa in allarme.

Don Mimì si era presentato con un piccolo regalo per lei: un gatto della Thun. Nando aveva fatto di tutto per convincerlo a lasciar perdere, ma niente.

L'avvocato, che per l'occasione aveva anche fatto cambiare la poltrona della sua scrivania, aveva preparato tutte le carte come avevano già stabilito. Dopo mezz'ora, Matilde non era ancora arrivata e non rispondeva al telefono. Il nervosismo era palpabile. Mimì non sapeva bene cosa fare, perciò disse «bella poltrona» e l'avvocato guardò la sua assistente convinto di essere il migliore sulla piazza.

«Vedrà che la signora arriva, don Mimì. Tanto fretta non ne abbiamo, mi sono liberato da tutti gli impegni della giornata per essere a vostra disposizione.»

«Ma si sa che le donne sono sempre in ritardo, anche quando ti hanno lasciato.»

«Veramente ti ho lasciato perché tu ti sei fatto lasciare...» esclamò Matilde entrando con uno sconosciuto.

Era l'avvocato di Monopoli che aveva consultato perché seguisse la vicenda. Nella stanza erano tutti senza parole. L'avvocato si presentò, e Mimì pensò che fosse il momento migliore per tirare fuori il gatto: «Ero indeciso tra l'unicorno e il gatto Siamese e ho scelto il gatto Siamese».

Matilde lo guardò distrattamente.

«Questo ce l'ho già, neanche te lo ricordi. Potevi almeno prendere il gatto Bombay.»

«Comunque si può cambiare se vuoi, ho tenuto lo scontrino.»

Matilde emise un lungo sospiro, che aveva imparato alle lezioni di yoga.

«In trent'anni i regali te li ho sempre dovuti chiedere io. Tu sai benissimo come sono andate le cose... te ne sei stato sempre appresso a Ninella fino a esasperarmi... e adesso ve ne andate in giro come se nulla fosse. Ma a me non sta bene.»

«In che senso non sta bene?»

Matilde guardò l'avvocato di Monopoli, che si era per un attimo perso a guardare la poltrona del suo collega di Polignano e avrebbe tanto voluto sapere dove l'aveva acquistata. Matilde gli diede una ginocchiata sotto il tavolo dicendo solo: «Avvocato...».

E lui, tornato rapidamente alla realtà, recitò una frase che conosceva bene, ma che aveva provato a ripetere a casa per sembrare più convincente: «La mia assistita non intende concedere il divorzio, quindi dovremmo discuterne in separata sede».

Aggiunse «in separata sede» anche se non era necessario.

L'avvocato Lattarulo, abituato a questo tipo di conflitti, decise di intervenire.

«Signora Matilde, caro collega, questa non è mai una decisione facile... ma mi pare che entrambi i coniugi abbiano trovato un equilibrio e per il vostro bene vi consiglierei di valutare una soluzione di comune accordo.»

Mimì prese la parola.

«Scusa un attimo: volevi delle quote della Scagliusi & Figli. Volevi che Pasqualino diventasse amministratore delegato. Io sono disposto a concederti tutto questo, Matilde. Prenditi quello che vuoi.»

Matilde decise di rispondere personalmente.

«Non mi basta più. Venderò cara la mia pelle... e ti toglierò anche le mutande» disse incautamente. Era furiosa e uscì lasciando lì il suo avvocato: «Accordatevi con lui, io non ho più voglia di discutere. Tieniti pure il gatto.»

Dietro la rabbia, Matilde era profondamente amareggiata. La sua apparente soddisfazione era figlia della frustrazione e di un desiderio di vendetta che ancora le covava dentro, e che non sapeva più gestire. Sapere che il suo ex marito rivedeva la donna che aveva sempre sognato la feriva, e i dubbi su Pasqualino avevano poi fatto precipitare la situazione.

Mimì era rimasto così spiazzato dalla reazione di Matilde che aveva cercato subito una soluzione economica con l'avvocato di Monopoli, ma Lattarulo iniziava a indispettirsi perché si sentiva inutile proprio nel suo ufficio e con un cenno pregò Mimì di tacere.

Per quanto la situazione non fosse insormontabile, sarebbe andata comunque per le lunghe e per Mimì questo significava solo che "questo matrimonio non s'ha da fare". Per lui un'ingiustizia e una beffa: aveva pure sbagliato gatto!

Restò solo con l'avvocato Lattarulo che cercò di prendere l'iniziativa chiamando un collega per consultarsi: la guerra dei Roses di Polignano stava per scoppiare e lui – se l'avesse vinta – avrebbe guadagnato notorietà.

Mimì tornò a casa neanche troppo affranto, ripetendo solo «sta stronza» ogni tre passi. Si tenne lontano da Ninella, che era all'oscuro dell'incontro con Matilde per il divorzio.

In quel momento lei non gli avrebbe comunque dato retta, intenta com'era a origliare la conversazione tra la signora Labbate e un uomo. Aveva le orecchie tese dietro alle persiane, proprio lei, e aveva ascoltato tutta la discussione. E sentire che la Labbate ci provava con qualcuno che la respingeva le dava un certo godimento: «ma io intendevo l'arnese di lavoro...» le ripeteva lui ingenuamente, e lei rispondeva «sì come no...».

«E comunque ormai sono fidanzato e sono fedele... *e capeit?*» tagliò corto lui prima di andarsene.

Ninella restò immobile dietro le persiane cercando di capire di chi si trattasse. Poco dopo vide Pasqualino uscire a passo svelto, con una cassetta degli attrezzi in mano, mentre scuoteva la testa esterrefatto.

Ninella non ci poteva credere: la signora Labbate ci aveva provato con il tipo di Matilde!

Gongolò e ovviamente pensò di farsi i fatti suoi, ma qualcosa la commosse. Sentire dire quelle cose a Pasqualino, che aveva sempre pensato fosse un po' un approfittatore, l'aveva colpita. Certo, la Labbate non era proprio Gisele Bündchen, ma quando si metteva in tiro non era affatto male e – soprattutto – le sue labbra gonfiate con il giusto trucco avevano un loro perché.

Le persone non sono mai come appaiono, pensò, e tornò in casa a finire *La lettera scarlatta* in attesa di rivedere Mimì. Tutto torna, si disse. Ma non sapeva che la strada era ancora lunga e tortuosa.

39

«Ma è vero Orlando che anche tu sei uno "spartan" come Benny?»

Panico. Orlando a malapena sapeva di che cosa stesse parlando, ma da buon avvocato cercò di prendere tempo, mentre fu Daniela a rispondere con tono sicuro.

«Sì, ma lui lo pratica solo a livello due. Per il tre ci vuole tempo. E tuo marito?»

La moglie del finto geometra si sentì di colpo inadeguata.

«Ma di quali livelli parli?»

«Be', agonismo.»

«Ah, ma lui lo fa così per passare il tempo. Chissà che fisico hai, Orlando.»

«Be', sì... te lo posso garantire, anzi te lo consiglio...»

Daniela faceva la spiritosa e toccava il braccio del suo migliore amico con entrambe le mani, a sottolineare la tonicità dei muscoli. Il finto geometra e la moglie sorridevano e non sembravano affatto scandalizzati, anzi: Benny continuava a versargli da bere un frizzantino perché «il prosecco non era abbastanza freddo».

Orlando, anziché divertirsi a dire balle, si alzò e andò in bagno con una scusa. Non gli piaceva troppo Daniela quando esagerava giocando sul filo del rasoio.

La moglie di Benny, una mora un po' troppo truccata e vistosa, era sempre più incuriosita e incalzava Daniela con domande su Orlando: «Ma è così di carattere? Sembra timido...».

«No, lui è un finto timido... ma quando si lascia andare poi... è imprevedibile.»

Daniela fece l'occhiolino di nascosto a Benny, che contraccambiò: si erano capiti.

Quando Orlando tornò, per smorzare un po' l'imbarazzo erano passati a parlare di argomenti "di interesse generale", facendo a gara a chi ne sapeva di più. Nell'ordine avevano trattato:

- i deltoidi;
- i protagonisti della *Casa di carta*;
- il digiuno intermittente;
- gli outlet del barese;
- il calo della libido;
- spiaggia o scogli?
- i benefici diuretici della birra.

Era stata una conversazione di alto livello. Daniela un po' si annoiava, e più si annoiava più diceva stupidaggini e Orlando ogni volta si chiedeva perché si fosse messo in quella situazione. Se avesse voluto, avrebbe potuto fare una cenetta con Mario a dirsi piccole cose, invece era a tavola con una coppia sposata a sparare grandi cazzate. L'ultima, una lunga discussione sui dessert: gli *sporcamuss* sono originari di Bari o di Corato? La moglie del finto geometra sosteneva che fossero originari di Bari mentre Daniela diceva che li facevano a Corato, che poi lei non era mai andata più a nord dell'aeroporto.

La serata stava finendo, letteralmente, a tarallucci e vino. Daniela stava sorseggiando un bicchiere di passito quando si sentì toccare la caviglia. Era il piede di Benny che le sorrideva ammiccante: le stava facendo piedino.

«Allora ti piace mio marito?»

Orlando s'irrigidì, ma la moglie non lo stava chiedendo a lui, bensì a Daniela. Mentre attendeva una risposta, sentì anche lui un piede che giocava sulla sua coscia. Non sapeva cosa fare: lo toccò e capì istantaneamente che non era di Benny. Fu una delle rare volte in cui pure Daniela rimase senza parole, ma durò poco.

«In che senso mi piace? Io sono già impegnata...»

Benny, forte del suo 44 di piede, prese la parola.

«Lo sappiamo bene... che sei impegnata... se volete vi facciamo vedere le camere... ne abbiamo due... se ti vuoi rilassare un attimo con me...»

Daniela trovò la ragione e la favella.

«In realtà non avete capito niente. Io sono lesbica e mi sto per sposare e il mio amico è gay e pensava di beccarsi tuo marito.»

I coniugi Lobascio rimasero senza parole, ma la più scandalizzata era la moglie, che tolse subito il suo 37 e mezzo dalla gamba di Orlando.

«Ma noi queste cose non le facciamo! Io e mio marito siamo per le relazioni tradizionali!»

Benny intervenne cercando di metterci una pezza.

«Diciamo che... voi siete un po' troppo trasgressivi per i nostri gusti.»

«Non siamo trasgressivi: io sono gay, la mia amica è lesbica, tutto qui.»

Orlando finalmente rispose e invitò Daniela ad alzarsi e uscire.

«Comunque potevate dircelo subito!» ribadì la moglie, che si sentiva la paladina del buoncostume. Daniela era sulla porta quando rispose: «Te lo diciamo adesso: *burp!*».

Un rutto riecheggiò sul pianerottolo, e il finto geometra temette che i vicini avessero di nuovo da ridire, per cui chiuse subito la porta.

Dopo un primo momento di rabbia, Orlando e Daniela iniziarono a ridere a crepapelle facendo fatica a fermarsi. La loro bellezza proveniva innanzitutto dal loro carattere e dal desiderio di trovare il lato comico delle cose, anche se Daniela diventò di colpo seria: «Però ho capito una cosa, stasera. Se non ci diciamo chiaramente le cose, non andremo mai da nessuna parte... o finiremo sempre a cene come questa, dove ognuno si era fatto il suo film».

«E quindi?»

«E quindi domattina mi accompagni dai miei genitori e gli diciamo del mio matrimonio con Olga.»

Orlando pensava di averla scampata.

«Ma perché io?»

«Perché tu?! Mi porti a una cena dove un finto geometra mi fa il piedino mentre la moglie ci prova con te e mi chiedi ancora perché io?!»

Il giorno dopo, alle nove e quindici in punto, Daniela e Orlando si presentarono a casa dei genitori di lei, a Torre a Mare. Abitavano in un bell'appartamento vicino al porticciolo pieno di ristoranti e di movida barese. Il padre di Daniela era un vecchio impiegato delle Poste in pensione, la moglie casalinga.

Avevano visto Orlando a tutte le feste dei parenti a cui lei era invitata, lasciando intendere che fosse il fidanzato, senza mai specificarlo direttamente. Quella visita urgente e inaspettata li aveva messi un po' in allarme, anche se Daniela li aveva subito tranquillizzati dicendo di non preoccuparsi.

Si sedettero tutti in salotto, dove la madre aveva disposto una teiera con quattro tazze e dei biscottini di Fortnum & Mason – i preferiti di Lady Diana – senza chiedere nemmeno se volessero un caffè. Orlando teneva la sua amica per mano, e lei si fece forza.

«Allora... c'è una cosa che vorrei dirvi e sono venuta a dirvela di persona: mi sposo.»

I genitori rimasero di stucco, ma fu solo il padre a parlare.

«Con Orlando???»

«No, non con Orlando.»

«Ah, ecco, mi sembrava strano. Perché noi sappiamo che a te piacciono quelle come te.»

Daniela guardò il suo finto sposo, che a stento riusciva a trattenere una risata.

«In che senso quelle come me?»

«Noi sapevamo che sei lesbica, è da tanti anni che lo sappiamo... ora non è che hai cambiato idea, che l'abbiamo detto anche agli zii...»

«Lo sanno anche gli zii???»

«Sì, tua madre gliel'ha detto. Quando ti ha visto che ti baciavi con una ragazza in camera... un'amica che ogni tanto porti a mangiare qua. Da allora ha sentito la necessità di raccontarlo alle sue sorelle, ma non ci sta nessun problema. Si dice che anche la principessa Margaret avesse queste inclinazioni.»

A Orlando veniva sempre più da ridere ma non poteva farlo, mentre la madre porse la sua prima domanda: «E chi sarebbe la fortunata?».

«È un'altra amica... si chiama Olga e non vede l'ora di conoscervi.»

«Non è che fa l'attrice?»

«No, no, è impiegata in banca.»

Il padre di Daniela tirò un sospiro di sollievo.

«Meno male. Come diceva il principe Filippo: le attrici le devi frequentare, ma non le devi sposare. A me basta quello, e che tu sia felice. Non ti posso portare all'altare, ma alla festa ci inviti?»

«Sono venuta qui a chiedervelo... ne sarei felice.»

Daniela guardò Orlando negli occhi e capì che non avrebbe mai voluto perdere un amico così perché, quando erano insieme, le cose andavano sempre meglio del previsto.

40

Mimì era talmente arrabbiato con la sua ex moglie che fu evasivo anche con Ninella: tergiversava, si vergognava, accampava scuse. Le aveva chiesto di sposarlo e ora non lo poteva più fare. L'unico in grado di parlare con Matilde e di calmarla era Orlando, così lo invitò a casa e gli disse la verità.

«Ma come ti è venuto in mente di presentarti con un gatto Siamese della Thun all'incontro per il divorzio?»

«Ma lei li colleziona... che ne sapevo che lo aveva già.»

«Quindi vuoi che parli con la mamma?»

«Sì. Falle capire che non è facendomi la guerra che si risolvono le cose... ed ero anche disposto a darle quello che chiedeva. Ormai le nostre strade si sono separate e lei per prima si è portata in casa un uomo... allora perché ora si oppone?»

Il ragionamento non faceva una piega, ma Orlando sapeva cosa c'era dietro quella guerra.

«E tu sei proprio sicuro di Ninella? Magari vi conviene frequentarvi un po' per vedere cosa succede... hai sessant'anni.»

«Invece sai che c'è? È per questo che voglio sposarla. Non posso aspettare un momento di più... sono anni belli, questi, ma ognuno vale doppio e vorrei trascorrerli con chi mi fa stare bene.»

«Ninella sa che c'è questo problema?»

«Non ho il coraggio di dirglielo.»

«Ma allora rilassati! L'amore non cambia se non ti sposi.»

«Invece cambia. Perché io non ho paura di impegnarmi.»

Mimì fece un appello così accorato che Orlando si prese la briga di andare a parlare con sua madre: doveva avere commesso molti errori nelle sue vite passate perché ora gli toccava fare il giro delle sette chiese. Ed era sempre più convinto che tutti stessero trovando l'amore, tranne lui.

Matilde era in casa, afflitta come l'aveva vista poche volte: smontava e rimontava nuovi pezzi del Bimby sotto gli occhi impotenti di Adoración che, capita la situazione, con una scusa si dileguò in camera per vedere una nuova puntata di "Topazio".

Rimasti soli, Orlando cercò di parlarle di suo padre, e delle preoccupazioni per il divorzio, e lei invece iniziò a dirgli che Pasqualino era troppo bello per lei, e che le clienti gli chiedevano di "portare l'attrezzo" e lui rispondeva "certo". Il tutto tenendo gli occhi fissi sul robottino: era la sua PlayStation.

«Io volevo anche dargli un ruolo importante in azienda. Secondo te mi tradisce?»

Orlando era diventato la nuova bocca della verità. Per lui, esperto di maschi, la risposta era semplice.

«Direi che non ci sono dubbi. Ma mamma, cosa ti aspetti da un povero cristo che fino a pochi mesi fa era ai nostri ordini e ora vive in casa nostra?»

Matilde non sapeva bene cosa rispondere, ma riuscì per una volta a dire la verità.

«Ma io mi sono innamorata e credevo che anche lui...»

«Mamma, è un uomo... e gli uomini sono tutti uguali.»

«Sì, ma almeno lui non mi lascia sempre sola come faceva tuo padre.»

Su questo Orlando non ebbe molto da ridire. Per anni aveva assistito al rapporto distaccato tra i suoi genitori, senza sapere che la freddezza di suo padre derivava da quel grande dolore di gioventù. E Matilde ora tirava fuori fragilità e desideri nascosti da una vita che improvvisamente aveva deciso di affrontare: prima facendosi un amante, poi facendolo entrare a casa sua, addirittura pensando di imporlo in azienda. Ora attendeva solo che suo figlio la consolasse, la legittimasse, la difendesse.

«Mamma, le cose ormai sono andate così. Ma pensa che senza papà non saremmo a questo mondo e solo per questo dobbiamo essere tutti felici... e soprattutto, se Pasqualino non ti ama come meriti... mollalo. Il mondo è pieno di belle persone.»

Matilde finalmente tolse gli occhi dal Bimby e guardò quello che restava il suo bimbo.

«Ma io voglio lui...»

Orlando non ebbe il cuore di dirle cosa pensava veramente, per cui l'abbracciò. Ci sono delle volte in cui le parole non servono, ma gli abbracci sì.

Qualche parola sarebbe servita in quel momento anche a Ninella, quando dietro la porta di casa si trovò ancora Carlo, appena giunto da Milano.

«E tu che ci fai di nuovo qui?»

«Tua cognata Dora... Ha trovato il modo di accelerare le procedure sul trullo e ha bisogno di un progetto con la massima urgenza... perciò, già che devo fare un tracciamento, sono passato a salutarti.»

«Non potevi chiamarmi?»

«Avevo paura che mi dicessi di no.»

«Infatti ti avrei detto di no.»

«Invece devi stare tranquilla. Io e la mia fidanzata abbiamo deciso di riprovarci. Se non ci fossi stata tu, forse lei non avrebbe capito certi problemi che c'erano tra di noi.»

Ninella si sentì sollevata.

«Io ti ringrazio e non sai quanto, Carlo. Però non ha senso che continuiamo a vederci, e non credere a quella balla che possiamo restare amici. Quello che possiamo fare è non dimenticarci. Ma frequentarci non ha più senso.»

Carlo sgranò gli occhi.

«Ma io volevo solo chiederti se potevo offrirti ancora un drink.

Dài, l'ultimo! Anche perché se tutto va bene avrò spesso da fare in zona, quindi può essere che ci rivediamo.»

Per Ninella «drink» faceva subito Milano, e davanti a quegli occhi così belli le scappò un timido «sì». Voleva uscire di casa al più presto per evitare che Nancy tornasse e si facesse strane idee. Ovviamente la signora Labbate la vide, ma Ninella fu abile a dire subito «architetto, adesso chiamiamo mia cognata...» per frenare l'emorragia di pettegolezzi di cui, comunque, le importava ormai poco.

Camminando per strada si rese conto di quanto fosse fascinoso quel ragazzo che le aveva regalato un tocco di trasgressione e le aveva ridato fiducia in se stessa quando era sola.

In fondo Ninella era contenta di rivedere Carlo, e saperlo di nuovo fidanzato con la sua vecchia fiamma le faceva credere a un disegno più grande, di cui lei rappresentava solo una piccola parte. Per un attimo, di fianco a lui, si sentì milanese, ma dovette abbassare presto la cresta. Quando entrò sorridente da Vittorino a Cala Paura, tenendolo sottobraccio, trovò Mimì e Nando seduti a un tavolo che la guardarono allibiti.

Ninella si staccò immediatamente da Carlo, ma era troppo tardi. Per una volta, lei che era sempre stata vittima si sentì colpevole.

41

Mimì e Ninella si guardarono senza dire una parola. Lei, soprattutto, capì l'equivoco in cui si era cacciata portando Carlo a bere qualcosa fuori, a Polignano.

Mimì non la prese bene: stava cercando con Nando una strategia per convincere Matilde – anche se lui insisteva per andare a parlare con il cardinale a Roma – quando la sua amata era entrata nel bar con un figo che non sapeva bene chi fosse e che, presa alla sprovvista, aveva presentato ai due, duri come i sassi di Matera.

«Vogliamo sederci tutti insieme?» propose goffamente, ma Mimì e Nando si alzarono e uscirono dal locale senza dire niente.

Ninella provò a seguirli e a dire «Mimì... dove vai?» e lui, anziché risponderle, le fece ciao con la mano. Ormai lo conosceva, era incazzato nero. Dall'alba a Porto Paradiso al tramonto a Cala Paura, a volte i luoghi hanno nei nomi un destino.

Lui non aveva voluto spiegazioni, aveva creduto a ciò che aveva visto e il castello che si era costruito era crollato in un istante. Non gli era bastato temere di morire per capire come godersi la vita.

Lei sapeva di non essere del tutto nel giusto, ma era convinta dei suoi sentimenti ed era in buona fede, perciò evitò sceneggiate o inseguimenti: aveva l'età in cui pensava di poter affrontare ogni situazione senza timore.

Invece si sbagliava. Per quanto si sforzasse di sembrare naturale, conversando con Carlo come se nulla fosse, aveva in mente solo

Mimì. L'uomo che non aveva mai visto arrabbiato un solo minuto della sua vita perché l'arrabbiata era lei se n'era andato quasi senza salutarla, senza guardarla, senza la dolcezza che in anni di sotterfugi era sempre riuscito a trasmetterle.

Carlo capì.

«Era lui, vero?»

«Lui chi?»

«L'uomo per cui non ti sei mai lasciata andare con me. Quello che ti ha rovinato la serata quando sei venuta a Milano.»

«Sì, è lui. E ora che faccio?»

«Vai. Non perdere tempo, fai vedere che ci tieni e che non hai nulla da nascondere.»

«Ma tu ora...?»

«Io me la caverò. Mi piace stare da solo. E poi tra un po' vedo Dora con Modesto e non so chi... forse un assessore che conosce tuo fratello Franco. Tu non ti preoccupare per me e vai da lui.»

Ninella non se lo fece ripetere due volte. La giovinezza da un lato, la vita dall'altro, e lei aveva sempre scelto la vita. Si attaccò al telefono, ma Mimì non rispose. Andò a bussargli alla porta, ma era tutto spento. La solita vicina lo aveva avvistato dalle parti di piazza San Benedetto.

Ninella si mise a correre perché doveva trovarlo a ogni costo. Sembrava che tutti sapessero cosa stesse facendo perché per strada qualcuno le diceva: «di là... don Mimì di là...».

Lei si sentiva come quando cercava Nancy da ragazzina. E ora la ragazzina era lei che rincorreva un sogno che le stava di nuovo scappando di mano, mentre un paese intero sembrava fare il tifo per Ninella, per la sua Ninella.

Di Mimì nessuna traccia. In compenso si era alzato il vento, che aveva allontanato le poche persone in giro.

Lei si avviò a piedi fino a largo Ardito, e arrivò allo scoglio dell'Eremita, con il rischio che qualche onda la bagnasse, ma non le importava. Maledetto il momento in cui aveva accettato l'invito di uno a cui aveva già detto no. Per quale ragione, poi?

E così, mentre cercava la croce tra le onde sullo scoglio, ecco che lo vide, solo come lei, che guardava il mare.

Mimì continuava a rimanere immobile davanti a quell'immensità scura che gli sembrava troppo grande, come il dispiacere che provava. Aveva rischiato di morire solo per assistere a quell'enorme delusione. Si sentiva così triste da non riuscire neppure a piangere. Ninella gli si avvicinò a passi lenti. Lui la vide arrivare e restò fermo, senza sorridere né andarle incontro.

«Perché te ne sei andato?»

«Perché non te ne frega niente di me... tu vuoi solo divertirti un po'. Ti chiedo di sposarmi e dici che ci devi pensare... e appena non mi vedi esci con un altro. Uno con cui ti sei frequentata fino a ieri.»

«E tu che ne sai...»

«I fatti che mi interessano li so sempre.»

«Sì ma quel ragazzo è qui per un lavoro di zia Dora.»

«E tu lo porti a bere l'aperitivo? Già non è stato facile riavvicinarmi a te... perché tutti ci vedono e parlano... ma me ne sono fregato, mi sono deciso e ti sono venuto a bussare alla finestra di notte. E tu, dopo essere venuta con me che fai? Ti fai vedere in giro con un fighetto bolognese.»

«Veramente è di Milano.»

«Mi hai deluso, Ninella.»

«Amore mio... non dire così...»

Non lo aveva mai detto. Mimì sembrò calmarsi, ma al malumore subentrò lo sconforto.

«Cosa vuoi che ti dica? Pensavo di essere rinato, invece mi sento ancora più vuoto.»

Lei era fuori di sé.

«Tu vuoi dirmi che, dopo questi anni, butti all'aria tutto perché mi hai visto in un bar con l'architetto di mia cognata?»

«Non è l'architetto di tua cognata. È uno con cui tu stavi... o forse ci stai ancora.»

«Non è vero e lo sai.»

«Non so, Ninella... non so se mi sono innamorato solo di un'idea, o forse la realtà è un po' diversa da quella che mi immaginavo.»

Ninella era sull'orlo delle lacrime. Cercò di trattenerle, ma non poteva accettare che tutto naufragasse così.

«Ascoltami. Guardami... io che... amo solo te. Da sempre. Anche quando ho pensato ad altro c'eri tu, e ci sarai sempre tu.»

«Tanto adesso non potremmo nemmeno sposarci, neanche se lo volessi. Mia moglie non vuole darmi il divorzio... non ho capito... ma a questo punto non sono sicuro neanche io.»

«Quindi non lo vuoi più?»

Ninella era pronta a tutto. Aveva lottato, aveva aspettato, aveva sperato di vincere, ma sapeva anche che avrebbe potuto perdere.

«Ora sto incazzato, Ninè... vorrei stare un po' solo.»

Lei accettò il verdetto senza smancerie. Si aggrappò solo al fatto che l'avesse chiamata «Ninè», come aveva sempre fatto nei momenti belli. Non poteva non essere ancora innamorato. Lei lo sperava, ma non ne era più certa. Si allontanò da lì mentre il mare non la rassicurava per niente.

42

L'unica cosa che Damiano sapeva fare, ai fornelli, era aggiungere un po' di peperoncino ai piatti. Come tutti i maschi che cucinano poco, quando lo faceva tirava fuori un po' di megalomania, complici anche gli chef televisivi. Ma in quella pasta, per una volta, c'era molto di più: c'erano il perdono, la ripartenza, l'amore.

Sia lui sia Chiara erano sempre più consapevoli di non essere perfetti, ma solo perdendosi si sarebbero potuti ritrovare. Si erano traditi a vicenda, in quegli anni, senza mai averne prove davvero certe: solo sospetti e sensazioni, mezze parole dette, che spesso valgono più dei sospetti. Questo li aveva aiutati a superare meglio lo scoglio, perché nei momenti più bui si appoggiavano alla possibilità del dubbio, e i dubbi a volte sanno ingannare anche le brutte verità.

Quella fu una delle cene più belle dei loro primi anni di matrimonio. Si erano detti tutto ciò che avevano da dirsi, senza troppe remore, e avevano fatto pace senza affrontare mai direttamente la questione.

«Sai perché sono contento, oggi, Chiara?»

«Per la Bari?»

«No, lascia stare. Quest'anno è un disastro. Sono contento perché sei tornata.»

«...»

«Sei tornata quella che eri. Non so dove te n'eri andata, ma tu non sai quanto sono contento. Non lo puoi sapere.»

Chiara riuscì a non piangere e a non parlare, e l'unica parola che pronunciò fu: «Smettila».

Dopo una chiamata di Samantha che la sommergeva di complimenti e di gratitudine per come stava organizzando la sua festa, non se l'era più sentita di vedere Savino. Non voleva essere lei a rovinare un amore e soprattutto voleva salvare il suo matrimonio: Savino aveva capito e per una volta aveva abbassato i suoi occhi belli, felice di quelle settimane di follia, ma anche sollevato che quell'avventura troppo pericolosa finisse.

Poi, per evitare di complicarsi troppo la vita, Chiara aveva chiesto a Mariangela se poteva sostituirla con quei due sposi e lei si sarebbe occupata esclusivamente delle nozze di Daniela e Olga: per l'amica fu la prova che ci aveva visto giusto, ma non le fece troppe domande.

Chiara era persa nei suoi pensieri, affacciata alla finestra, quando decise di mettersi a spignattare anche lei con Damiano perché non si fidava troppo di quella pasta senza arte né parte.

Gaia fu talmente sorpresa da quel clima familiare per lei nuovo e festoso che staccò gli occhi dall'iPad e aiutò sua madre: «posso grattare anch'io il Parmigiano? Posso girare anch'io il sugo? Posso aiutarti anch'io ad apparecchiare?».

Stava diventando una donnina di casa.

Al momento opportuno Damiano affrontò di nuovo il discorso di un viaggio tutti insieme e – omettendo Gardaland – chiese alla bambina se preferiva Londra o Parigi. E lei rispose Londra, perché sentiva che alla mamma piaceva di più. Chiara e Damiano si guardarono e si capirono e non aggiunsero una parola. Quella era già una conquista.

Avevano finito da poco la pasta, quando Orlando chiamò suo fratello agitatissimo chiedendogli di uscire subito senza spiegargli il perché.

Damiano tentennò. Aveva appena ritrovato sua moglie, a tavola c'era una bella atmosfera, la bambina per una volta non li comandava a bacchetta. Ma Chiara era talmente contenta di quella serata che non le pesava troppo che venisse interrotta. Poi sapeva che Orlando c'era sempre stato per Damiano negli ultimi tempi ed era giusto che potesse aiutarlo anche lui. Per cui gli disse «non ti preoccupare tesoro, ci vediamo dopo» e lo lasciò andare senza nemmeno affacciarsi per avere conferma che fosse proprio lui. Sapeva che era vero.

Damiano si mise una camicia al volo e scese gli scalini di casa a due a due.

«Si può sapere che cazzo è successo?»

«Guarda... non so come dirtelo... ma avrei bisogno della tua macchina. La mia l'ho data a Daniela che la sua ha avuto un guasto. Quindi o me la presti o mi dovresti accompagnare.»

«Accompagnare dove?»

«A casa del finto geometra e della moglie.»

«Te lo fai con la moglie???»

Damiano non avrebbe mai pensato che suo fratello fosse così intraprendente.

«Ma no... loro volevano fare lo scambio di coppia... io gli ho detto di essere gay e ora lui mi ha chiesto se voglio passare a trovarlo... che la moglie non c'è...»

«E io ti dovrei accompagnare da questo tizio?»

«No, infatti, puoi anche solo prestarmi la macchina, te la tratto bene.»

«Ascoltami. Io non vengo con te a fare questa pagliacciata. Sei giovane, sei bello, sei desiderato, hai un buon lavoro. Non puoi trattarti così. Non è facile, lo so, ma il mondo è pieno di belle persone che stanno cercando altre belle persone... possibile che ti piacciano solo uomini impresentabili come questo?»

Orlando restò colpito dalla veemenza di Damiano, e dal fatto che neanche balbettasse. Sentì di dover dire la verità.

«Io ho cercato di riavvicinarmi a Mario, ma non gli interesso più.»

«Ma tu glielo hai detto?»

«Be', mi conosce.»

Damiano scosse la testa.

«Tu mi devi dire perché ci complichiamo sempre la vita quando potremmo essere felici? Perché vogliamo chi non ci vuole... perché lasciamo scappare chi ci è vicino... io ho rischiato di perdere Chiara a forza di fare il cretino...»

Orlando ascoltava.

«Io però cosa ho da perdere?»

«Il tempo. Tu non puoi stare dietro a uno così... perché?»

Orlando ci pensò un attimo e finalmente trovò la risposta.

«Perché sono un coglione.»

Damiano lo guardò e sorrise.

«Allora sono proprio tuo fratello. Ascoltami bene: nessuno ci conosce veramente, e l'unico modo per farlo è dirsi le cose. Quindi adesso ti presto la macchina ma vai a Monopoli, aspetti che Mario chiuda il negozio e gli offri una birra.»

«Ma a lui non piace la birra!»

«È un modo di dire. Adesso vai. Vai che altrimenti mi incazzo.»

Damiano lasciò a suo fratello le chiavi del suo nuovo destino. Orlando partì sgommando come un "cozzalo", non prima di avergli fatto l'occhiolino.

Arrivò a Monopoli alla velocità della luce, anche se molti negozi erano ancora aperti per l'orario estivo. Lui però non era troppo ottimista. Arrivò davanti a Mondo Mocassino e invece Mario era ancora lì che trafficava dietro la cassa. Orlando appoggiò la testa sul vetro imitando la faccia di un bambino triste fino a che l'altro gli andò ad aprire.

«Cos'è, c'è qualche problema con le scarpe che hai preso?»

«No, volevo solo rivedere te.»

«Ah.»

«Non l'avevi capito?»

«No... ho smesso di provare a capirti da quando mi hai lasciato senza motivo... non pensavo più di interessarti.»

«E poi ora ti sei anche fidanzato...»

«Te l'ho voluto far credere, ma no. Quello è un mio amico.»

«E perché me lo volevi far credere?»

Mario non sapeva cosa dire, ma era arrivato il momento giusto. «Perché mi piaci. Mi piaci sempre.»

Orlando allargò le braccia. «Vieni qui» gli sussurrò, e lo strinse a sé. Restarono fermi qualche secondo, fino a che si ritrovarono attaccati, circondati dal profumo che li aveva fatti ritrovare. Il loro nuovo primo bacio, Orlando e Mario, se lo diedero in vetrina sotto gli occhi curiosi dei passanti.

43

Quando Ninella entrò in casa per una volta trovò Nancy alla finestra a guardare il mare. Era da un po' di giorni che non si incrociavano e immaginò che stesse "facendo una story" – ormai aveva capito e si sentiva giovane a parlare così – quindi cercò di fare meno rumore possibile. Quando però vide che continuava a stare con le mani in mano, intuì che qualcosa non andava. Nancy non abbandonava mai il telefono.

«Tutto ok?»

«No, mamma, non puoi capire. Un disastro dietro l'altro.»

«Racconta.»

«Sei pronta? Sono riuscita a incontrare di nuovo Tony, ci siamo fatti un giro in macchina. Mentre guidava, ho fatto una foto nostra a tradimento, l'ho tagliata, modificata e ingrandita e l'ho messa in una delle stories con la scritta "Semplicemente noi". Ma la sua ragazza lo ha riconosciuto dal tatuaggio a forma di ragno che ha sul polso e lo ha mollato...»

«E scusa, tu perché hai questa faccia da funerale?»

«Perché poi ho avuto la bella idea di fare una foto "Semplicemente io" davanti al mare. E...»

«E?»

«E... mi è caduto il telefono in acqua, giù dalla finestra. Avevo appena raggiunto diecimila followers, capisci? Mentre mi facevo un selfie alla finestra per ringraziare tutti. Non facevo il backup da un mese, non avrò mai più la foto con Tony... ho perso tutto... tutto...»

Ninella tirò un lungo sospiro, tra rassegnazione e incredulità.

«Hai perso tutto, ma la vita non è un telefono, che tanto lo ricompriamo.»

«E se lui non mi vuole?»

«Sei tu che non devi volerlo, Nancy. È diverso. Tu sei troppo speciale per essere la seconda scelta di qualcuno. Adesso muovi le gambe ed esci, ti fai un giro... diventa per un pomeriggio irraggiungibile. Apri gli occhi e guardati intorno: ci sono un sacco di bei ragazzi. Vivi in un paese unico al mondo, dove la gente sa ancora guardarsi negli occhi. Vedrai che il mondo ti sembrerà diverso, e più bello. Mi prometti che lo fai?»

Nancy ci pensò un attimo.

«Va bene, mamma. Solo se mi prometti che torni a sorridere.»

«È complicato per me... lo è sempre stato. Ma come al solito ce la farò, e allora sai che c'è? Vado da Lucia Coiffeur e vediamo cosa s'inventa.»

«Brava. Prima che un uomo ti lasci bisogna provarle tutte. Anche un nuovo taglio di capelli.»

«Quando torno però voglio vederti con un'altra faccia. E ora vai.»

Nancy le diede un bacio e uscì, libera come il vento.

Ninella tirò la porta dietro di sé convinta che la vita non fosse stata poi così cattiva con lei, e arrivò dalla sua parrucchiera senza avere le idee precise. Quello non era mai l'atteggiamento migliore, perché offriva a Lucia l'opportunità di sperimentare e a volte faceva qualche pasticcio, anche se ultimamente aveva imparato nuove tecniche e la sua clientela era diventata più ampia. Così decise di chiederle delle mèches chiare, su cui era diventata particolarmente esperta.

Quando entrò, Lucia non l'accolse con il solito entusiasmo, ma Ninella aveva altro a cui pensare. Si accomodò subito al lavello in attesa che la sciampista si liberasse mentre la "coiffeur" andò a preparare personalmente il decolorante. Un paio di signore stavano aspettando i soliti tempi biblici delle messe in posa per mantenere il colore, quando Lucia disse ad alta voce: «Buongiorno Matilde... è arrivata un pelo in anticipo, ma la faccio accomodare subito all'altro lavabo».

Ninella non ci poteva credere, figuriamoci Matilde. La sorpresa fu tale che si salutarono con un minimo di cordialità. Le più contente erano le altre due clienti che tra una pausa e l'altra iniziarono a spargere la voce di quell'incontro sulle chat di famiglia: Ninella e Matilde vicine di lavandino dal parrucchiere era una notizia.

Lucia era molto tesa e non sapeva come fare: non se l'era sentita di avvisare Ninella dell'arrivo dell'altra e non aveva un negozio abbastanza grande per tenerle distanti.

Nemmeno a farlo apposta, anche Matilde chiese di fare delle mèches, «ma quasi non si devono vedere» aggiunse. Ninella non capì se Matilde lo avesse domandato per farle dispetto o per sfida, ma non mostrò alcun segno di fastidio.

Quello che faceva più effetto, però, era il clamoroso silenzio tra le due. Non che fosse obbligatorio parlarsi durante lo shampoo, che fecero quasi in contemporanea, ma avevano pur sempre messo al mondo due figli che si erano sposati.

Con gli occhi chiusi, ognuna era dentro il suo mondo: Ninella pensava a Mimì, Matilde a Pasqualino. Senza volerlo si ritrovarono entrambe a emettere lo stesso sospiro.

«Che vita di merda» scappò detto a Matilde e Ninella riuscì solo a replicare «già.» Fu una risposta semplice e complice, ma non riuscirono ad aggiungere di più.

I tempi della posa del colore sembrarono infiniti a entrambe, che cercavano di concentrarsi su riviste così vecchie che erano difficili anche da commentare. Ma resistettero, orgogliose e stoiche, ognuna con il proprio batticuore. L'antico astio aveva lasciato il posto a un'antipatia latente, difficile da spiegare.

Lucia Coiffeur tolse loro quella specie di impacchettamento quasi in contemporanea. E solo allora si rese conto di aver fatto un clamoroso errore: «ho sbagliato l'attivatore, mamma *mè*» iniziò a dire mortificata. Quindi Ninella risultò più mora e Matilde più chiara. Troppo chiara.

Lucia era completamente nel panico, malediceva il carrello che aveva confuso e cercava di spiegare cosa fosse successo – «ho messo il quaranta volumi a te e il dieci volumi a te» – perché si era agitata a vederle tutte e due insieme, peggiorando ulteriormente la situazione.

L'ex signora Scagliusi stava per avere una crisi isterica, ma Ninella l'anticipò: «Se posso permettermi... in ogni sbaglio devi sempre vedere uno spiraglio».

Ninella aveva sentito questa frase in una delle storie di Nancy, e aveva pensato che fosse giunto il momento di riciclarla.

Matilde incassò quelle parole come un regalo inaspettato: cambiò letteralmente espressione guardandosi allo specchio, e le scappò anche un piccolo sorriso.

Ninella era venuta assai diversa da come aveva previsto ma non era il momento di fare polemiche, e Lucia nei giorni successivi sicuramente vi avrebbe posto rimedio.

Le due signore pagarono praticamente in contemporanea – e ricevettero un mega sconto – e si trovarono per strada, tra i vicoli di Polignano, insieme.

«Ti va un caffè?»

Fu Matilde a proporlo, e Ninella non poté non accettarlo. Si erano date di colpo del tu, senza dirselo, come se per stanchezza avessero deciso di mettere da parte il rancore. Ognuna aveva le sue ragioni: Ninella, anche se si sentiva vittima, era consapevole che alla fine l'uomo che tanto amava si era sposato un'altra. Matilde, pur sapendo di come erano andate le cose, aveva fatto di tutto per vendicarsi. E l'ultimo veto sul divorzio consensuale era stata l'ennesima dimostrazione.

Ma il rancore a volte è troppo faticoso, e complici le tinte sbagliate le due avevano iniziato a chiacchierare al tavolino di una pasticceria vicino alla stazione, mentre passavano i pendolari che scendevano dal treno ed erano troppo di fretta per badare a loro.

«Senti Ninella, non so come dirtelo. Ma se vuoi frequentare Mimì fai pure... Io non mi opporrò più, non ha senso... e poi ora mi sono rifatta una vita... ci provo almeno, anche se è difficile...»

Ninella non credeva alle sue orecchie. Matilde si stava confessando e lei non sapeva perché. La guardò e la vide per la prima volta sola e vulnerabile.

«Le tue parole mi colpiscono molto... e mi emozionano... e... davvero non so cos'altro dire... perché hai cambiato idea?»

«Perché a fare del male si soffre e basta... e anche se lo fai perché soffri, non stai meglio.»

«Ma cosa c'è che non va? Hai trovato un uomo con cui mi pare che vada bene...»

«Sì ma mi tradisce... va in giro a fare i lavori e chissà che fa... Tutti io li trovo.»

Matilde non era riuscita a trattenersi, e Ninella non poté più tacere.

«Non avrei mai pensato di dirtelo... ma ho assistito a una scena... in cui Pasqualino rifiutava le avances di una donna... e diceva proprio "ma io sono fidanzato". Te lo giuro sulle mie figlie. Non ti dico di chi si tratta, però ti dico che l'ho sentito... pochi giorni fa. Non so, parlavano di messaggi... ma lui dopo aver detto questo è uscito da quella casa.»

«Nel centro storico?»

«Sì, ma non chiedermi di più... sai che da noi si sente tutto.»

Matilde era di colpo sollevata: sentiva che Ninella le stava dicendo la verità, e anche se la fedeltà non era una garanzia, quel messaggio l'aveva resa felice, soprattutto perché arrivava da una persona che aveva odiato per tutta la vita. Non sarebbe potuta mai diventare sua amica, ma farle la guerra non era servito a niente.

Era giunto il momento di deporre le armi.

«Grazie Ninella per le tue parole... erano giorni che mi arrovellavo su questi dubbi e non sapevo a chi chiedere.»

«Le cose arrivano sempre quando meno te le aspetti. Ora devo andare a casa che ho un po' di problemi da risolvere.»

«Ai problemi con il mio ex non dovrai più pensare... non complicherò più le cose. E spero che Mimì trovi un po' di pace... con me non è stato felice... perché non si possono forzare le persone.»

Ninella non seppe cosa rispondere, anche perché chissà se Mimì l'avrebbe ancora voluta dopo le ultime discussioni. Ma non era certo il caso di parlarne con Matilde. Allora si limitò a salutarla, e le diede anche un bacio educato.

«Stai bene un po' bionda» le disse, anche se non era convinta del tutto. E Matilde finse di crederle.

44

"Non so se il primo amore è la scelta giusta.
So solo che non smetterò mai di amarti."

Mimì lesse quelle parole in silenzio. Gliele aveva scritte Ninella, di getto, e gliele aveva lasciate sotto la porta, sul retro di una fotografia di molti anni prima. C'erano loro con una fetta d'anguria in mano e lui faceva una faccia buffa. Non si capiva che momento della giornata fosse, ma c'era quella luce unica dell'istante perfetto.

Mimì guardava quella foto di cui non ricordava nulla. Ci sono tanti pezzi di vita che, anche rivedendoli, non li riconosci più. Rilesse quelle parole ad alta voce per capire meglio e la voce gli si incrinò leggermente.

Ninella lo voleva rivedere e lui era uscito di casa di corsa, senza sapere esattamente come si sentiva. In effetti, ripensandoci meglio, se lei avesse davvero voluto tradirlo, non avrebbe portato quell'uomo in un bar dove la conoscevano tutti.

Appena uscì dal centro storico, Mimì incontrò Damiano e Chiara in auto, che accostarono per salutarlo: avevano scampato da poco una multa perché «c'è stato un carabiniere che ha chiuso un occhio» disse Damiano guardando sua moglie, che non batté ciglio.

In effetti, Savino avrebbe potuto vendicarsi quando – alzando la paletta – aveva visto la ragazza che gli aveva rubato il cuore e poi era tornata dal marito. Ma non gli era parso giusto e, dopo aver incrociato lo sguardo con il collega, li aveva lasciati andare senza multa. Ma Mimì era troppo di fretta per stare a sentire quella storia, che in effetti era importante solo per loro.

Proseguì dritto a passo lesto verso il ponte, mentre i ragazzi tornavano a casa.

Ninella lo aspettava dal re dei polpi. Entrambi avevano voglia di vedersi, ed entrambi erano diventati terribilmente insicuri. Ninella temeva che quelle mèches sbagliate potessero essere un ostacolo, a lui venne il dubbio di aver scelto un look troppo sportivo per un appuntamento galante. Erano tornati ancora una volta due sedicenni. Gli mancavano solo i brufoli.

Per l'imbarazzo, si diedero un bacio sulla guancia, ma bastò sorridersi per intuire che la paura era passata. La fotografia aveva spiegato tutto senza aggiungere altre parole.

Era una giornata che sapeva d'estate, con qualche nuvola disegnata e il mare accarezzato da una brezza leggera.

Mimì chiese a Ninella se aveva fame e lei disse: «un po'».

Allora lui entrò in pescheria e si fece dare qualche polpo appena arricciato, un po' di noci e cozze sgusciate da portare via. Prese anche una bottiglia di rosé e due bicchieri di plastica. Ninella non diceva nulla, preoccupata solo che tutto finisse bene. Era tesa, ma fingeva di non esserlo e si toccava continuamente i capelli mentre lo seguiva a distanza. Lui sembrava spinto da un motore invisibile. Arrivò verso la piccola spiaggia e chiamò Dorino, l'uomo delle barche di Polignano che, come al solito, stava contrattando con una comitiva di tedeschi, ma Mimì aveva sempre una via preferenziale: appena lo vedevano, tutti si rendevano disponibili. Dopo aver parlato un po' in dialetto stretto – scena che due turisti vollero filmare con il telefono – Mimì invitò Ninella a seguirlo.

«E dove dobbiamo andare?»

«Ci facciamo un giro in barca, che ce la prestano... da quanto tempo non vedi Polignano dal mare?»

«Saranno vent'anni.»

«Ma come? Vieni, su!»

Mentre l'aiutava a salire porgendole la mano, lui sentì il bisogno di chiarire le cose.

«Scusa per l'altra sera ma sai... sono geloso... e non avevo alcun diritto di farti scenate per cose tue... soprattutto quando si sono fatti tanti sbagli come ho fatto io. E ora dobbiamo stare uniti... mia moglie ci farà una guerra infinita... ma ce la faremo.»

Ninella sorrise.

«Non ce la farà più... l'ho incontrata dal parrucchiere, ci siamo chiarite, e ha detto che...»

«Che?»

«Ha detto che per lei non ci sono problemi.»

«Veramente?»

«Sì.»

«E come hai fatto a convincerla?»

«Eh... cose di donne.»

Lui non ci poteva credere, per cui aumentò un po' di gas e qualche schizzo sfiorò la testa di Ninella. Polignano da quella prospettiva era uno spettacolo unico e inimitabile, e Mimì sembrava conoscere anche le più piccole onde.

A un certo punto iniziò a gridare come un pazzo.

«Guarda Ninè! Guarda!!!»

Ninella alzò gli occhi e vide sua figlia e Damiano, piccoli come formiche, che si baciavano sul balcone di casa. Iniziarono a gridare come forsennati ognuno il nome del proprio figlio.

I due li videro e cominciarono a sbracciarsi come si fa sempre quando si incontra una barca di turisti che ti saluta. Si sarebbero voluti parlare ad alta voce, ma la distanza era grande e il paese ancora piccolo, e volevano tenere quella felicità per sé. Così, al posto delle parole preferirono i gesti: Mimì prese la mano di Ninella e la baciò.

Damiano e Chiara ebbero la definitiva conferma che nulla era impossibile a questo mondo. Loro si erano trovati, e i loro genitori si erano ritrovati. Ma Gaia aveva appena imparato a fare la ruota e li richiamò all'ordine.

Così Mimì e Ninella li videro sparire in casa senza sapere perché. Ma non gliene importava più di tanto. Dovevano mangiare il crudo di mare. Mimì rimise in moto la barca e cercò una baia un po' nascosta vicino alle grotte. Poi gettò l'ancora, tirò fuori la vaschetta, aprì il rosé e ne versò un bicchiere per sé e uno per Ninella.

«A cosa brindiamo?» chiese lei.

«Alla speranza... che non deve mai abbandonare nessuno. Perché c'è sempre qualcuno, a questo mondo, che può scriverti parole d'amore.»

«Basta non farselo più scappare.»

Mimì strinse Ninella a sé e si lasciò andare a un bacio. Ci mise tutto se stesso ma esagerò un po' con la passione e cominciò a barcollare. E visto che a Polignano il vento è di casa, bastò una folata per fargli perdere l'equilibrio. Mimì cadde in acqua riuscendo miracolosamente a non rovesciare il vino.

Ninella lo vide riemergere come un lupo di mare ferito, ma che conservava intatto il suo fascino. La camicia bagnata lo rendeva ancora sexy.

«Ricordati che non hai più trent'anni, Mimì...»

«Lo so. Se davvero Matilde non rompe più le scatole dobbiamo sbrigarci... e sposarci... dare una bella festa... fare il viaggio di nozze... e poi trovare una casa... invitare i nostri figli e gli amici a cena... fare l'amore... e ogni tanto litigare... ma solo per darci un bacio. Lo vuoi tu, tutto questo, Ninè?»

Il cielo era azzurro, il mare mosso, e Polignano guardava Ninella vestita di bianco. Lei gli prese la mano destra, l'avvicinò alle sue labbra che sapevano di sale e, con un filo di voce, gli disse: «Magari».

Ringraziamenti

Da quando ho scritto *Io che amo solo te* la mia vita è diventata più bella.

Il 2012 era stato un anno tremendo e il successo di quel libro fu un regalo del destino.

Da allora la Puglia mi è entrata nel cuore e non se n'è più andata. Credo di essere una delle poche persone che la ama tutta, indistintamente, dal Gargano a Leuca.

E anche se i miei ritmi sono sempre frenetici – o meglio, lo erano – ho trovato ogni volta il tempo o la scusa per tornare, anche solo per isolarmi a scrivere da qualche parte: l'ho fatto in masserie, in case prestate e in stanze affittate. Appena ho potuto sono tornato a Polignano per salutare quel cielo.

Non amo i sequel perché li trovo spesso deludenti, ma Ninella e don Mimì e gli altri personaggi erano ancora così vivi nella mia mente – complici anche i due film del grande Marco Ponti – che ho deciso di raccontarli di nuovo.

Ringrazio infinitamente i lettori che me lo hanno chiesto in questi anni con gli occhi belli.

Dei miei thank you, al primo posto c'è Gianni Polignano, il mio guru polignanese, amico di rara intelligenza che per me ha sempre una risposta e un ristorante dove portarmi.

Grazie a Joy Terekiev – la Joy! – editor meravigliosa che mi ricorda puntualmente che «ce la faremo» e a Barbara Gatti, che vuole bene ai miei personaggi come se fossero suoi.

Grazie a Giovanni Francesio, Cecilia Flegenheimer, Camilla Sica, Mara Samaritani, Cecilia Palazzi, Nadia Focile, la Lori Grossi, Cristiana Moroni, Emanuela Canali, Silvia Granata, Alberto Bossi, Fabiola Riboni, e a t-u-t-t-i in Mondadori: siete il mio magic team.

Grazie ai polignanesi che mi trattano come uno di casa e mi offrono un caffè o un rosè, agli amici dei bar, dei ristoranti, dei negozi... mi emozionate sempre.

In particolare ringrazio Pippo L'Abbate, Piero Comes, Raffaele L'Abbate, Leonardo Scagliusi, Alberto Messa, Luca Laterza e Donato Pellegrini.

Sempre grazie a Daniela La Ghezza per avermi invitato al "primo matrimonio".

Grazie a Rocco Siffredi e a Rózsa Tassi per le dritte su Budapest.

Grazie a Marilù Modugno, Giulia Molinari e agli amici degli Italian Wedding Awards.

Grazie a Danilo Cacucciolo, il mio avvocato barese delle cause romanzesche.

Grazie alle mie muse letterarie: Ornella Tarantola e Patti Reed (*Dimmi che credi al destino*), Enrica Ferretti e Sandra Leso (*Nessuno come noi*) e Floriana Ferrari (*So che un giorno tornerai*).

Grazie a Brachetti, Felipe Passos da Silva, Sandra Piana (Santa), Annamaria Minunno, Carlo Pizzoli, Vittorio e Marzia Lopriore, Annamaria Serripierri, Alberto Matano, Mirko Nazzaro, Gianpiero Pisanello, a Jimmy Giannuzzi che mi vizia, a Pasqualino Guglielmi, a "Titti il Bar" e agli amici monopolitani: in particolare grazie alle ragazze dell'Albergo Diffuso di Monopoli per trovarmi sempre la stanza migliore dove scrivere.

Grazie ai ragazzi del Salento Book Festival e a quelli di Gallipoli, soprattutto a Stefania Tornesello del Blanc, a Paolo Fedele e alla banda della trattoria la Puritate.

Grazie a Vittorio Muolo e allo staff della masseria Torre Coccaro, uno dei miei luoghi del cuore.

Grazie a Marco Miana, Chiara Melloni, Luisa Pistoia e a tutti in Sosia & Pistoia.

Grazie alla mia amata Torino, alla mia famiglia, a mio fratello Marco, agli amici sparsi per l'Italia – da Trieste in giù – al Gran Bar e al fiume Po che mi aiuta sempre a trovare le soluzioni alle trame.

Grazie infine ai librai che hanno avuto un anno difficile, e a tutti gli italiani onesti, in lotta ma sempre uniti nel nome dell'arte e della bellezza.

MISTO
Carta da fonti gestite
in maniera responsabile
FSC® C115118
FSC
www.fsc.org

Mondadori Libri S.p.A.

Questo volume è stato stampato
presso ELCOGRAF S.p.A.
Stabilimento - Cles (TN)

Stampato in Italia - Printed in Italy